新 潮 文 庫

美麗島プリズム紀行

―きらめく台湾―

乃 南 ア サ 著

新 潮 社 版

11699

目次

写真　乃南アサ

美麗島プリズム紀行

きらめく台湾

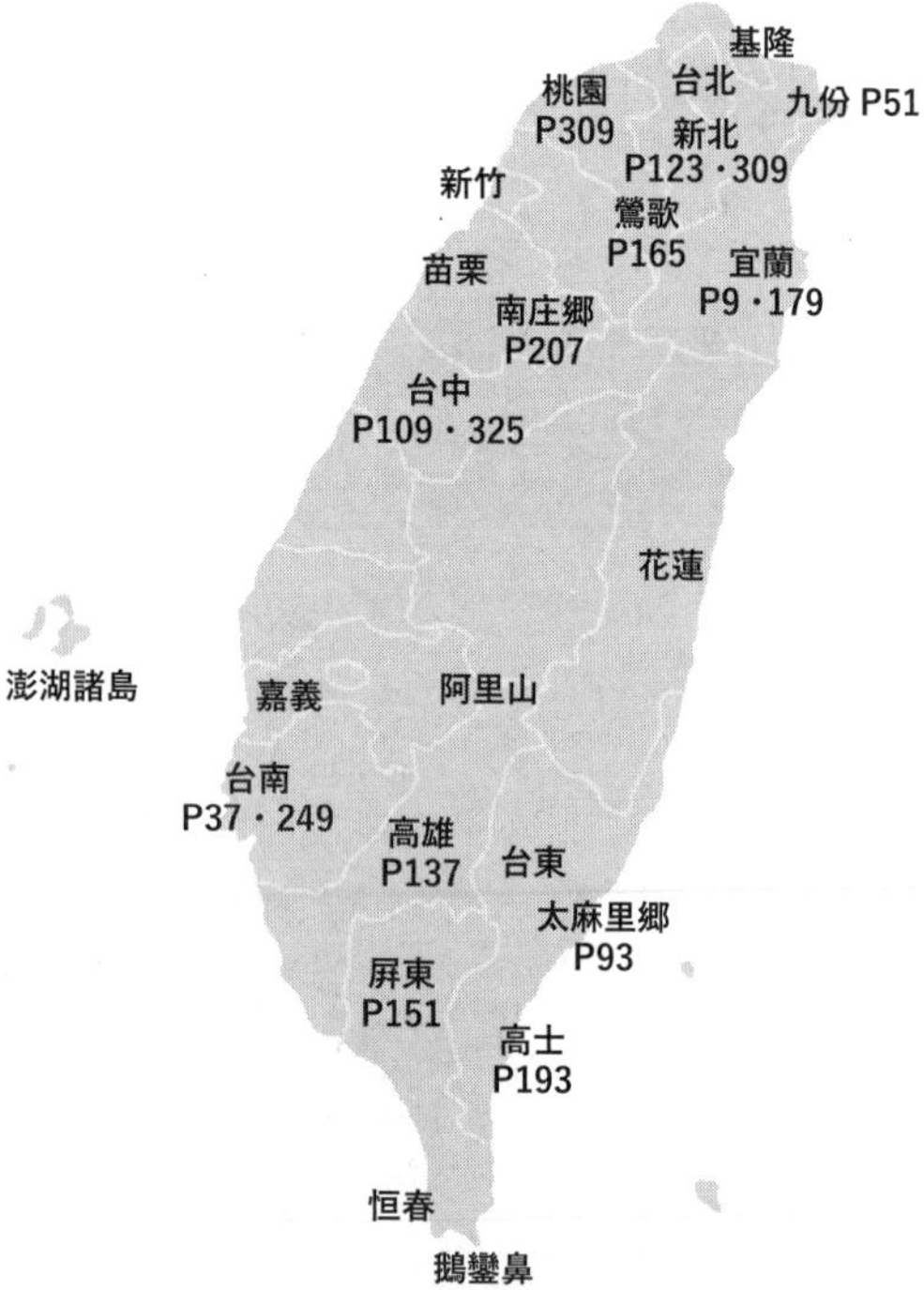

基隆
台北
九份 P51
桃園
P309
新北
P123・309
新竹
鶯歌
P165
宜蘭
P9・179
苗栗
南庄郷
P207
台中
P109・325
花蓮
澎湖諸島
嘉義
阿里山
台南
P37・249
高雄
P137
台東
太麻里郷
P93
屏東
P151
高士
P193
恒春
鵝鑾鼻

カバランからバックスキンへ

二〇一八年六月のある日、台湾からずしりと重みのある荷物が届いた。

「来た！」

伝票を見るまでもなく、送り主も荷物の中身も分かっていた。いそいそと包装を解くと、現れたのは深い青色の箱。全体に、豊かなたてがみをなびかせる馬のイラストがペンタッチで描かれている。それを背景に馬蹄《ばてい》を模した「Ｕ」のロゴマークと「柏克金　Ｂｕｃｋｓｋｉｎ」の文字。なかなか格調高いデザインだ。

こういうネーミングになったんだ。しみじみと眺め回すうち「徳式小麦啤酒　ＨＥＦＥＷＥＩＺＥＮ」という文字が目にとまった。中国語が駄目な私でも「徳式」はなぜだか分かる。ドイツ式ということだ。

へえ。ドイツ式ビールね。

数日後、今度は深紅のパッケージの箱が届いた。デザインは同じだが、こちらには「黄金拉格啤酒　ＭＵＮＩＣＨ　ＨＥＬＬＥＳ」の文字。要するに青い方は白ビール、赤い方はラガービールだ。すぐに冷蔵庫に入れてよく冷やし、味見したのは言うまでもない。

なるほど。こういう味。

次に、キンキンに冷やしたものに保冷剤をたっぷり添え、保冷バッグに詰め込んで海に持っていく。

「ふうん。そうか。こうなったか」

海辺で仲間と飲みながら、このビールが缶ではなく、生の状態だとどんな風味になるのだろうかなどと話し合った。台湾でもまだ飲んでいる人は少ないはずのビールを傾けながら、私は感慨にふけった。

もとをただせば、話の始まりはビールではなく、ウイスキーだ。

「台湾に、ものすごく美味《おい》しいウイスキーがあるらしい」

そう聞いたのは二年余り前のこと。私は疑わし気に「そうなの？」と首を傾《かし》げたと思う。台湾とウイスキー。この二つが頭の中で容易に結びつかなかったからだ。

「何とかいう、国際的な賞ももらってるんだって」

そこまで言われてしまうと、取りあえず確かめなければという気持ちになる。すると、「ＫＡＶＡＬＡＮ《カバラン》」というシングルモルトウイスキーのブランドがあることが分かった。この数年、ＩＷＳＣ（インターナショナル・ワイン＆スピリッツ・コンペティション）、ＳＷＳＣ（サンフランシスコ・ワールド・スピリッツ・コンペティション）、ＷＷＡ（ワールド・ウイスキー・アワード）、ＩＳＣ（インターナショナル・スピリッツ・チャレンジ）などといった国際コンペティションで最高賞を連続受賞している他、蒸留所そのものも世界のトップ一〇〇に選ばれているという。

これは試してみた方がいい。

カバランなら何でもいいというわけでもないだろうが、取りあえず空港の免税店で買って帰ったものは、ウイスキーに詳しくない私でも「まずまずだ」と感じられた。二本目は周囲から「意外だ」と喜ばれた。三本目に「フィノ」という、二〇一二年から連続で様々な賞を獲得しており、ボトルに通し番号がふられた一本をウイスキー通の家に持参すると、知人は「これはすごい」と唸《うな》った。

そこまで高評価を受けるカバランとは、一体どんな環境で造られているのか。今度はそこを知りたくなってきた。そうして私たちは台湾の宜《ぎ》蘭《らん》県にあるカバラン蒸留所を訪ねることになったのである。

「今日は私がご案内します。金車大塚の呉《ご》虹螢《こうけい》と申します」

二〇一六年九月、ホテルまで迎えに来てくれ、見事な日本語で名刺を差し出してきたのは色白でいかにも聡明《そうめい》そうな女性だった。金車大塚は台湾の金車グループという企業体と日本の大塚製薬との合弁会社で、台湾でポカリスエットなどを製造販売しているのだという。カバランも金車グループなのだそうだ。

台北《タイペイ》の南東に位置する宜蘭は、台北市との間に山脈が横たわっているため、以前は海沿いの道をぐるりと回って行き来するしかなかったが、現在は山脈を貫く高速道路が出来て、移動距離も時間もぐっと短くなった。

ただでさえ台湾の高速道路は、日本を走っているのとほとんど変わらない印象を受ける。だが、山また山の連続を貫く高速道路のトンネルに入ると、ドーム型の天井を走る照明の列が、微妙にヨレていることに気がついた。ピシッとした線になっていない。どこか手描きの線のようなのだ。

「日本だったらやり直しだぞ、おい」

他の機会に同じトンネルを通ったとき、ある建設会社の人が苦笑しながら言ったことがある。これが台湾の「柔らかい」ところなのかも知れなかった。日本ほど厳密さを要求されないのか、トンネルの照明に限らず、そういう箇所がところどころで見られる。それだけに、世界最高水準と言われるウイスキーが果たしてどんな環境で造られているのか、余計に興味があった。

　長いトンネルをいくつも抜けて宜蘭県に入ると途端に視界が開け、周囲に平地が広がる。その多くが水田だった。宜蘭は水と空気の美味しいことで有名だ。その環境の良さと、高速道路のお蔭《かげ》で利便性が上がったことから、最近では台北の人が別荘を求める場合も増えているという。

　カバランの蒸留所「金車噶瑪蘭威士忌酒廠」はその宜蘭に広がる蘭陽平野の端、雪山山脈の山懐《やまふところ》に抱かれようという員山《ユエンシャン》郷にあった。広大な敷地の中の豪華なゲストハウスで私たちを出迎えてくれた李玉鼎《りぎょくてい》社長と共に、まずは「金車関係企業グループ」を紹介するビデオを見る。

　金車グループは、もともと李社長の父親である先代社長が殺虫剤や洗剤を製造販売したところから始まったという。現在では缶コーヒーや数多くのカフェも出店している「伯朗咖啡《ブラウンコーヒー》」をはじめとしてミネラルウォーターや清涼飲料水、冷凍食品、物流、花卉《かき》などなど多角的に展開し、一方で文化事業にも力を入れている。ウイスキー製造販売に乗り出したのは二〇〇八年というから、まだ十年もたっていないことに、まず私たちは驚いた。それだけの短い年月で、どうして世界的な評価を受けるウイスキーを造ることが出来たのか。しかも、熟成期間が十八カ月前後ということにも驚く。

「では、味見をしていただきましょう」

徹底的に衛生管理されている蒸留所内の見学コースを通った後、李玉鼎社長は私たちをたくさんの樽《たる》が眠る倉庫に案内してくれた。厳重に管理されている倉の扉が開くと、すぐさまウイスキーの香りが溢《あふ》れ出てくる。それだけで、もう酔いそうだ。面白いのは日本の蒸留所のように、樽が寝ていないことだった。すべてが立てられた状態で広いスペースを埋め尽くすほど積み上げられている。

「台湾は日本と同じで地震が多いでしょう。横に寝かせておくと、揺れたら転がってしまいますから、こうして立てているんです」

社長の話も通訳している呉虹螢さんが説明してくれる。そこで私たちは、これまで数々の賞に輝いたシングルモルトウイスキーの樽から出されたウイスキーをいくつか試飲した。どれもが驚くほど香り豊かで華やか、個性的で複雑な上に、余韻も見事だ。

「熟成が早いことも含めて、この土地の気候が大きく影響していると言われます。カスク（樽）へのこだわりはもちろんですが、マンゴーやパッションフルーツ、バニラのような南国らしい独特の香りは、出来てみるまで分からなかった、カバランの恵みです」

　ちなみにカバランとは、もともとこの土地に暮らしていた原住民族※の名であり、地名でもあるという。カバラン族が守り続けた土地は日本統治時代を経て中華民国となり、今、新たな台湾の宝を生み出したことになる。

「実は、今日は午後から大切な会議があるので、私はもう台北に戻らなければなりません」

　昼食の後で李玉鼎社長が表情を改めた。

「まだ内緒ですが、その会議で、ビール製造に乗り出すかどうかが決まります」

「え、今度はビールを造るんですか！」

　台湾といえば台湾ビール。それは台湾が日本統治時代から続くビールの専売制をとっていた名残があるからだ。二〇〇二年、ＷＴＯ（世界貿易機関）に加盟したのを機に台湾ビールの独占権は中華民国政府によって放棄されたが、そうはいっても市場の大半は台湾ビールに独占されていると言っていい。正直なところ、それを物足りなく感じていた。

「造って下さい。ぜひ！　ついでに炭酸水も出していただけたら嬉《うれ》しいんですが」

当時、台湾には炭酸飲料といえばコーラやサイダーなどしかなかった。甘くない、普通の炭酸水を飲みたいと、私はいつも嘆いていたし、そのことを誰かに伝えたいと前々から思っていたのだ。こんなチャンスはない。李社長は笑ってこちらの話を聞いていた。

私たちがカバランを訪ねた日に製造されると決まったビールが、二年近くたって形になった。どんなものになったかを口で説明するよりも現物を味わった方が早いだろうということで、李社長が青と赤、両方のビールを送ってくれたというわけだ。しかも、発売を機にバックスキンビールを生で味わえるビアハウスもオープンし、さらに、私が熱望していた炭酸水まで出したというから、さらに驚いた。

これは、確かめに行かなければ。呉虹螢さんに尋ねたところ、バックスキンビールは宜蘭ではなく、桃園《タウユエン》市の中壢《ちゅうれき》にある工場で製造しているという。

「中壢ではブラウンコーヒーやポカリスエットも造っています。工場見学をした後で、ビアハウスへ行くというのは、どうですか」

呉虹螢さんの提案に、私たちは一も二もなく賛成した。そうして二〇一八年七月の中旬、私たちは呉さんと、やはり金車グループのローラ・張さんに案内されて、金車中壢工場を訪ねることになった。

この年は、日本は「命の危険」が連呼されるほど暑い夏になった。羽田から飛んで台北松山《ソンシャン》空港に着くなり「日本より涼しい！」と感じたのは、後にも先にも初めてだったくらいだ。それでもさすがに台湾の七月だった。陽射《ひざ》しの強烈さは生半可なものではなく、外に長時間は立っていられない。

「さあ、これで喉《のど》を潤《うるお》して下さい」

中壢工場の事務所に着いてすぐに出してもらったのが「クリスタルバレー」と命名された炭酸水だった。ああ、よくぞ造って下さった！　早速、一気に飲む。今、日本では強炭酸が流行《はや》りだが、こちらは比較的ソフトで刺激が少ない。

金車グループの屋台骨ともいえるブラウンコーヒーは製缶そのものから充填《じゅうてん》、梱包《こんぽう》までを一貫生産している。お馴染《なじ》みのポカリスエットのペットボトルもラインにのって着々と製造されていた。そして、お目当てのバックスキンビールだ。

バックスキンとは、毛羽立った毛織物などを指すという。豊かでふかふかの泡立ちを目指す、という意味合いからつけたのだそうだ。ロゴの「U」マークも馬蹄をイメージしている。また「徳式」とうたっているだけに、バックスキンはビール生産に乗り出すと決まった後、李玉鼎社長自らがドイツまで出向き、現地の醸造元と交渉して招聘《しょうへい》に成功、原材料から工場プラントまですべてドイツ製にこだわった上で、完全なドイツ式で製造したビールだという。

「ただし、これまで『台湾ビール』しか飲んでこなかった人たちに、突然あまりにも違う味わいのビールは受け容《い》れにくい。ですからあまりクセを強くせず、柔らかい風合いにしました」

日本への留学経験もある李社長は、実は大体の意思疎《そ》通《つう》は問題ないくらい日本語を話される。父親である初代社長の念願でもあったビール製造を決断し、二年足らずの間に販売までこぎ着けた上に、（私が勝手に自分の希望が通ったと思い込んでいる）炭酸水まで出したのだから、どうやら決断と共に行動も早い人のようだ。

「今夜ビアハウスでお会いしましょう」

社長やスタッフに見送られて中壢工場を後にし、台北に戻った後はブラウンコーヒーのカフェで小休止。同じ建物の中には金車グループが若い芸術家たちにスペースを提供して個展を開けるフロアーがあった。そして暮れなずむ頃、再び呉さんとローラと共に、ビアハウスに向かう。

台北市信義区のその界隈《かいわい》は、台湾のランドマークとなっている台北１０１ビルをはじめとして一流ホテルやデパート、超高級マンションなどが林立し、大手銀行や大企業が軒を連ねる、まさしく台北の中心地だ。国の内外を問わず多くの観光客がやってくるし、ビジネスマンも多いことから、ある意味で昔ながらの台湾らしさとはもっとも無縁な地域と言えるかも知れない。そんなビル風が吹き抜ける国籍不明でお洒落《しゃれ》な一角に、新しく生まれたビアハウスはあった。

台北の人は新しいものが大好きだ。オープンしたばかりの店には大抵、行列が出来る。だが潮目が変わるのも早い。店の味が変わるのも早ければ撤退も早いのだ。そういう姿を、これまでにもずい分と見てきた。

その日、店は既に予約で一杯らしかった。私たちも予約してもらっていた席に落ち着いて、まずはしげしげと店内を見回す。調度は落ち着いている。スタッフの制服から食器類、ノベルティ・グッズまで、すべてにバックスキンのロゴが入っている。これだけを、よく間に合わせたものだと感心していると、数時間前に別れたばかりの李玉鼎社長がやってきた。毎朝五時起きだという社長は、このところ連日のように店にやってきて客の反応などを見ているらしい。

「ここでいただけるビールは？」

「十二種類の生ビールが味わえます。もちろん、カバランもありますよ」

「そろそろ開店して一カ月ですね。もう軌道に乗ったと言っていいでしょうか？」

「まだまだ、まずは三カ月ね」

時々、呉虹螢さんの通訳を介しながらやり取りをする間も、店はどんどん混んでいく。白人の客もかなりの割合だ。

では、私たちも生ビールをいただこう。まず十二種類の中から好きな三種類を選んで味見出来るセットをオーダー。もちろん、三種類のうちの二つは、我が家にも届いた「青」と「赤」だ。

「ああ、やっぱり缶ビールと生とじゃあ、こんなに違う！」

それからは注文した料理が次々に並んでいき、外がすっかり暗くなる頃には賑《にぎ》やかな席になった。呉虹螢さんと一緒に私たちにつきあってくれたローラも、今どきの女の子らしく恋愛話などを始める。こんな風に地元の人たちと他愛ない会話を楽しめることが、私には何よりも嬉しい。台湾人も白人も、そして日本人も、誰もが実に楽しそうだった。その隙間《すきま》を縫うようにして、時々、李社長が現れては短い会話を交わしていく。

やがて大きなバット一杯に作られたティラミスが「ひとさじ均一料金」ですくい取れるというワゴンが回ってきた。バックスキンの「U」マーク入り。ビールと料理で満腹なのに、誰もが張り切って大きめのスプーンに山盛り一杯のティラミスをすくい取ろうと騒ぐうちに、夜は更《ふ》けていった。

翌日、台北の街をタクシーで走っていると、ところどころでKAVALANとバックスキンビールの広告を見かけた。自分に無縁でないと思うと急に目に入ってくるものだ。次に訪ねるときの楽しみが、また一つ増えた。

※日本では「先住民」という表現を使いますが、「先」住民には既に死亡している、滅んでいるという意味が含まれるとのことで、台湾では一般に「原住民族」と言っています。本書ではその表現に従います。

雨の日に、我が家に届いたバックスキンビールの青い箱。格調高いパッケージデザイン（上）。宜蘭にあるKAVALANウイスキー蒸留所。カンファレンスセンターにはコンサートホールや絵画の展示室などもある。山がすぐそばまで迫り、海を見渡すことも出来て空気が実に美味しい（下）。

台湾最南端で台風に遭う

台風の進路を示す予報円が、数日後には台湾南部をかすめて通る可能性があると告げている。

「大丈夫。それていきますよ」

台北を発《た》つとき、一緒に旅する老陳さんこと陳旭慶《ちんきょくけい》さんは、ごく軽い調子でそう言った。陳先輩こと陳永旻《えいみん》さんも頷《うなず》いている。もともと自分が「晴れ女」であると根拠のない自信を持っている私は、どこへ行くにもまず傘を持たないくらいだから、「そうですよね」という程度で済ませたと思う。

そうして私たちは陳先輩の車に乗り込んで台北を発った。今回は途中、台中《タイジョン》と台《タイ》南《ナン》、高雄《タカオ》に立ち寄り、それぞれの土地に残っている日本統治時代の建築物などを見ながら、最終的に台湾最南端の鵝鑾鼻《がらんび》を目指すという三泊四日の旅を計画している。鵝鑾鼻の南に広がるのはバシー海峡。地図でしか見たことのない海を、一度この目で見てみたい、というのが最終目的だった。

　サツマイモにたとえられる形の台湾は、九州よりも少し狭いくらいの面積がある。島を南北に貫く山脈が通っているため全体に平地は少なく、台北を始めとして台中、台南、高雄といった主要都市はすべて島の西側に集中している。それらの都市を結ぶように鉄道が通り、高速道路網が充実している。梅の花を模した形の中に番号が振られている国道の中で、今回は「1」の中山高速公路をひたすら南下することになる。

「何か、日本を走ってるみたいな気分」

　毎度のことながら、車での移動となると必ず同じ感想を抱く。漢字の国ということもあるのだろうが、ことに高速道路を走っていると標識だけでなく側壁から分離帯まで、実に日本そっくりなのだ。無論、右側通行と左側通行との違いはあるのだが、よく言えば馴染み深く、逆に言えば申し訳ないほど新鮮味に欠ける。それくらい、よく似ている。

　それでも、やはり違う国を走っているのだなと感じるのは、道路の両側に見える風景の中に、ぽつりぽつりと中華風の寺院や廟《びよう》の屋根が見えるからだ。どんな遠くからでもそれと分かる、反り返った屋根に龍《りゆう》が舞い、他にも様々な飾りのなされている色鮮やかな建物が、ここは日本ではないと感じさせる。

　カーステレオから流れてくるのは陳先輩の好みらしい、ポップス調に編曲されている日本の演歌。サックスが好きで友人とバンドを組んでいるというから、てっきりジャズでも好みなのかと思ったら、陳先輩は普段こういう曲を演奏するのだろうかと、ちょっとおかしくなった。

　ポップス調演歌に、こちらもつい調子をとりながら進むうち、車は台中に入った。

「台中には日本統治時代、大きな眼科医院があったんです。その建物が今はとても人気のあるお菓子屋さんになってるんだよ」

　まず案内されたのがそのスイーツ店だ。煉瓦《れんが》造りの外壁はいかにも古く、入口前の床に敷き詰められた石には真鍮《しんちゆう》製の文字が「宮原眼科」と埋め込まれている。建物を取り巻く「亭仔脚《ていしきやく》」と呼ぶベランダ式通路も趣があるものだ。そこに、長蛇の列が出来ていた。やっと入った店内は天井が高く書店風のディスプレイがされていて、スマホを構えて記念写真を撮る人たちで溢れかえっている。レトロな感じがいいのだろう、ところでお菓子の味はどうなのだろうかと思ったが、老陳さんたちは甘いものには興味がないらしく、そそくさと台中公園に向かうことになった。

「あの東屋《あずまや》は日本統治時代から変わらないものです。私が中学生の頃は、あの向こう側に防空壕《ごう》が掘られていて、空襲警報が鳴ったら皆でそこに逃げ込んだんだ」

「台中にも空襲があったんですか」

「ありましたよ。機銃掃射でね、ばばばば、とやられることもあったし」

現在八十代の老陳さんは台中第一中学校出身だ。中学時代に終戦を迎えたというから、この台中で過ごしていた途中で教育が変わり、教師が変わり、母国語として使ってきた言葉さえ変わったということになる。

「駅もね、その頃と同じものです。戦争中は自由に汽車に乗れないから、下宿先から自宅に帰れるのは、せいぜい一カ月に一回くらいだ。それも夜、真っ暗な中を走る列車に乗るんだよ。昼間は敵機に狙《ねら》われるから」

カンカン照りの陽射しの下で、老陳さんは淡々と、そんな話もしてくれた。

翌日、台南に移動した。今度は陸軍の官舎跡や保存を目指している古い日本家屋などの他、もとの台南第二中学校に案内された。現在は台南第一高級中学校となり、日本統治時代に建てられた校舎がそのまま使われている。煉瓦造りの建物の壁面には、機銃掃射の弾痕《だんこん》がいくつも残っていた。台湾各地を歩いていて、こういう日本統治時代の、しかも戦争の傷跡が残るものを見る度に、何とも言えない気持ちになる。どうしても「巻き添えを食わせた」という思いがこみ上げてしまう。案内する方にはそんなつもりはないのだろうが、こちらは感傷的になり、胸が痛む。かつて五十年間だけ日本が支配する植民地だったことを、改めて感じさせられるのだ。

だが、それにしても暑かった。朝から晩まで、抜けるような青空が広がりギラギラとした太陽が照りつけてくる。台湾は島を南下するにつれて農村地帯が増えていき、車窓からでも養殖池やパイナップル畑、またヤシの木風のものが見られるようになるが、中でも檳榔樹《びんろうじゅ》の樹影が目立つようになってきた。

細く真《ま》っ直《す》ぐな幹がすっと伸びて、天辺《てっぺん》にだけボサボサ頭のように葉が広がっている、それが檳榔樹だ。他の畑に混在していることもあれば山肌全体を覆《おお》っていたりもする。

「こんなに檳榔樹が多いということは、まだまだ需要があるっていうことなんでしょうか」

台湾では各地で、街道沿いなどに派手なネオンと「檳榔」の看板をよく見かける。昔はチャイナドレスの若い女性が屋台で売っていたという話だが、とにかく目立つようにしているらしい。檳榔樹の種子を少量の石灰と共にキンマの葉っぱでくるんだものを売っているのだ。これをまるごと口に含んでしばらく噛《か》んでいるとフワッとして軽い興奮状態になり、眠気も覚めるのだという。長距離トラックの運転手などが使用することが多いために街道沿いに店が目立つということだが、檳榔を噛んでいると唾《だ》液《えき》が赤くなるため道路に吐き出せば道が汚れるし、過剰摂取は身体《からだ》に害をもたらすらしい。それでも依存性があるために、なかなかやめられないのだそうだ。

「儲《もう》かるから、檳榔樹を植える人は多いんですが、檳榔の木はあまり根が張らないからね、山がこればかりになると、災害が起きやすくなるんだよ」

敬虔《けいけん》なクリスチャンである老陳さんも、また陳先輩も、酒も煙草《たばこ》も一切やらない人たちだ。まして檳榔などとんでもないと、その顔が語っていた。

翌日、さらに南下して高雄に着いた辺りから、天気が怪しくなってきた。前日までの青空が嘘《うそ》のように雲に覆われて、その流れも速い。風の香りも違うようだ。それでも私たちは、まだ高をくくっていた。古い駅舎を見たり、歴史博物館に立ち寄ってたっぷりと日本統治時代の建物を眺めて過ごしていた。

「早く行った方がいいよ」

ところが、途中で陳先輩が言い始めた。同時に、パラパラッと雨が来た。それも大粒だ。あれ、と思うと、すぐに止《や》む。灰色の雲が重なる向こうには青空も見えるのだが、少しすると生暖かい風が吹き始めて、またパラパラッと来る。明らかに台風の予兆だ。

「高雄に泊まるのはやめにして、早く鵝鑾鼻に着いた方がいいかも知れないね」

老陳さんのひと言で、私たちはすぐに車に乗り込んだ。そこから先は一般道の旅になる。これまでよりもずっと時間がかかるだろう。あ、陽が射してきたから大丈夫なんじゃないと思うと、フロントガラスに雨粒が当たる。その繰り返しになってきた。

いくつかの小さな町を通るうち、やがて店先にビーチボールや浮き輪が売られているのを見かけるようになる。ああ、海が近いのだなと思うようになった頃には、雨は断続的に降り始めていた。ザアッ、ザアッと強い勢いで叩《たた》きつけてきて、ワイパーが間に合わないくらいだ。かと思えばぱたりと止んで薄陽が射したりもするのだが、その頃にはもう私たちは一喜一憂しなくなっていた。

雨でかすむ景色の中に、やがて「恒春《ホンチュン》」という標示が見え始める。台湾で空前のヒット作となった映画『海角七号　君想《おも》う、国境の南』の舞台になった街だ。日本統治時代と現代とを交錯させながら、台湾人と日本人の間に生まれた恋を描いている。映画の中でも激しい雨に見舞われる浜辺のシーンがあった。少しくらい映画の世界に浸ってみたいと思ったけれど、陳先輩は無言で街の中を通過する。辺りはもう薄暗くなり始めていた。

夕暮れどきの景色はどんどん激しくなる雨に煙って、どこへ向かおうとしているのかも分からないくらいだ。時折、強い横風が吹きつけて車体が大きく揺すられた。

「ここから先へ行くのは明日にしましょう」

結局その日は鵝鑾鼻にたどり着くことなく日暮れを迎えて、私たちは手前の小さな集落で一泊することになった。一階が海鮮料理の食堂になっている民宿で、ずぶ濡《ぬ》れになりながら車から荷物を下ろし、まずは食堂で夕食をとることにする。こんな天気になったせいか他に客の姿はなく、店も早くおしまいにするつもりなのだろう、働いている人たちも皆でまかない料理を食べ始めていた。

その人たちを見ていて初めて気がついた。いわゆる漢民族系の台湾人とは顔立ちがまるで違っている。肌も少し浅黒くて、エキゾチックな雰囲気が強い。そういえば、ここまで来る途中でも、道路沿いに原住民族らしい像が立っていたり、原住民族の文様が記されている看板などが雨に煙っていた。

「この辺りは原住民族の人たちの村なんでしょうか」

「多いですね、南や東の方はね」

薄いビニールクロスの掛けられた据わりの悪いテーブルで、私たちは何となく落ち着かない夕食を掻《か》き込み、早々と客室へ上がることにした。互いに短い挨拶《あいさつ》を交わして別々に部屋に入ると、こんな天候でも近くに夜市でもあるのか、余興の音楽らしいものが馬鹿《ばか》陽気に流れていることに気づいたが、途中でプツリと聞こえなくなった。あとは、雨と風の音だけだ。

客室にはラジオはあったがテレビがなかった。言葉が分からないものには情報がまるでないのと同じだ。台風はどうなったのだろう。まさか明日までこのまま嵐《あらし》が続くなんていうことはないと思うが。いや、思いたい。それにしても、ここは鵝鑾鼻からどれくらいの距離なのだろうか。

飲み物が何もなかったから、雨に叩かれながら一度近くのコンビニに行き、そういえば小さなフロントロビーにテレビがあったのではないかと思いついた。だが、古い応接セットがひと組置いてあるだけのロビーにはテレビなど見当たらないどころか、もう電気さえ消されていて人の姿もない。よく見ると、その奥の部屋の前に十数足のスニーカーやサンダルなどが脱ぎ散らかされていた。

こんな夜に、これだけ大勢の人が集まって、何をしているんだろう。

その時は、私はまだ多くの台湾の家にいわゆる「三和土《たたき》」がないことを知らなかった。だからほとんどの家では、玄関扉の外で靴を脱いで家に入るのだそうだ。さらに下駄箱《げたばこ》もないという。そこで集合住宅などの場合は、共用の階段の端に家族全員の靴を並べて置いたりすると、後から教えられた。つまり、べつに何の集会をしているわけでもなかったのだが、知らないものから見ると台風の夜に人が集まって、しかも静まりかえっているように見えて、何とも言えず不審に思ってしまった。

結局なすすべなく、ただただ長い夜を過ごした。雨はもはや途切れることなく激しく叩きつけているし、風が鳴る度に建物ごと揺れるように感じる。ウトウトしては目が覚めて、起き上がって窓の外を眺めてから、また横になる。とにかく明るくなるまでに通過してくれることを祈るばかりだった。

だが朝になっても、いつまでたっても明るくならない。窓から見える海は文字通り荒れ狂っているし、雨は止むどころか激しくなる一方だ。外を行き来する車もなく、黒い犬が一匹、とぼとぼと歩いて行くのが見えた。

「今日は、鵝鑾鼻まで行くのは無理だね。それより早く戻らないと道路が封鎖されるかも知れません」

朝食のときに老陳さんが言った。この台風はずい分と大きくて、今日は台湾全土の学校や会社も休みになったのだそうだ。

「会社も？　そんな決まりがあるんですか」

台湾には「颱風假《タイフォンジャ》」という政府公認の台風休みがあるのだと、これも初めて教えられた。行政区ごとに出されて、すべての学校や会社が休みになるのだという。政府が「危険だから外に出るな」と言っているということだ。それは大変、鵝鑾鼻なんかに行っている場合ではないと私も諦《あきら》めた。

帰り道、景色は一変していた。一晩のうちに、あちらこちらで土砂崩れが発生して、山の方から滝のような水が流れ出している箇所がいくつもあり、車線の一部が使えなくなったりしている。檳榔樹の話を、ふと思い出した。ちょろちょろと流れる程度だった川はどれも土手まで広がる赤い濁流となって、流木などが橋桁《はしげた》に引っかかっていた。幸い、陳先輩の車は四駆で車高も高かったから、まるでウォータースライダーのように水たまりの中を通過出来たが、立ち往生している普通乗用車をいくつも見た。

「これだけ道路がやられているのは、今度の台風はずい分とひどい方だね」

さすがの老陳さんも心配そうな顔になっている。滝のように雨水が流れ落ちる窓越しに、私は日本とは異なる山影を眺めていた。日本統治時代、ここで暮らしていた日本人たちは、こんな嵐をどう感じただろう。山影も田畑の様子も、一見すれば内地と似通って見えるのに、たとえば檳榔樹の姿が、やはりここは遠く離れた土地だと感じさせる。今回はたどり着くことが出来なかった鵝鑾鼻灯台を守っていた日本人たちは、荒れる海を眺めながら、何を思っただろうか。

　車はようやく高速道路に乗った。すると不思議なほど雨が鎮《しず》まって、空も明るくなってきた。

「行っちゃった？」

「行っちゃった、かな」

　昼近くなって台中まで戻ってくる頃には、小雨の中を出前のスクーターが走り回るようになっていた。風も止んで、すっかり穏やかな空気が広がっている。何だ、もうちょっと待てば鵝鑾鼻まで行かれたんじゃないの、と未練がましく思ってしまう。

　結局、予定外に早く台北まで戻ってきた。そして、ホテルでテレビのニュースを見て初めて、被害の大きさに驚いた。台湾各地で土砂崩れや道路の冠水だけでなく、河川が氾濫《はんらん》し、橋が流されるなどの被害が起きており、犠牲者まで出ていたのだ。無事で帰れただけでもありがたかった。

　せっかくだから「颱風假」の街を見てみようと、またホテルを出る。すると、道路には街路樹の枝がむしり取られたように折れて散らばっており、人影もほとんどない。市場まで行ってみると、普段は大勢の買い物客で賑わっているはずなのに閑散として、店の人たちも暇を持て余している様子だった。

「なるほど、これが台湾の台風」

結局、今回は台湾の台風を経験する旅になってしまった。

日本統治時代は「宮原眼科」という眼科医院だった台中のスイーツ店。往時の外観を残しつつ中はすっかりリノベーションしている。人気店らしく店の前には行列が出来ていた（上）。「颱風假」で開店休業状態だった市場には品物が溢れていた。果物、魚、惣菜類などに交ざって宙吊り状態の鴨肉も、何とも暇そう（中）。台南第一高級中学校の校舎に残る、戦争中、米軍機から受けた機銃掃射の痕（下）。

「日本語世代」それぞれの思い

ひょんなことから、ある青年と知り合いになった。台南でのことだ。Ｌくんという彼は当初、日本語をまったくと言っていいほど話せなかった。それでも台湾の日本統治時代に並々ならぬ関心を持っていると言い、実際に戦時中、台南がアメリカ軍から空襲を受けたときの被害状況を記した史料や、被災した街を写したパネル写真などを集めて、大学の展示室で資料展を開いたりしていた。専門家のアドバイスをもとに、日本統治時代の台南中心部を描いた地図も作っている。本業はデザイナーだということだった。

「最近、少しずつ日本語の勉強を始めたところです」

Ｌくんは通訳を通じてそう言った。こちらは中国語を学ぶことは、とうに諦めている。一応はチャレンジしたのだが、あっという間に挫折《ざせつ》した。だから、これからも彼と会い、またはコミュニケーションを取りたいと思ったら、彼に頑張ってもらうしかない。私たちはＬＩＮＥのやり取りを始めた。Ｌくんが、おそらく辞書を引くなどして一生懸命に送ってくる日本語のメッセージに、私が返事を送るとともに添削もする。そんなやり取りがしばらく続いた。

　しばらくして、やはり台南でＬくんと会ったとき、彼がたどたどしいが、ずい分と上達した日本語で言った。

「僕のお祖父《じい》さんと、お祖母《ばあ》さん、日本語世代です」

「あ、そうなの？　お元気なの？」

「ハイ、大丈夫。元気です」

　私は、お祖父さんたちに会わせて欲しいと頼んだ。日本が戦争に負けてから既に七十年以上が過ぎた。つまり、日本統治時代に学齢期にあって日本語教育を受けた台湾人たちは若くても八十歳近いということになる。

　ちなみに日本統治時代の台湾では、日本人の子弟が通うのは小学校。台湾人の子弟は公学校に通った。他に少数民族の子弟のための蕃人《ばんじん》（当時は原住民族をこう呼んだ）公学校というものもあったという。中でごく少数、台湾人でも小学校に通っていた子どもがいる。親が日本関係の仕事をするなどして家庭でも日常的に日本語を使っており、日本語での授業に最初から困らなかった子どもたちだ。対して公学校では、日常的には台湾語を話している子どもたちに、まず日本語を教えることから始めていた。この、小学校と公学校という区別は一九四一（昭和十六）年の国民学校令により、すべて国民学校という名称に統一されるまで続いた。

だから、ほぼ八十歳以上の台湾人（戦後、大陸から渡ってきた「外省人《がいしょうじん》」は除く）は大なり小なり日本語が話せて当然という環境で育ったことになる。この人たちを日本語世代と呼ぶ。

「日曜日、お祖父さんとお祖母さん、お待ちしていますと言っています」

Lくんから快諾の返答があった。約束した日曜日、私たちは和菓子などを手土産に、やはりひょんなことから台南で親しくなった女性に通訳として同行してもらって、LくんがＬＩＮＥで送ってきた住所を頼りに彼の実家を訪ねた。

十月だというのに、辺りの景色がすべてハレーションを起こしたように見えるほど陽射しの強い日だった。新しい住宅やアパートが建ち並ぶ界隈のちょうど四つ角に、Lくんの実家はあった。二つの通りに面したガラス戸は開け放ったまま。心地好《よ》い風の吹き抜ける広々とした室内の、重厚な調度類がずらりと並んでいる窓際《まどぎわ》に、大きな木製のテーブルといくつもの椅子《いす》が置かれていた。

「ようこそいらっしゃいました」

美しい日本語で私たちを出迎えてくれたのは、鮮やかなピンク色のスーツを着て、靴まで同じ色に揃《そろ》え、身だしなみを整えた上品な老婦人だ。その横には肩幅の広い老人が、ゆったりと椅子に腰掛けている。それがＬくんの祖父母、ＬＭさんと、ＬＳＫ夫人だった。私たちを迎えるために、わざわざお洒落までして下さったことが、すぐに分かる。

「この服はね、何十年も前に銀座の三越で買ったんです。靴も」

日本語を思い出しながら、ゆっくりと語るＬＳＫさんは、実は国民学校に通っている最中に終戦を迎えたから、日本語を学んだ期間は短く、ほとんど覚えていないのだという意味のことを台湾語で言われた。

「僕は、台南一中だったんだ。だから、学校の勉強は全部、日本語ですよ」

一方のＬＭさんは正確な日本語で語る。小学校と公学校の違いのように、日本統治時代は中学校や高等女学校も日本人と台湾人とで区別されていた。日本人は第一中学校、第一高等女学校、台湾人は第二中学校、第二高等女学校という具合だ。そして、やはり日本語で授業を受けるのに支障のない台湾人の中に一中、一高女へと進む子弟がいた。ただしどの地域でも一中、一高女といったらエリート校であり難関校だったから、台湾人で通っていたとなると、語学力も含めて相当に優秀だったということになる。

「あの頃の日本人は、どうでしたか」

おそるおそる、質問する。この問いは、相手によって正反対の回答が返ってくるから、実は自分から口にしておいて後悔することも少なくない。当時の日本人が、台湾人に対してどれほど威張っていて横暴で、彼らを差別していたかを「今も悔しい」と涙ぐまれてしまい、胸が痛くなることもあれば、厳しかったがいい先生に巡り会えたなどと言ってくれる人もいるという具合だ。

「女の先生は優しくて、歌をたくさん教えてくれました」

ＬＳＫさんが、ふいに『ふじの山』を歌い始めた。

あたまを雲の上に出し
四方の山を見おろして
かみなりさまを下にきく
富士は日本一の山

伸びやかな声で、しかも音程がとてもしっかりしていた。私も邪魔にならない程度に一緒に歌い、終わったと思ったら、LSKさんはさらに二番へと続いた。この歌に二番があるとは知らなかった。私が驚きつつ口をつぐんでしまっても、きれいな歌声は響き続けた。これでは、どちらが日本人か分からない。幼い頃から歌が大好きだったというLSKさんは、それからしばらくの間、日本の唱歌をメドレーのように次々に歌ってくれた。『日の丸の旗』『鳩《はと》ぽっぽ』などに続いて『台南神社の歌』という歌もあった。日常使う言葉は忘れていても、歌になると、こうしてしっかり記憶に刻まれているのだ。

「さあ、食事にしましょう」

その日はLくんの祖父母、ご両親だけでなく、叔父さんも参加していた。普段は離れて暮らしていても、日曜日は必ずこうして一家が集まり、食卓を囲むのだそうだ。

メニューは碗粿《ワーグィ》とつみれのスープ。碗粿とは日本統治時代よりもおそらく前、台湾が貧しかった時代から受け継がれてきた、ソウルフードと言ってもいいだろう。米粉を水に溶いた汁の中に、豚肉や塩漬け卵、椎茸《しいたけ》などを入れて蒸したもので、平たくいえば米のプリン、または茶碗蒸《ちゃわんむ》しだ。固い食材はほとんど使っていないから、これなら高齢者でも難なく食べられる。アクセントになっているのは卵の塩味。一方つみれスープの方は魚肉のつみれが具材で生姜《しょうが》の風味が効いており、つみれの歯ごたえを楽しむあっさりした味だった。

「ほとんど毎週、これです」

碗粿を口に運びながら、Ｌくんは「どうですか」という顔をした。私は、馴染みがあるようでない味と食感に、取りあえずふんふん頷きながら、ところで日本で、こんな風に日曜ごとに成人した孫から祖父母までが集まって、昔ながらのソウルフードを味わい、しばしの時を一緒に過ごすといった家が、どれほどあることだろうかと考えていた。しかも、そこに私たちのような初対面の外国人が交ざっていても、彼らは特別なご馳走《ちそう》などを用意することもなく、ごく自然体でやり取りをしている。

あっさりした食事が終わった後は、ドラゴンフルーツやバナナといった果物とお茶とで、まったりと過ごす。茶器や薬缶《やかん》の並ぶそばに陣取って、「お茶奉行」となって手を動かしてくれるのは叔父さんだ。国会議員を務めていたこともあるというＬＭさんは疲れるといけないからと奥に引っ込み、あとはＬＳＫさんがほとんどは台湾語で、時々、日本語を交えながら話をしてくれた。

「日本統治時代、日本人の家のお正月の飾りを見るのが楽しみでした。おひな様、端午の節句、そういうときの飾りも。あと、家を建てるときにお餅《もち》を撒《ま》くことがあって、私たちももらいにいったのを覚えています」

　幼かったＬＳＫさんにとって、日本統治時代につらい思い出はほとんどないようだった。むしろ戦後、中国大陸から国民党軍が入ってきてからの方が怖い思いをしたという。

「もう、ひどかった。日本人のお巡《まわ》りさんは私たちを守ってくれました。けれど、国民党は守らない。それどころか、外を一人で歩いてはいけないと言われました。それくらい、危なかった」

　日本語を話してはいけないと言われ、理由もなく突然、家に兵士が踏み込んできて荒らし回り、略奪まがいのことをしていくこともあったという。

　戦後、大陸から国民党軍が入ってきた当時の話というのは、台湾のどこへ行っても怒りや侮蔑《ぶべつ》的表情と共に語られることが多い。ことに、都市部ならば東京と変わらない水準で生活し、規律に厳しく清廉《せいれん》だった日本人に教育されていた人たちにとって、無知で質《たち》の悪い国民党軍は受け入れがたい存在だったという。瞬《また》く間に治安は著しく乱れ、彼らによる強盗、強姦《ごうかん》、殺人などの事件が頻繁に起こるようになった。経済も混乱してインフレが激しく進む。中央から地方まで、汚職が横行する。そうした彼らの蛮行は一九四七年に起きる民衆の弾圧、虐殺《ぎゃくさつ》である二・二八事件へと発展し、そこから長い白色テロの時代へと突入していくのだ。

「悔しかったよ。そんな連中の手先にならなきゃいけなくなって」

そう話してくれたのは、やはり台南で出会った一人の老人だ。

ある暑い日に、日本統治時代のものか、それとも中華民国になってから建てられたのか判然としない古い住宅が並ぶ地域に入り込んでしまい、放し飼いの犬に吠《ほ》えられながらウロウロと歩き回ったことがある。その時、通りかかったバイクが突然、私たちの横で停まった。乗っているのは鈍く光るヘルメットの下に真っ黒いサングラスをかけた、いかつい雰囲気の男性だ。私はてっきり「ここで何をしている」と詰問《きつもん》されるのかと思って、通訳の後ろに隠れそうになった。

「この近くに、日本語すごくよく話すお爺《じい》さんがいるそうですよ」

ところがしばらくの間、男性とやり取りをしていた通訳は、こちらを見て言った。

「もしも興味があるなら、その人に会ってみますかって」

「え、ああ、はい。会って、みたいです」

行きがかり上、そう答えるしかないような雰囲気だった。するとサングラスの男性はバイクから降りて小走りで来た道を戻っていき、ある一軒の家の前で立ち止まったかと思うと塀越しに何か声をかけて、しばらくしてからまた小走りで戻ってきた。

「どうぞ、入っていいですって」

おどおどしながら男性に従う。すると、家の玄関の扉から一人の老人が顔を出していた。こんにちは、と声をかける。

「日本の方ですか」

「はい、日本から来ました」

「いらっしゃい。さあ、入って下さい」

私たちを案内してしまうと、サングラスの男性は何も言わずにすたすたと戻っていく。何だかものすごく親切にしてもらったらしいと、その時になって気がついた。体格と風貌《ふうぼう》が怖すぎたせいで気がつかなかった。いや、単にサングラスをしていただけなのだ。誤解してごめんなさい。

「僕はね、昔は、台湾総督府に勤めていたんです」

玄関を入ってすぐの居間に通され、すすめられたベンチシートは畳張りだった。日本語がお上手ですねと言うと、まだきちんと名乗りもしていない私に、老人は唐突に話し始めた。

「台湾総督府に、ですか」

目を丸くしている間に、その「証拠」の品を出してきてくれた。それには荘壽生《そうじゅせい》さんという老人の氏名と、大正十一年生まれであることが書き込まれている。かなりのご高齢ということになるが、口調もしっかりしている上に肌つやもよく、とてもお元気そうだ。

「僕は、本当は大日本帝国軍人になりたかったんです。しかし、あの頃は台湾人は軍人にはなれません。だから、台湾総督府の勤行報国青年隊というのに入りました。そこで簡単な教育を受けてから、朝、兵隊さんたちが体操するときに笛を吹く役目になりました。毎朝、ピ、ピ、ピ、とね」

兵隊たちの前で笛を吹きながら、いつか自分も兵隊となって戦地へ行くのが夢だったという。だが、日本は敗戦した。

「驚きました。まったく、信じられなかったですよ」

そう言ったと思ったら、荘さんは突然、背筋を伸ばして早口で、昭和天皇が玉音放送で読み上げた言葉を諳《そら》んじ始めた。

「朕《チン》深ク世界ノ大勢ト帝國ノ現狀トニ鑑《カンガ》ミ非常ノ措置ヲ以《モッ》テ時局ヲ收拾セムト欲シ……」

これには心底驚いてしまった。テレビなどで玉音放送の一部を聞いたことは何度となくあるが、一般人でこの詔書を口にする、しかも全文を記憶している人など、かつて見たことがない。それも、まったく淀《よど》みなく早口で諳んじているその人は、紛れもない台湾人なのだ。

日本人として生き、日本人として戦いたかった荘壽生青年は、自分の思いとはまったく関係なく、中華民国国民になった。家は大変に貧しい農家だったという。家族ともども食べていくため、生きのびるために、荘さんは警察官になる道を選んだのだそうだ。

「心は日本人なんですよ。それなのに、中華民国の警察官として、やつらの手先になって生きにゃあならなかったんです。つらかったです。ずっと、ここが苦しくてね。でも、仕方がなかったね。警察官をやめたって、日本人に戻れるわけじゃないでしょう。それが僕の一生になってしまいました」

まさか、行きがかり上立ち寄ることになった古い住宅で、そんな話を聞くことになるとは思わなかった。私に出来ることは、ただ「苦しかった」と繰り返し、自分の胸を押さえてみせる老人の頰を伝う涙をティッシュで拭《ぬぐ》ってあげることだけだった。

その時に写した写真を大判でプリントし、さらにラミネート加工して、後日また台南に行ったときに老人の家へ届けに行った。荘老人は最初、私たちを思い出せない様子だったが、写真を見せると「ああ」というように笑みを浮かべ、やはり家に招き入れてくれた。その時は、老人の息子さんもお孫さんもいて、テレビからは何やら賑やかな話し声が聞こえていた。私たちには容易に想像できないような経験をしながら生き抜いてきた老人の晩年は、今は家族にも囲まれて穏やかなものであるらしかった。

台湾に行ったとき機会さえあれば、私は必ず老人たちと話をする。短くても、すれ違いざまでも言葉を交わす。というよりも、あちらから「日本人ですか」と声をかけてくることが多い。時に懐《なつ》かしげに日本語で語るその人たちは、時代の生き証人だ。だが、日本統治時代から遠く離れて、日本語世代も高齢化が進み、出会いの機会はますます貴重になっている。

台南のＬさんご夫婦。ＬＳＫ夫人は、息子や孫との食事の間じゅう、非常にこまめに、また身軽に皆の世話を焼いていた（上）。偶然、出会った莊壽生さん。日本語の発音も非常に正確で滑らかだった。穏やかな笑顔から、その苦難の人生は想像がつかない（下）。

映画の中の日本家屋

台湾北部、基隆《キールン》市の近郊に九份《ジョウフン》という小さな山間《やまあい》の町がある。侯孝賢《ホウシャオシエン》監督による映画『悲情城市』（一九八九年）のロケ地として脚光を浴び、さらに宮崎駿《はやお》監督のアニメ『千《ち》と千尋《ひろ》の神隠し』（二〇〇一年）のモデルになったとも噂《うわさ》されたことで、日本人にもすっかりお馴《な》染《じ》みになった観光スポットだ。台北から日帰り出来る手軽さもあり、また、雑誌やＣＭの効果もあるのだろうか、訪れる人は絶えることがなく、土日ともなると有名な石段に続く狭い道路には観光バスがずらりと並んで、大渋滞を引き起こすことも珍しくないという。

かれこれ二十年ほど前に、その九份の石段の途中にある茶店に寄って、町を眺めて過ごしたことがあった。入口から軒先まで、赤い提灯《ちょうちん》がいくつも連なっている店で、風通しも見晴らしもよかったが、当時でさえ町を眺めるというよりも、行き来する人の流れの方に目がいった記憶がある。私の中には『悲情城市』という映画がとても印象深く残っていたから、作品世界の何かを感じ取りたかったのだろうと思う。その後もう一度足を運ぶ機会があったが、結局は土産物店の店先に並ぶ品物が様変わりしたくらいで人混みは相変わらずかそれ以上になっており、途中で立ち止まることもままならない状態に、正直なところうんざりしただけで帰ってきた。

　七月のある日、ドライブの途中でその九份にさしかかった。

「寄ってみますか？」

「いいえ、いいです。やめましょう」

　ガイドの言葉にあっさり首を横に振って、観光バスの行列を横目に見ながら、私たちはさらに曲がりくねった山道を進むことにした。周囲の山はいよいよ急峻《きゅうしゅん》になり、途中に廃墟《はいきょ》らしい不気味な建物と煙突が姿を現したり、また切り立った岩場の向こうに青い海が見えることもあった。そうしてたどり着いたのが、金瓜石《シングアーシー》という小さな町だった。こんな山奥に何があるのだろうかと思っていたら突然ぽっかり開けた場所に出て、意外な心持ちで車を降りた私たちの目に飛び込んできたのは「新北《シンペイ》市立黄金博物館」という、文字通り黄金色の文字が掲げられている門だ。

前述の九份も、もともとは金山として栄えた町だが、この金瓜石でも同様に金が掘られていた。日本統治時代に入ってさらに銀や銅の採掘も始まって大いに栄え、一時は人口も一万五千人にまで膨らんで、東北アジア一番の鉱山とまで言われたこともあるという。一九八七年に廃鉱となっているが、その後は辺り一帯が「金瓜石黄金博物園区」として、往時の施設や建物、日本人の住宅跡などが整備され、九份とはまったく趣の異なる、鉱山であったことを前面に打ち出している静かな観光地となった。

ちょうど、台風が近づいていた。生暖かく湿った風が吹き、頭上を黒い雲がぐんぐんと流れて、時々ぱらぱらと大粒の雨が路面を濡らす天気に加えて、既に夕方近いせいもあっただろうか、全体に何となくもの淋《さみ》しい雰囲気が漂い、歩いている人もまばらだ。さして興味を惹《ひ》かれるようなものもなさそうだなと思いながら、それでもぶらぶらと歩いていくうちに、赤煉瓦の塀が見えてきた。塀の向こうに建つのは日本家屋だ。いわゆる棟割長屋風の建物で、一見して鉱山として栄えていた頃の、日本人の社宅らしく見えた。

「この入口、見覚えはないですか？」

ガイドがこちらを振り向いた。そう言われてみれば、見たことがあるような気持ちにもなるが、金瓜石を訪ねたのはこれが初めてだ。首を傾《かし》げていると、ガイドはさらに「思い出さないですか？」と、こちらを試すような顔つきになった。

「この家は『牯嶺街《クーリンチェ》少年殺人事件』の撮影に使ったんです。映画を観《み》てるでしょう？　あの主人公の一家が住んでいた家ですよ」

私は「え？」と聞き返した。頭の中で映画のシーンが猛烈に回り始める。

『牯嶺街少年殺人事件』は一九九一年に台湾で製作された映画だ。監督は楊徳昌《エドワードヤン》。実際に起きた十代の少年による少女殺害事件をヒントとして描いた映画は、様々な映画賞を受賞するなど高い評価を受けたが、日本では公開後に配給元が倒産するなどのトラブルが続いたため、それからおよそ二十五年間というもの、ＤＶＤ化の実現にも至らなかった。その映画がデジタルリマスターされてリバイバル上映されたのは二〇一七年のことだ。このとき私はようやくこの映画を観ることが出来た。そんな話を、顔馴染になっているガイドには聞かせたことがあったかも知れない。

　映画の舞台となっているのは、一九六〇年代初頭の台北。多感な少年の揺れ動く心を中心に、恋愛、暴力、友情、家族といったものを多角的かつ陰影豊かに描いている。上映中、私がまず衝撃を受けたのは、主人公の少年一家を始めとする登場人物たちが日本家屋で生活しているということだった。玄関、台所、手洗い、押入。廊下から障子戸に至るまで、スクリーンに映し出される建物は、紛《まご》う方のない日本家屋だ。そこで当たり前のように日々の暮らしを営む人たちは、女性は中国服らしいデザインの服を着ているし、畳の上にじかに座る生活も送っておらず、そして、誰もが中国語を話す。そう、台湾語ではなく、中国語。これが、大きなヒントなのだった。

「日本人たちが引き揚げていった後、日本人が暮らしていた町は、どこもひっそりと淋しくなったよ。夜も真っ暗になったしね。だけど、空き家になったところに入りこむような台湾人はいなかったね。それでは泥棒になってしまうから。日本人の家に入ったのは、外省人だ。日本人が残していったものを全部、自分たちのものにして、当たり前みたいな顔をして住み着いたんだ」

かつて、いわゆる日本語世代の老人から、そんな話を聞いたことがある。終戦前後の台北について、色々と聞かせてもらっている最中のことだった。

一九四五年、日本の敗戦によって五十年に及ぶ植民地支配に終止符が打たれた後、台湾は中華民国に接収されることになった。当初、台湾に暮らす人たちの大部分である漢民族たちは、これを日本からの解放であり、心の故郷・中国への復帰であると解釈して「光復」と呼んで熱烈に歓迎したという。この時点で台湾は中国の一部と見なされて「台湾省」となり、ついこの間まで日本人だった人々の国籍は中華民国となった。

一九四六年、中国大陸で蔣介石《しょうかいせき》の国民党と毛沢東《もうたくとう》が率いる人民解放軍との間で内戦状態に突入する。戦況は次第に蔣介石側に不利になり、国民党軍は各地を転戦しながら次第に力を失い、追い詰められていった。そして、ついに中国大陸での拠点を失った蔣介石は一九四九年、家族と共に大陸から台湾へと撤退してくる。それに従う格好で、国民党軍の軍人、兵士、関係者ばかりでなく、大勢の公務員やそれに関係する人々、その家族、国民党支持者など、およそ百万人以上とも言われる中国人が海を渡った。中には自分の意思とは関係なく船に詰め込まれた若い兵士などもいたという。この人たちを「台湾省」の外からやってきた人たちという意味で「外省人」と呼ぶ(それに対して、日本統治時代かそれよりも前から台湾で生きてきた人たちは「本省人」と呼ぶ)。彼らが話す言葉は、出身地によって訛《なま》りがあるとしても、当然のことながら中国語だ。

つまり外省人とは、台湾の日本統治時代を経験していない代わりに、大陸で日中戦争を経験している中国人たちということになる。そして、この時点で、同じ漢民族同士であっても、かつては日本人として戦争に加わらなければならなかった台湾本省人と、日本と戦った外省人という、「敵と味方」だったもの同士が、同じ島で顔を突き合わせて生きていかなければならないという、皮肉な構図が出来上がった。これが台湾という島を現在に至るまで複雑にした大きな要因の一つになっている。

「庇《ひさし》を貸して母屋《おもや》を取られるとは、このことです。勝手にどんどん入り込んできて、結局は政府を立ててしまったんだから」

本省人の中には、そう言って憤《いきどお》る人が今も少なくない。もとは同じ漢民族といっても、早い時代に大陸から台湾に渡り、幾世代も経てきた人たちは、少なからず家系図のどこかで原住民族や台湾支配に乗り出してきたオランダ人、スペイン人などと交わってきた。さらに日本統治時代には日本の教育を受けて日本文化を身につけたこともあって、自分たちは台湾独自の民族となっているという気持ちが強いせいだ。彼らは自分たちのことを「台湾人」と呼ぶことを望むし、若い人たちは「タイワニーズ」と名乗ったりもする。

一方の外省人たちにだって言い分はあるだろう。内戦を恐れ、共産党による支配を拒否した人々は、当初は蔣介石と国民党軍が巻き返しを図ることを願っていたに違いないし、政権を取り戻すことさえ出来れば、自分たちも遠くない将来、大陸に返り咲けるに違いないと夢見ていたはずだ。だが、その兆《きざ》しは一向に見えないまま世界情勢は大きく変わり、年月ばかりが過ぎて、外省人たちはそのまま台湾での生活を余儀なくされた。

「日本と八年戦って、日本家屋に日本の歌」。

映画『牯嶺街少年殺人事件』の始まりに近い部分で主人公の母親が中国語で呟《つぶや》くのは、そんな背景があってのことだ。その言葉だけで、彼らが外省人であると分かる仕組みになっている。背景が一九六〇年代初頭ということは、主人公の少年も兄姉《きょうだい》たちも、実は大陸の生まれで幼い頃に両親と共に海を渡ったということになる（末っ子だけ違う）。つまり、彼らはある意味で漂流してきた一家であり、その家は決して自分たちが望んで住んでいる空間ではないのだ。

映画を観ながら、私は、もしも自分が引き揚げ者の家族だったら、この日本家屋のシーンをどんな風に受け取るだろうかと考えていた。そのことを、山間の金瓜石という町に来て、久しぶりに思い出した。

「そういえば確かに、こんな門構えの家だったかな」

なるほど、と頷《うなず》いて見せると、ガイドも得意げに頷いている。主人公の家は、両親に子ども五人という家族構成で、男の子二人は押入の上段下段をベッドとして使っており、玄関のすぐ脇《わき》には引戸式の手洗いがあった。実際には家の中のシーンはまた別のセットを使ったのかも知れないが、そんなことを思い出しながら、かつて炭鉱で働いていた日本人の住宅だった家の中を見て歩くのは、何か特別な気持ちのするものだった。もちろん私たちの目には特に目新しいものはない、ごく当たり前の日本の家なのだけれど。

今でこそ数を減らしているが、台湾の、ことに台北にあった日本家屋の多くには、着の身着のままで引き揚げなければならなかった日本人の様々な思いや無念さに加えて、そこで暮らすしかなかった寄る辺ない外省人たちの悲しみも染《し》み込んでいたのかも知れないと、そのときに初めて気づいた。どうしても古くからの台湾を探り、また日本統治時代の話を聞くことが多い旅の中では、「外省人」の存在は時として台湾本省人を脅《おびや》かしてきた存在のように思えてしまうことが多かったが、彼らもまた台湾の重要な要素であることに変わりはない。

一九六〇年前後、台湾は一九四九年以来続いている戒厳令の真《ま》っ只中《ただなか》にあった。中華民国政府による国民への監視、密告、検閲、拷問《ごうもん》などといった抑圧は熾烈《しれつ》を極めており、まるで覚えがなくても身柄を拘束されて、中には政治犯として処刑されるものも後を絶たなかった時代だ。映画では、そんな状況下で精神的に追い詰められていく外省人の悲哀も描かれている。決して「母屋を取」って呑気《のんき》に暮らしているばかりではなかった。

「あ、閉められちゃってますね。台風が来るから全部、板を打ちつけました」

金瓜石の細い道を歩くうち、「太子賓館」にたどり着いた。ここは『牯嶺街少年殺人事件』に登場する早熟でワルの転校生の家として撮影に使われたのだそうだ。言われてみれば、確かに記憶と重なる気もする。映画の中では、その悪ガキが日本家屋の庭先で親のライフルをおもちゃにしてぶっ放すシーンがあるが、これほどの山奥でなら、実際にここで撃ったとしても問題なかったかも知れない。

　ちなみに一九二二（大正十一）年に建てられたこの賓館に泊まるはずだった皇太子とは、後の昭和天皇のことだ。故郷から遠く離れたこの土地で炭鉱開発に力を入れていた日本人にしてみれば、皇太子の行啓はさぞ誇らしく嬉《うれ》しいことだっただろうが、どういう理由からか結局、皇太子はここへは立ち寄らなかった。当時、可能な限り贅《ぜい》を尽くして、日本庭園までしつらえた皇太子のための屋敷が後年、台湾映画のセットとして、しかも外省人が住む家となって使われることになろうとは、当時の誰が想像しただろう。それにしても、気軽に寄り道したつもりが、これほど『牯嶺街少年殺人事件』のことを思い出すことになろうとは思わなかった。

　思い出しついでに、そういえば映画の中に登場する「牯嶺街」という町は、実際はどんな場所なのだろうかと、今度はそれが知りたくなった。映画では、日が暮れた後も店先に電球を吊《つる》した古本屋などが軒を連ねており、学生たちも数多く行き来している、どこか下町らしい情緒を感じさせる町だった。地図で調べてみたところ、台北中心地のほぼ南に位置しており、私がこれまでに何度となく訪れている二二八国家紀念館のすぐ近くだということが分かった。少し西には台北植物園などがあり、もっと西に行けば淡水河沿いに台北でもっとも古くから開けていた艋舺《もうこう》（現在の万華《ワンファ》）に行きつく場所だ。

　その夜のうちに台風は過ぎ去っていた。翌日は朝から晴れ渡り、例によって暑い一日になった。

「あんなところ行ったって、何もありませんよ」

　前日に続いてつきあってくれているガイドは、自分から映画のことを言い出したにも拘《かか》わらず、今ひとつ納得がいかないという顔をしていたが、それでも私たちを牯嶺街まで連れていってくれた。

　本当に、何ということもない台北の街だった。たまに古銭や切手を扱う古い店がある。中の一軒を覗《のぞ》いてみると、埃《ほこり》と排気ガスで薄汚れているガラス戸の向こうに常連らしい男性客と年老いた店主がいて、退屈しのぎのような顔つきで何か喋《しゃべ》っていた。そのまま角まで行ったところで、白い建物が目につく。正面に「牯嶺街小劇場」と書かれていた。

牯嶺街小劇場は、一九〇六年の木造建築で日本統治時代は憲兵隊の官舎だったらしい。その後は警察署だったこともあるということで、今でこそ外観全体が白く塗装されているが、正面には赤くて丸い照明灯がついているし、雰囲気はなるほどと思わせるものがある。中に入ってみるとちょうど上の階で実験的演劇を行っている様子だった。住む人も集う人も変わり、残っているのは街の名前と、この建物くらいということだろうか。

今となっては実際に見ることのかなわない、日本統治時代の足跡を色濃く残す六〇年代の台北を『牯嶺街少年殺人事件』は見事に再現してくれていた。かつて日本人がいたことには何の感慨も抱かない代わりに、親の不安定さを敏感に感じながら自分たちの世界を築こうとしている外省人の少年少女たちが、一方では時代の波を受けてアメリカン・ポップスにも夢中になり、もう一方では自分たちが暮らす家の天井裏から見つけた日本刀をおもちゃにしたり、日本人女性の写真に見入ったりする。それが、この島を立ち去った後の日本人が決して垣間見ることの出来なかった、あの時代の台北、新たにやってきた外省人の世界だったのだろう。

金瓜石にある「新北市立黄金博物館」の屋根つき通路のゲート。文字の金色が、つい期待させる（上）。映画『牯嶺街少年殺人事件』の撮影に使われた、かつては鉱山技師の住宅だった日本家屋（中）。

家屋内部。日本人にはなじみのあるつくりだが、スリッパを履いて畳の上を歩くのに抵抗を感じる。

台北ＭＲＴに生かされる日本の技術

台北の主要道路はいつも混雑している。路上駐車が多いしバイクが溢《あふ》れかえっていて、たとえ雨の日であってもその数は変わらず、中には雨合羽の夫婦と幼児で三人乗りしているのに加えて前籠《まえかご》にペットの小型犬までいたりする強者《つわもの》バイクが車の間をすり抜けていったりするのだから、タクシーに乗っていても絶えずヒヤリとしなければならない。そのタクシーにしてもドライバーによっては相当に大胆な運転をする。そんなわけで心穏やかかつスムースに、そして安価に市内近郊を移動したいと思ったら、何といっても新交通システム・台北捷運《ジェユイン》（正式には台北都会区大衆捷運系統。略称、台北ＭＲＴ）を利用するのが便利だ。

ＭＲＴは大半は地下を走っているが、高架を走っている部分もある。それぞれの路線は赤、黄、青、緑などと色分けされている。しかも表示されている駅名は当然のことながら漢字だから、路線図を一見すると東京や大阪の地下鉄とよく似た印象を受ける。つまり、まったく乗り慣れていなくても、目的とする駅がどの色の路線か確認して乗換駅さえ間違えなければ、さほど苦労することなく利用することが出来る。

　日本の地下鉄と異なる部分といえば、まず券売機で買う乗車券が「切符」ではなくトークンと呼ぶプラスチック製のコイン型ＩＣ乗車券であること。トークンは降車駅の自動改札機で回収されるからゴミにもならなくて非常にいい。悠遊卡《ヨウヨウカー》というＩＣ乗車カードもある。ちなみにこの悠遊カード、乗車時には最低運賃以下の残額しかなくても、改札口を通ることが出来る。そして、残高不足のまま目的地に着いても、一度だけなら改札を出ることが出来るらしい。二度目以降か、または他の問題があった場合はカードをかざしてもアラームが鳴り、外に出られないというシステムだ。そうしたら窓口か機械を使ってチャージすればいい。コンビニなどで利用可能で、チャージも出来るのは日本と同じだ。

　また、喫煙はもとより車内での飲食は法律で禁止されていて、違反した場合は罰則の対象になる。だから日本の電車内のように、何か食べたり飲み物を手にしている人はいない。従って駅構内やホームに飲み物の自販機などないし、売店もない。徹底している。

徹底しているといえば、いわゆる優先席が各ドアのすぐそばにあって、もし座っている若者などがいたとしても、高齢者や身体《からだ》の不自由な人が乗ってくるとさっと席を立つ。音楽など聴いていて気づかない乗客がいれば他の人が促して立たせることもある。そこまで徹底しているのに、あちらこちらで携帯電話が鳴り、会話する人がいるところが台湾らしい。

ＭＲＴは一九九六年に開業した。つまり、まだ二十年あまりしかたっていない、文字通り新しい交通手段だ。それだけに新しいシステムを一斉に導入しやすかったのだろうし、最初からルール作りを徹底すれば、乗客たちも「そういうものだ」と受け入れて馴染みやすかったのだろうと思う。

「でも、はじめの頃は誰も並んだりしていませんでしたよ。何年かぶりに台湾に帰ったら、みんなちゃんと整列乗車するようになっていて驚きました。へえ、やれば出来るんだなって」

以前、日本に留学している台湾人の青年から聞いたことがある。最初から徹底されていたわけではないらしい。だが、とにかく今では乗客たちはごく当たり前にプラットホームに引かれた線に沿ってきちんと並び、電車の到着を待つ。アナウンスは流れない。電光掲示板と、場合によっては簡単な電子音が電車の到着を知らせるだけだ。ほとんどの駅にはホームドアが設置されている。そんな具合だからMRTは台北の街の雑然とした雰囲気や混沌《こんとん》とした印象とはまるで異なる、整然としてゴミ一つ落ちていない独特の雰囲気を持った地下空間とも言える。

今も路線が広がりつつあるMRTだが、この中に台湾で初めて、日本企業が単独で施工《せこう》した区域があると教わった。それが二〇一四年に開業した松山新店線の、松江南京、中山、北門という三つの連続した駅とトンネル六本を施工する工事だったという。この区間は、台北でももっとも中心部に位置するといっていい地域だ。

松江南京は、大手銀行や証券取引所などが軒を連ねるビジネス金融街。途中、日本人ビジネスマンなどが多く利用する飲食店やホテルが林立する林森北路を挟んで西隣にある中山は、デパートや一流ホテルも並ぶ、たとえて言うなら銀座のような街といったところだろうか。そこから南西方向にある北門に向かうと、すぐそばには台北駅がある。台北駅周辺は日本統治時代から残る古い建物や住宅密集地のある一帯だ。この、それぞれに個性と特色がある街を結ぶ路線と駅を単独で施工したのが、前田建設工業株式会社。二〇〇二年、高雄《タカオ》での活動を皮切りに、二〇〇六年に台北市に進出し、同年十二月から工事に入ったという。工事の完成までは約八年を要した。

「台北は地下水位が高いんです。二メートルも掘ると水が出ちゃう。しかも、台風も多いですから、つまり『水との闘い』という側面が一つ、大きな問題でした」

前田建設の台湾出張所を訪ねてみた。酒井照夫出張所長は前田建設が台北に進出するよりもさらに四年前、二〇〇二年に台湾出張所の営業を開始した当初から、まず南部・高雄での地下鉄設計・施工に携わり、次いで東部・花蓮《ファーリエン》で、やはり台湾唯一《ゆいいつ》という海洋深層水の取水施設施工に取り組んできたという。つまり、台湾で長年「水と土」と闘ってきた、プロ中のプロだ。

地下鉄工事にはシールド工法をとった。トンネルを掘るのにシールドマシンという掘削機を使用するものだ。巨大な円盤形の機械で、掘削面には岩をも砕く強靭《きょうじん》で細かい刃が、まるでおろし金のようにたくさんついており、その円盤をゆっくりと回転させながら前進させることによって土や石を削り取り、穴を掘り進めていく。削り取られた泥土や石、染み出てきた水などは逐次ホースで地上に吸い出される。一定の間隔を掘り進むと、そこにセグメントという円弧状のブロックを組み上げてリング状につなぎ、がっちりと固定する。このリングが連続していくことでトンネルは内側から強固に補強されつつ延びていくという仕組み。

「トンネルは真《ま》っ直《す》ぐではないですからね、地上の建築物ばかりでなく、地盤や障害物など地下の状況によっても、途中でカーブさせる必要が出てきます。今回の工事ではトンネルがカーブする際に、コンクリート製のセグメントでは強度が足りないのではないかと判断した箇所には、台北の地下鉄で初めて鋳鉄製のダクタイルセグメントというものを採用しました。何よりも大切なことは、日本の技術で万全の安全性を確保すること。これが最重要課題だったんです」

水の問題だけでなく、歴史の積み重なった台北の地下には既に様々な「障害物」があった。たとえば高架橋の基礎や橋の杭《くい》など。あらかじめ調査して図面で確かめておいたとしても、実際に掘り進んでいかなければ分からない局面もあったという。ただシールドマシンをグルグル回して、ザクザクと穴を掘り進めていけばいいというわけではないのだ。

「環境管理も徹底しました。現場の整理整頓《せいとん》はもちろんのこと、現場周辺にも配慮が必要です。自分たちが暮らしている地域の地下が掘られるわけだから、近隣住民などの理解を得る必要もあります」

田口邦明事務長も、たとえば掘り出した泥土を運ぶダンプトラックの洗浄や道路の清掃、現場の緑化にまで配慮したと語った。

「苦労したのは、台湾鉄道（在来線）と台湾高速鉄道（新幹線）とが並行して走っている場所の、わずか五メートル下を交差しながら掘進《くっしん》しなければならなかったときですね」

酒井所長が地図を示しながら語る。場所は北門駅よりも少し南だ。この区間は、台湾鉄道も新幹線も地下を通っている。双方のトンネルには土留めのための連続壁と、これも日本の技術だというＳＭＷ壁という遮水性のある壁とがトンネルよりもさらに地下深くまで築かれていて、今回の地下鉄工事では、その壁を突っ切っていく必要があった。そのためには壁を削《はつ》らなければならない。せっかく強固に出来ている壁に穴を開けるのだから、その分だけ問題が起こらないように、周囲の地盤を強化する必要もある。

「工事には当然、振動が出ますよね。引っ切りなしに走っている鉄道の、たった五メートル下でやってるわけですから、大きく揺れれば安全な運行に支障が出かねない。だが、新幹線も台湾鉄道も運行は止めないし、ダイヤを乱してもならん、ということで、これは大変でした」

地上にいては絶対に分からない地下二十、三十メートルの世界。しかも、どれほど優秀なマシンを導入していたとしても、必要に応じて既存の壁を削り、鉄筋を切断し、また、セグメントの一つ一つをボルトでつなぎ合わせていくなどの作業は、最終的にはすべて人間の手に委《ゆだ》ねられる。スタッフや作業員には日本人ばかりでなく現地の台湾人も、またタイ人もいた。小さな油断やコミュニケーション不足が後々、大事故につながらないとも限らない。だからこそ、それぞれの言葉で注意喚起を怠らず、くどいほど確認を繰り返して、細心の注意を払わなければならなかった。そういう苦労を重ねてきたからだろう。酒井所長も田口事務長も、実に流暢《りゅうちょう》な中国語を話される。

「その上、北門駅の施工現場から台北城があった頃の遺跡も出てきましたし、工事する範囲に引っかかるところには、日本統治時代の機関車整備工場もありました。こっちも頭の痛い問題でした」

台北は清時代、もともと広さ一・四平方キロメートルの城郭都市だった。日本統治時代になってすべての城壁と西門とが取り壊され、その城壁の巡らされていた跡が現在では台北中心部をぐるりと回る格好の、幅広い三線道路となっている。北門駅は、今も国の第一級古蹟《こせき》として遺《のこ》されている城門の一つ、北門が近くにあることから命名されている。そんな環境だから、地面を掘れば古い時代のものが出てくることは想定の範囲内だったかも知れないし、台北駅からほど近いことを考えれば、機関車整備工場があったことも頷ける。そして案の定、清時代の「機器局」が日本統治時代になって「鉄道部」となった、その一部と思われる遺跡が現れたという。

工事はストップ。遺跡は一年ほどかけて学者による発掘調査が行われた。その間に、前田建設は北門駅の出入口の位置を設計変更したり、また遺跡からの出土品の一部を新しい駅の構内で展示する方法などを模索した。ＭＲＴの駅は、どこも似たような造りで同じ雰囲気だ。統一されている。その中で、それぞれの駅が壁のレリーフなどを使って個性を演出しようとしている。北門駅の場合はこの地が長い間ずっと鉄道と縁が深く、そうした歴史の上に成り立っていることを大きな特徴としてアピールしたかったのだろう。

一方、煉瓦《れんが》造りの機関車整備工場の方は台北市の指定遺跡となっているため、やはり保存する必要があった。もともとあった場所からは以前、別の業者が移動させていたということだが、その場所が今回の駅建設工事の妨げになることから、工事に先がけて建物を少しでも本来あった場所に近づける方向で、南から北に二十五・三五メートル移動させることになったのだという。そのためにおよそ十カ月かけて建物の基礎補強、構造補強、そして底版《ていばん》構築を行い、移動に耐えられる状態にしたところで、そろり、そろりと動かした。移動期間だけで計十三日ほどかかったということだ。

当たり前の話だが、鉄道は路線の一部分でも工事が終わっていなければ電車は走れない。決められた工期のうちにトンネルを掘って駅を三つ造るだけでも大仕事だ。しかも前田建設は、松山新店線全線の軌道工事と管制設備、そして空調などの仕上げ工事も受注していた。それに付随して、やれ遺跡だ保存だ移動だといった問題まで出てきたのだから、処理しなければならないことは山ほどあったに違いない。

「まあ、どこでやっていてもアクシデントはつきものでね、思ってもみなかったことが起きる。そんなものですよ」

今でこそ笑って話して下さる酒井所長たちだが、実際に工事を進めていく段階では、頭を抱えることも多かったのではないかと想像した。大きなものを造る工事だからこそ、細部に目を向ける感覚と、全体を見渡す力の両方が必要なのに違いない。

説明を聞いた後、実際に北門駅と機関車整備工場の建物を案内していただいた。

二〇一四年十一月に開業した北門駅は、今も真新しい雰囲気のままだ。利用者の数もまださほど多くない様子で、地上の喧噪《けんそう》からは相当にかけ離れている。広々とした構内にはテナントスペースも設けられているのだが、利用客そのものがまだ少ないせいか、空き店舗のままのところが目立った。

改札口に向かって歩いて行く途中、まず壁のレリーフが目にとまった。この土地の歴史を年表形式で分かりやすく伝えているものだ。そして北門駅の強みと言えば、前述の遺跡。こちらに関しては構内の床の一部にアクリル板がはめ込まれ、自分たちの足もとに発掘された遺跡の一部が再現展示されるという工夫がなされていた。

「いったん出土したものに整理番号をつけて、例の機関車整備工場に保存しておいたんです。工事期間中は前田建設が管理していたわけですから。そして、工事の最終盤になって、出土品を元の位置に復元移動しました」

覗いてみると、確かに古い煉瓦や土管などがある。たった今、発掘作業が行われたような展示の工夫も見られた。こういう半ば遊び心を感じられる展示は、駅全体の床面積を広くとっているからこそ出来るものだといっていいだろう。日本の地下鉄駅構内で、こんなことの出来る場所があるだろうかと、つい考えた。同時に、この地には日本統治時代以前からの人々の営みが降り積もっていること、当時からずっと鉄道の要衝であったことを実感する。

機関車整備工場の方は、北門駅が運用を開始した後も、実はそっくり鉄板に囲まれたまま、未《いま》だに一般の人の目には触れていなかった。古い建物の修復やその後の管理には当然のことながら莫大《ばくだい》な予算がかかる。そのこともあって、処遇が宙に浮いたような状態らしい。だが今のままでは、真新しい北門駅のすぐそば、台北駅からもほど近い一等地に、まるで廃業した町工場か何かがあるだけにしか見えない。これは残念だし、勿体ない。

お願いして、入口から少しだけ中を覗かせてもらった。

照明をつけると、なるほど、いかにも日本統治時代のものらしい、赤煉瓦造りの建物が姿を現した。今は太い鉄骨に守られ、土台も少し浮いたような感じだが、移動の際に補強工事はしてあるのだから、あとは改めて日の目を見られるように整えればいいのではないかと、素人《しろうと》の頭は単純に考えてしまう。いかにも愛想のない鉄板の屋根や壁が取り払われて往時のままの姿を蘇《よみがえ》らせることが出来たら、この建物こそが北門駅の大きなランドマークになる。そうすれば、辺り一帯の風景そのものも大きく変わってくるに違いない。何よりこの建物が、その日が来るのを待ちわびているように見えた。

台湾には日本企業が関わった建築物が山のようにある。高層ビルの類《たぐ》いはほとんどがそうだとも聞いている。それでも、自分も当たり前に利用するＭＲＴの一区間を単独で築き、安全を守り続けている日本企業があると思うと、やはり嬉しくなる。酒井所長のモットーは「正義を信じて一生懸命頑張る」というものだそうだ。以来、松山新店線に乗って北門駅界隈《かいわい》を通過する度に、日本の「一生懸命さ」を感じるようになった。それは、かつて五十年間、台湾を日本の領土として猛スピードで開発し続けていた頃の、多くの日本人技術者たちの心意気と相通ずるものに違いない。

日本統治時代の機関車整備工場跡。しっかりと補強工事がなされている（上）。北門駅そばの機関車整備工場跡。鉄板に覆われているため、気づいている人は少ない。建物の左右に北門駅への入口が見えている。右手奥に見える高層ビルが台北駅のあたり（中）。ＭＲＴの駅務員室。改札口の内外両方に面している多角形のデザインは各駅で共通。手前の機械で悠遊カードのチャージも出来るし、駅員さんに頼むことも出来る（下）。

アクシデント

暗闇《くらやみ》の中に、ゴオォーという音だけが響いていた。何だか知らないが、顔の左側がじんじんと痺《しび》れるように痛む。左のてのひらにも痛みがあった。

それにしても、うるさい。一体ここはどこで、自分はどんな格好になっているんだろうか。どうやら膝《ひざ》にも痛みがあるし。

そこでようやく目を開けた。目の前に広がる景色から、自分が寝転がっているらしいと気がつく。変に捻《ひね》っているらしい首を動かすと、少し離れた床の上に転がっている眼鏡が視界に入った。間違いなく自分の眼鏡だ。

つまり？

眠っていたのだろうか。どこで？　第一、この騒音は何なのだ。焦《あせ》りを感じながら必死で記憶をたどってみる。少ししてようやく、あ、そうかと思い出した。眠ってなんかいなかった。それどころか、飛行機に乗っていたのだ。台北に向かうために。

　つまり、ゴオォーというこの騒音は、飛行機のエンジン音だか風切り音だかに違いなかった。てのひらに感じているのは黒くて凹凸のある床の感触だ。だが、どうして飛行機の床に寝そべっているのか、それが分からない。ここまで頭を働かせて、とにかく相当にみっともない格好をしているのではないかと気がついた。幸い、近くに人の気配はない。眼鏡に手を伸ばし、それからやっと起き上がる。そのときに思い出した。そうそう、化粧室に行こうとしていたのだ。立ち上がって座席を回り込んだところまでは覚えている。確かに。

　最後尾だったが客室乗務員の姿がまったく見当たらないのは、客席前方から順に飲み物と食事のサービスが始まっているせいかも知れない。床に手をついていたのだから、何はともあれ手を洗わなければと化粧室に向かった。そうして化粧室の鏡を見た途端、愕然《がくぜん》となった。鏡に映る顔の左上半分が血だらけではないか！　白目まで真っ赤になって、見るも無《む》惨《ざん》な状態になっている。

　何で？　どうなったんだろう。

　事態が飲み込めないまま、とにかく丹念に手を洗いながら、しばらく鏡の中の自分を見つめる。痛みが、どうやらこれは夢ではないと告げていた。仕方がないから座席に戻ったところで、隣の席で眠っていた仲間の腕を揺すった。内緒にしておきたいと思ったのだが、この傷では到底、隠し果《おお》せるものではない。熟睡していたらしい仲間は、ぼんやり目を開け、私の顔を見た途端、身体をのけぞらせるようにして顔を引きつらせた。

「何っ、どうしたのっ」

「分からないけど、気がついたらあそこに倒れてて」

「CAは？」

「いなかった。誰も」

それからは他の乗客に気づかれないようにしつつ、密《ひそ》かな騒ぎになった。コールボタンを押してやってきた客室乗務員は私を見るなり、やはり大慌《おおあわ》てになった。まず消毒液とおしぼりを持ってくる。私の膝のそばに屈《かが》み込んで懸命に「大丈夫ですか」と繰り返す。熱は、気分はと聞いてくる。幸い最後尾の座席だったから、シートを出来るだけ倒した上でブランケットを重ねてかけてもらい、私は自分でも驚くほど浅い呼吸をしていた。

「頭を打ってると、まずいな」

「どうかな」

「他に痛みのあるところなどはございませんか」

「どうかな」

　そういえば飛行機に乗ったときからエアコンの風が妙に冷たく感じられて仕方がなかった。何か変だなと思っている間に飛行機が離陸して、ベルト着用ランプが消えるか消えないかのうちに脳貧血を起こしそうになった。耳鳴りがして腹痛を感じ、嫌な汗まで出てきていた。これはまずい、身体を伸ばして深呼吸でもしようと、それで化粧室に立ったのだ。そこまで思い出している間にも、どんどん寒気が押し寄せてきて耳鳴りがひどくなり、目の前に黒い星が飛んできた。普段は我慢強いつもりだが、気がつくと「痛い」「苦しい」という言葉が出てしまっていた。

「困ったな、あと二時間半以上はかかるよ」

「松山《ソンシャン》空港と連絡を取りあいまして、着陸後はすぐに空港内の医務室に行かれるように手配いたしますので」

　仲間と客室乗務員のやり取りが続いていた。「何か食べなきゃ」と言われても口を開けることも出来ない。それでは駄目だとリンゴジュースを差し出されて、それは何とか飲むことが出来た。

一カ月半後に予定されていた講演会の打合せのために台北に向かっていたのだった。一日の間に午前と午後で別々の会場に行き、一つずつ、別々のテーマで話をする。聞きに来る人たちも、かたや日本の企業人、かたや台湾人学生と、まったく違う。それぞれに先方の希望を聞きながら講演テーマを打合せし、タイトルを決め、おおよそのスケジュールも組まなければならない。せっかく行くのだから知人にも会う予定にしているし、行きたい所もあった。それが、このざまだ。これで打合せも出来なくなったら、何をしに行くのだかまるで分からなくなってしまう。

自分の浅い呼吸だけを聞き、どうにか時間をやり過ごして、やっとの思いで台北松山空港に着くと、降り口の外に車椅子《くるまいす》が用意されていた。だが、これは恥ずかしい。足は動くのだからと車椅子は断って、よろよろと歩いて医務室へ案内してもらう。連絡を受けていたらしい医務室ではこちらの到着を待ち構えていた白衣の女性が応急処置として傷の消毒をし、また、血圧を測ってくれた。普段は高めの最高血圧が八〇しかなかった。これなら苦しいはずだと一人で納得している間にも入れ替わり立ち替わり、何人かの人が様子を見ていき、何事か相談しあい、最終的に日本語の話せる男性が現れた。

「病院に連絡をしました。救急で診てもらえますので、すぐに行って下さい。日本語の分かる人がいる病院ですから大丈夫です」

彼は礼儀正しく話し、仲間に病院の住所などを書きつけたメモを渡している。私は椅子にへたり込んだまま、これはもう、されるがままになるより他にどうしようもないとぼんやり考えていた。本当なら「病院なんて」と言いたいタイプなのだが、大丈夫ですと見栄《みえ》を張る力もないのだから仕方がない。こうして台北初日の予定はすべてキャンセルとなり、私は生まれて初めて旅先で救急病院へ行くことになった。

教えられた病院は「臺安《タイアン》醫院」という、松山空港からもさほど遠くない、台北市街地にある病院だった。救急受付の窓口で手続きをしてもらい、待っている間に置かれていたリーフレットを見たところ、どうやらキリスト教系の病院らしい。受付の前にはいくつかのストレッチャーが並び、ソファの置かれている空間が広がっていて、そこに、カーテン越しに午後の陽射《ひざ》しが溢れていた。外の喧噪が嘘《うそ》のようにひっそりとしている。

「こっち。来て。こっち」

やがて、自動ドアの向こうから白衣のスタッフが姿を現して、まずトリアージが行われた。担当したのは、聞いていたのと違って日本語の話せる人ではなかったが、私たちには漢字という共通の武器がある。片言の英語と筆談でやり取りをした後、私の手首には何色かのテープが巻かれ、その後は見知らぬ誰かの血糊《ちのり》で汚れた長椅子の端で待たされた。数分後、白衣を翻《ひるがえ》して片手にコーヒーの紙コップを持った眼鏡のドクターが登場し、私（か、または手首のトリアージテープ）に目を留めつつ「日本人ですか」と聞いてきた。

「どうしましたか？」

「飛行機の中で倒れました」

「どうして？」

「分かりません」

ふうん、と頷いて、ドクターは空港の医務室で貼《は》られた顔のガーゼを剝《は》がし、まじまじと傷の状態を診ている。その後は外科の処置室に連れていかれ、別の若いドクターから手当てを受けた。てのひらと膝の方は大したことがないことも分かった。

「目が出血しています。危険あると困りますから、これから眼科行きます」

処置室を出ると先ほどのドクターが言って、今度は眼科に案内された。

病院が時間のかかる場所だというのは、日本も台湾も変わらないらしい。時間の感覚が分からなくなっていたから、どれくらい待たされていたのか実感がないが、診察を受けるまで待って、検査が必要だと判断されて待って、検査薬を点眼されてまた待って、検査に回されるまで待って、その結果を聞くために、また待った。その間、仲間は私がどこにいるかを確かめては外へ行き、また戻ってきて、さらに出ていくということを繰り返していた。病院に着いたのは午後四時前くらいだったと思うが、気がつけば外はもう真っ暗だ。

「どうしたんですか？　大丈夫？」

　ぼんやりしていたら、ひょい、と見覚えのある顔が目の前に現れた。仲間が、台湾人の友人を呼んでくれたのだ。それがもう、馬鹿《ばか》みたいな話でね、と笑おうとするが、顔が痛くて無理だった。そのうちにようやく看護師が現れて私の手をとった。今度は仲間と友人と三人で診察室に入る。眼科の担当医は少しばかり驚いた様子だったが、付き添いと通訳してくれる人が現れたと分かって逆に安心した表情になった。

「目の検査をしましたが、傷もついていないから大丈夫。血管が切れて出血しているだけだと分かりました。一週間か十日したら、だんだん治りますって」

　ネギかニラの匂《にお》いのする息で話す医師の言葉を友人が通訳してくれる。あとは薬だ。処方箋《せん》を持って薬局へ行くのではなく、救急外来の窓口で処方薬が出されるという。今度は、それを待つことになった。

「この病院は日本人の患者さんが多いんです。日本語が話せるスタッフがいるし、評判もいい病院ですよ」

待っている間に友人が教えてくれる。確かに要所要所では日本語を話す人がいてくれたけれど、一番印象に残ったのは、どのスタッフもスマホを取り出しては、アプリの翻訳機能を使って意思疎《そ》通《つう》を図ろうとしてくれたことだった。多少変な日本語にはなるが、意味は通じる。日本の病院でも、外国人の旅行者などが来た場合にはこうしてスマホを活用しているのだろうか。

聞くところによると台湾の健康保険も日本のものと似ているのだそうだ。医療費は全般に高くはないという。台湾在住なら外国人でも保険証を持てるようだが、単なる旅行者は当然のことながら健康保険になど入っていない。すべて実費で支払うことになる。示された医療費を支払い、やっと薬をもらった。塗り薬。痛み止め。抗生物質。点眼薬。一つ一つが大きめの紙袋に入れられているから、やたらとかさばる。自分が本当の重症患者になった気分になった。

「リンゴジュースしか飲んでないんだから、何か食べなきゃ」

気がつけば、もう八時近かった。相変わらず騒音の溢れる台北の街角に立って、仲間が辺りを見回している。食欲はまったくなかったけれど、仲間だって空腹に違いなく、駆けつけてくれた友人にもお礼をしたかった。だが、こんな状態では食べたいものなど思いつかない。しかもここは台北だ。

「ここから林森北路は遠い？」

「タクシーに乗ればすぐですよ」

「じゃあ、お寿司屋《すしや》さんかな」

　林森北路は和食店や居酒屋、カラオケバーやスナックなどが軒を連ねる、いわば日本人のための歓楽飲食街だ。すぐそばにある林森公園は、第七代台湾総督として大正時代に赴任した明石《あかし》元二郎《もとじろう》の墓があったところでもある。明石総督が在職中に亡《な》くなったのは故郷の福岡だったが、本人の遺志により台北に埋葬された。現在は他の場所に移されているものの、石碑と鳥居は公園に残っている。つまりその界隈は日本統治時代から、日本人が集う街だったのかも知れない。

「どうしたんですか、その顔」

　既に馴染《なじ》みになっている寿司店に入ると、まず古株の店員さんに驚いた顔をされた。説明するのもしんどいなと思っていたら「整形してきたの？」と続ける。これには、つい苦笑した。痛い、痛い。

「そう見える？」

「いやあ、見えないよね。顔の半分なんて、しないよね」

流暢な日本語を話す気さくな台湾人の女性は、整形ならどこの病院か聞きたかったのになどと笑っている。だが、もう笑い返す力は残っていない。和食なら入るだろうかと注文した料理にもほとんど箸《はし》をつけることが出来ず、結局その晩は、滅菌ガーゼや医療用テープなどを買い込んで、しょぼしょぼとホテルへ入るしかなかった。

その日の深夜、今度は猛烈な背中の痛みに襲われて目が覚めた。痛みはそのまま胃に伝わって、これは救急車を呼んでもらわなければならないだろうかという状態になった。ベッドの中で汗だくになりながら右へ左へと転がりつつ、一体、自分の身に何が起こったのだろうかと思う。どうであれ、旅先で死ぬのはちょっと嫌だなとか、迷惑をかける人たちの顔ばかりが頭に浮かぶ。ようやく空が白んできた頃、ほっとして眠りに落ちた。

結局そのときの旅は、会う人ごとにぎょっとした顔をされながら、最大の目的である講演会の打合せだけは何とかこなし、あとは出来るだけ安静にしているより他なかった。少し動けるときにはカフェに入ったり、コンビニの前に置かれたガチャガチャで気晴らしをしたりしたが、何しろ、どこへ行っても人が見る。左の白目に広がっていた出血がだんだん下がってきて、今度は目の下に真っ黒い大きな痣《あざ》が出来始めたから余計に不気味だし、その下には大きなガーゼが貼られているのだから、それは誰だって見るだろう。これでマスクをすると、もっと不気味であることも判明した。

「まあ、講演会のときに怪我《けが》したんじゃなくて、まだよかったよ」

　仲間は懸命に慰めてくれたが、あと二カ月足らずでこの顔が本当に元に戻るものかどうかも半信半疑という気持ちだった。相当に強い薬を出してくれたらしく、擦過傷そのものは日に日に良くなっていくのが分かるのだが、その割に触ってみたときの頬の痛みが変わらない。内出血はさらに広がる一方だ。

　結局、知人たちとの会食以外はさして美味《おい》しいものも食べられず、笑うこともお喋りすることもままならないまま、ひたすら人に見られるばかりの旅になってしまった。

「お怪我の具合はいかがですか？」

　帰国の日、台北松山空港のカウンターで搭乗手続きを行うとき、わざわざ日本人スタッフがやってきて尋ねられた。そういえば講演会の打合せをしたとき、その打合せメンバーの中に航空会社の台北支社長がいたのだ。決してその飛行機のせいでこんな怪我をしたわけではないことを説明しながら、見苦しい姿なのをお許しいただいたとき、帰る日を尋ねられたことを思い出した。飛行機の中では尋ねられることはなかったから、そこまで情報は行っていなかったのだろう。とにかく、そうしてやっと、私は日本に戻ってきた。

「おそらく起立性低血圧でしょう」

帰国した翌日、すぐに病院の診察を受けると、脳神経外科の医師は、入浴中などに起こりやすい症状だと教えてくれた。湯船から立ち上がった瞬間などに急激に血圧が下がって気を失ったりすることがあるという。

「危ないんですよ、気絶するときは身体をガードできないから。顔から倒れているということは当然、脳もダメージを受けますしね」

ＭＲＩ検査の結果、その段階では脳に異状は見られなかったが、慢性硬膜下血腫《けっしゅ》を起こしている可能性も否定できないため、一カ月後に再検査を受けて、それでようやく安心することが出来た。一方、目の下に残っていた痛みは頬骨にヒビが入っているせいだと分かり、この痛みは痣も消えて、講演会のために再び台北に向かうときにも残り続けた。

旅を続けていれば色々なことがあるものだ。だがまさか、台北で救急病院行きを経験することになろうとは思わなかった。

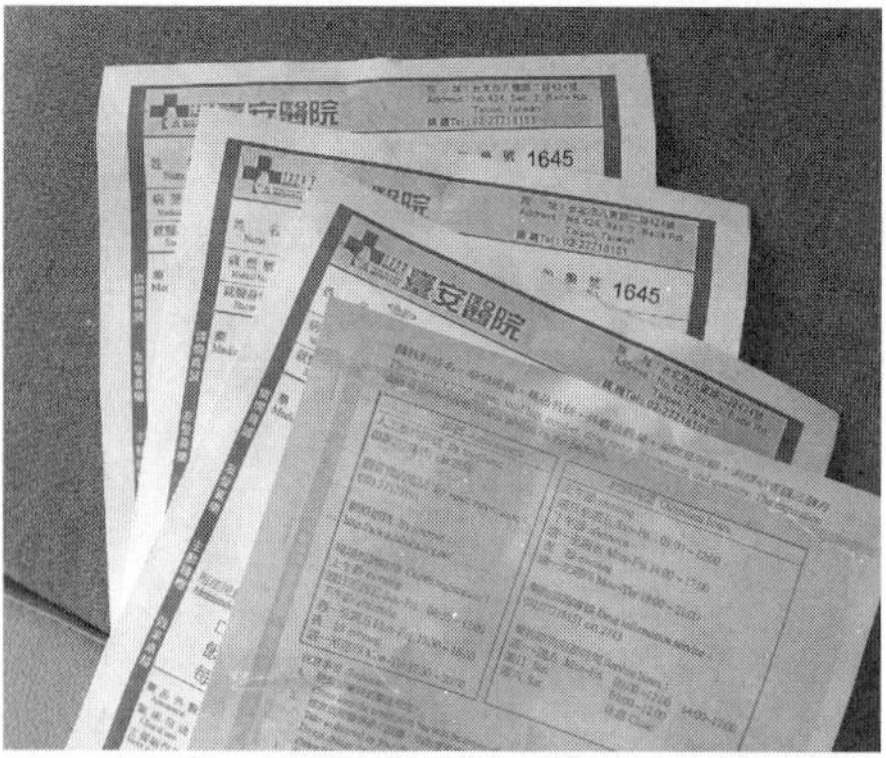

処方された薬の袋。一つ一つには小さなチューブや少しの飲み薬が入っているだけだが、袋が大きいためにちょっと驚く（上）。臺安醫院は救急診療も行っているキリスト教系の病院。台北市街地にあり、日本人の患者も多く訪れるという（下右）。怪我の翌日、ようやく少し口にすることが出来るようになった白粥（下左）。

パイワン族・陳媽媽《チェンマーマ》のしなやかさ

百歩蛇《ひゃっぽだ》という蛇がいる。

クサリヘビの仲間で体長は一メートル前後。頭部は胴体よりも大きく三角形に尖《とが》っていて、色は落ち葉などに近い保護色。名前の由来は、嚙《か》まれたら百歩も行かないうちに死んでしまうところから。つまり猛毒を持つ蛇だ。一八九五（明治二十八）年、日清講和条約によって日本が台湾を領有することになったとき、明治政府は軍隊を派遣し、兵士たちは台湾を隅々まで平定するために山奥までも分け入ったが、彼らがマラリアやアメーバ赤痢などの病気と共に恐れたものが、落ち葉の陰などにひそんでいる百歩蛇だったという。

この百歩蛇を自分たちの守護神と信じて、殺生《せっしょう》を戒めているのが排湾（パイワン）

族だ。現在、台湾政府によって認定されている十六の原住民族の中で二番目に人口が多く、二〇一七年四月時点でおよそ九万九二九八人（順益台湾原住民博物館ホームページより）の人々が、主に台湾南東部に分布している。操る言語は他の原住民族同様オーストロネシア語族に属する、パイワン語。この語族は東南アジアの沿岸部やマダガスカルなどにも広く分布しているが、言語学的には台湾の原住民族が使用している言葉がもっとも古いのだという。つまり、オーストロネシア語族に属する各民族の始祖が、台湾原住民族である可能性が高いとも考えられるらしい。

　パイワン族は木彫やトンボ玉などに優れた技術を持ち、狩猟採集の傍らアワやタロイモなどを栽培して暮らしてきた。かつては他の原住民族にも共通している「出草《しゅっそう》」と呼ばれた首狩りの風習も持っていた。昔の写真を見ると、集落の入口に「首棚」という棚が設けられていて、人間の髑髏《どくろ》がずらりと並べられているものがあったりする。

　そんなパイワン族のもう一つの特色が、厳格な階級社会。頭目、貴族（頭目の兄弟や子ども）、勇士、平民、そして、シャーマンである巫師《ふし》という五つに分けられており、前述の百歩蛇は、中でも貴族の祖先と信じられてきた。

　台東県の太麻里《タイマーリー》郷は、沿岸部にある静かな町だ。この辺りは平地の面積が極めて少ない。海岸沿いのわずかな平地に鉄道や道路が南北に走っていて、あとはすぐに山の連なりになってしまう。どこを見てもむせるように緑が濃い。その山の中に百歩蛇がいるのだろう。

そんな太麻里郷の、太麻里駅にも近い住宅地。どこか日本の景色とも似通って感じられる坂道の風景の中を進んでいくと、途中、家の角に大きな木彫の面が立てられ、軒先にトンボ玉などの飾りがたくさん吊《つ》り下げられている建物がある。一見して普通の住宅とは異なる雰囲気の建物をしばらく見回した後、おずおずと入口から足を踏み入れると、まずは実物とは違って色鮮やかな刺繍《ししゅう》が施され、ビーズや鈴などで飾られている百歩蛇の置物が目についた。

「ああ、ごめんなさい、奥にいたから。ちょうど出かけようとして支度しているところだったの。行き違いにならなくてよかった」

何度か声をかけて出てきてくれたのが、この家の主《あるじ》であり、パイワン族伝統の刺繍工芸の第一人者・陳利友妹さん。ここで「陳媽媽工作室」という看板を掲げ、一人でコツコツと刺繍製品を作り続けている。「媽媽」とは発音の通り、ママ、お母さんのことだ。

それにしても、工房という割には展示されている作品はさほど多くないのだなと思っていたら、作る端から売れていってしまうのだと教えられた。陳媽媽の作品は日本にもファンが多く、その完成を何年も待っている人がいるのだという。現在、工房の棚に飾られている作品も、多くは既に売約済みだということで、勝手無遠慮に手を伸ばすことは躊躇《ためら》われた。ただざっと眺めただけでも、とにかく鮮やかな色使いに、まず目を奪われる。

工房内には他にも、パイワン族の人々が持つ民族性と、その感性の豊かさを物語る様々な装飾品や置物などが飾られていた。壁に飾られた鹿《しか》の角が掲げているのは部族の剣だろうか。パイワン族の神話に登場するという太陽をかたどった置物もある。いくつものビーズを連ねた首飾り。それぞれに意味合いや祈りが込められているというトンボ玉は多彩で美しい。そして、壁のひと際《きわ》高い場所には十字架が掛けられていた。台湾の原住民族の村を歩いていると、相当な山奥にも必ずキリスト教会を見かける。

日本統治時代よりも二百年ほど昔の十七世紀初頭、ヨーロッパ人によって台湾が「発見」され、オランダ人が統治を目指して台湾に上陸した当時、彼らはキリスト教宣教師を伴っていた。その宣教師たちが山奥に入って熱心に布教活動を行った結果、もともと純朴な原住民族の間にキリスト教が広まっていったのだという。おそらくこの太麻里郷にも宣教師がやってきたのだろう。

刺繍作品は多くが黒い生地を使っているだけに、糸の鮮やかさが際だつ。その文様の豊富さと刺繍の緻密《ちみつ》なこと、そして何より配色の色鮮やかなことは目も覚めるほどだ。手作りならではの素朴な味わいと、どこかしら物語性を感じさせる図柄とは、一見単純なようでありながら、独特の幻惑感をもたらしてくれるようで、いくら眺めていても見飽きるということがない。

「どうぞ、広げて見てちょうだい」

　お言葉に甘えて、民族衣装を手に取らせていただいた。以前は上下一体だったという女性用の衣装は、その昔、他部族の王子がやってきた頃から上下が分かれるようになったのだという。上半身につける胸当て式のもの、下半身用の巻きスカート状のもの、そして、いわゆる手甲《てっこう》というのか腕に巻く布にも、実に美しい刺繍が施されている。それだけ豊富な糸を使っているだけに、どれも思った以上の厚みと重量感だ。同様に男性用の民族衣装の方も、女性のものとは異なるタイプの刺繍が、やはり規則正しく施されていた。さらに男性用の頭のかぶり物にはイノシシの牙《きば》が光を放つ太陽のごとく放射状に何本もあしらわれていて、要所要所に貝ボタンやビーズがふんだんに使われているから、やはり相当な重みがある。これだけ贅沢《ぜいたく》な刺繍が施されて豪華に飾られているのだから、おそらく平民が簡単に身につけられるようなものではないことが容易に察せられる。

「私が作る刺繍の柄には、型とか見本というものはありません。小さい頃からお母さんの仕事を見て覚えてきたので、全部、頭の中にあるんです」

主に貴族階級のモチーフデザインをベースとして、今も結婚式のときなどに着用する衣装や装飾品、また時代に合ったカジュアルな袋小物からタペストリーまで、あらゆる作品を作り続けているという陳媽媽は、時折ごく自然な日本語を織り交ぜながら、ゆったりと静かに語る。七十代になって髪こそ白いが、表情は実に若々しいものだ。

「貴族の刺繍でよく使う色は『暗橙』『暗緑』『暗黄』『暗紅』、そして『白』。全体に落ち着いた色合いになりますが、特に緑色をたくさん使います」

それに対して平民が身につけるものの刺繍は色が少なく、中でも緑が少ないのだそうだ。他にも若い娘用には小さな鈴をふんだんに用いたり、またトンボ玉やビーズを用いたりする。本来はそれらの一つ一つ、また模様のすべてに意味があり、身につけることを許される階級が決まっていた。技法は十字繍法という、いわゆるクロスステッチ。

以前もパイワン族の村を訪ねたときに教わったことがある。もともとパイワン族の女性は、誰もが自分の家族のためだけに刺繍をしてきたのだそうだ。だが、いくら女性のたしなみと言われても、中には不器用な人だっていただろうし、上手下手もある。

多様な文様を覚えられない人もいたかも知れない。そんな場合は、刺繡が得意な人に頼む。その代わりに農作業を手伝ったり子守をした。

「今は自由な時代になりましたが、昔は大変でした。平民は、手柄さえ立てれば勇士にまではなれますが、何をしても貴族にはなれません。そして、貴族は貴族としか結婚出来ないんです」

つまり、頭目と、頭目の血筋である貴族とは、固くその血統が守られていくというわけだ。たとえば貴族の男性が平民の娘に恋をした場合、平民の娘は貴族の第三夫人にまではなることを許されたものの、貴族として認められることはなかったという。そして陳媽媽の母親は、この地域の頭目の孫娘だったということだ。つまり、位の高い貴族として、刺繡の柄なども貴族が使えるものを習得していたのだろう。

ところが、その貴族のお嬢さまが結婚相手として選んだのが、何と他の部族であるルカイ族の王子だった。ルカイ族はパイワン族と似た階級社会のある部族だが、それでもパイワン族とは話す言葉からして違っている。そこで、ふと考えた。もしかしたら、二人を結びつけるのに大きな役割を果たしたのが、日本語だったのではないだろうか。

台湾の原住民族は部族ごとに異なる言葉を操り、さらに文字も持っていなかったから、昔はすぐ隣の山に住んでいたとしても、互いにコミュニケーションをとることは出来なかった。それが日本統治時代になり、日本語教育を受けることによって初めて、彼らは共通の言語を身につけることになる。日本の教育は徹底していた。漢民族系の子どもたちが通う公学校とはべつに蕃人《ばんじん》公学校という初等教育機関を作って、日本語と同時に日本の道徳などを教えていった。こうして互いに言葉が通じるようになっていたからこそ、パイワン族の貴族の娘とルカイ族の王子とは心を通わせることが出来たのではないだろうか。

「ところが、その王子様が早死にしてしまって、お母さんは未亡人になりました。二度目の結婚は、今度は平民と。本当なら貴族の娘は平民とは一緒になれないんだけれど、再婚だから許されたのね」

　貴族の娘として育った女性が早々に王子だった夫と死に別れ、今度は平民に嫁いだのだから、波瀾万丈《はらんばんじょう》、暮らし向きの点からも、さぞ苦労したのではないかと想像することが出来る。だからこそ刺繍は、陳媽媽の母にとって心の支えであり、また、大切な収入源にもなったのかも知れない。そして、母の手仕事を幼い頃から見て覚えてきた陳媽媽の人生にも大きな影響を及ぼすことになったのだろう。

「それから、私の夫のお父さんは、日本人でしたよ。お母さんはパイワン族ね」

え、と驚いている私たちの前で、陳媽媽は、夫の父親だったという日本人の名前まですらすらと言ってくれた。もとは、この太麻里郷に駐在していた警察官だったのだそうだ。当時のことを記した本などを読むとよく出てくる話なのだが、その警察官も、やはり日本に妻子を残してきていた。つまり現地妻としてパイワン族の娘とかりそめの所帯を持ち、そこで後々、陳媽媽の夫となる子どもをもうけたということになる。

　日本統治時代、日本人の中でもことに警察官は、原住民族の若い娘たちから見ると制服姿も凛々《りり》しく、洗練された印象があって、それは憧《あこが》れの存在だったのだそうだ。それを逆手にとって悪さをする警察官も少なくなかったし、慣れない土地に来た淋《さみ》しさに人恋しさも手伝って、村の娘と恋に堕《お》ちるものもいただろう。だが、警察官は何年かごとに他の土地に転属になる。ときには内地に戻ることもあった。そういうとき、大概の現地妻は置き去りにされてしまう。中には「きっと迎えに来るから」などと言われ、その言葉を信じて待つ女性もいたかも知れないが、約束が守られることは稀《まれ》だった。残された家族がその後、安穏と暮らしていられたはずがないだろうということは想像に難くない。

　陳媽媽は、いかにも当たり前のように淡々と語るが、日本人としては複雑な心境にならざるを得ない話だ。日本は確かに台湾を統治していた五十年間、猛烈な勢いでインフラの整備に邁進《まいしん》し、子どもたちを教育し、保健衛生に努め、纏足《てんそく》や阿片《アヘン》といった習慣を絶たせることに尽力した。原住民族からは、首狩りの風習をなくさせもした。それは確かなのだが、一方では、やはり植民地支配するものとして横暴を極める人も少なくなかったし、弱いものを痛めつけ、人権などまったく無視するような行為も横行していたことは認めなければならない。

「もともと、太麻里には大きな製糖工場があったんです。社長も日本人だし、働く人も日本人がたくさんいたのね。だから、この辺りには日本人とパイワン人のハーフが多いの。そういう子どもは、美男美女ばっかりと言われてね」

　陳媽媽は笑顔でそんなことも話してくれた。現地妻として子どもと共に取り残された女性や、そういう親のもとに生まれついたハーフの子どもについて、取り立てて差別も偏見も持っていないことがよく分かる。そのおおらかさ、懐《ふところ》の深さは、台湾原住民族の持ち味なのか、それとも台湾人全体が持つものなのだろうか。または、それだけ珍しくもない話だということか。

　夫の父親は日本人。一方、夫の母親の方はというと、こちらはパイワン族と漢人とのハーフだったという。つまり、陳媽媽と夫の間に出来た子には、パイワン族の貴族と平民、日本人、漢人の血が流れていることになる。さらに陳媽媽の息子さんは、パイワン人とオランダ人とのハーフと一緒になったのだそうだ。何というハイブリッドな一家なのだろうかと感心していたら、通りの向かいに暮らしているお孫さんがひょい、と顔を出した。

「ね、分かるでしょう？　この子はオランダの血が濃く出たのね」

　確かに、説明されなければヨーロッパからやってきた若者が、そのままパイワン族の村に住み着いたようにも見える背格好と顔立ちの青年だった。肌の色も白い。だが彼は間違いなくパイワン族であり、今はパイワン族の伝統的な技術であるトンボ玉の製作に取り組み始めているのだそうだ。

　話を聞きながら、陳媽媽の作品をあれこれと眺めているうちに、一つのショルダーバッグに目がとまった。ベルト部分にまでしっかりと刺繍が施されている、凝りに凝った一品だ。手に取らせてもらうと、前面、背部、両脇《りょうわき》、そして中にも、これでもかというほどいくつものポケットがついている。

「最初は自分のために作ったのよ。この前の台風のとき、ひどい目に遭ったから」

　台湾の台風は猛烈なものだが、中でも数年前にこの地域を襲った台風は、台東地方に大打撃を与えた。陳媽媽の自宅と工房も壊滅的な被害を受けたという。文字通り生命の危険を感じるほどの恐怖の中で、すっかり混乱した陳媽媽は着の身着のままで避難するしかなかった。通帳、印鑑、保険証、常用薬、クレジットカードに家の鍵《かぎ》、そして携帯電話と、あれこれと持ち出すべきものが頭に浮かんだときは後の祭り。

「だからこのバッグを作って、何かあったときに持ち出すものは、全部ここに整理して入れておくことにしたの。これ一つ持てば、すぐに逃げられるように」

なるほど、それでこんなにもポケットが多いのかと納得した。すると、同じものが欲しいという人が続出したという。私が手に取ったバッグは、幸いなことにまだ買い手がついていない一つだった。

「この柄と色は、持つ人を災いから守ってくれるものですよ」

そんな説明まで聞いて、心の動かないわけがない。是非ともいただいて帰りたいとお願いすると、陳媽媽は、では最後の仕上げをしようと、大きなトンボ玉を縫いつけてくれた。

バッグは今、私の家のクローゼットにしまわれている。どんどん使っても簡単に刺繍がすり切れるようなことはないし、洗濯をしても大丈夫だと言われたが、そうはいってもひと針ひと針、丁寧に施された刺繍が少しでも傷《いた》んでは困るから、なかなか日常的に使う勇気が出ない。それで、クローゼットを開ける度に眺めつつ、次にパイワン族の村を訪ねるときに使おうか、いや、やはりこれは非常用の持ち出しバッグにするのがいいのではないかなどと考えては、陳媽媽や太麻里郷で過ごした半日のことを思い出している。

台東県太麻里郷にある「陳媽媽工作室」。緩い坂道の途中で、大きなお面が通る人を見ている（上）。パイワン族は太陽神をあがめる。光輪となっているのはイノシシの牙か（下）。

バッグに最後の仕上げとしてトンボ玉を縫いつけてくれる陳媽媽。その向こうに百歩蛇の飾り物と陶壺がある。陳媽媽は日々、パイワン族の守り神と伝統とに囲まれている（上）。それぞれに意味のあるトンボ玉が美しく配置された、首飾り（中右）。女性用の民族衣装。緻密な刺繍と鮮やかな色使いに目を奪われる（中左）。小さな袋小物。何とも言えず牧歌的で可愛らしい（下）。

清き水が湧《わ》き、歴史が降り積もる町

最近めっきり聞かなくなったが、かつては世界各地に「義賊」と呼ばれた人たちがいた。要するに「強きを挫《くじ》き弱きを助ける」人たちで、フィクションの世界ならアルセーヌ・ルパンやロビン・フッドが代表的なところだろうし、日本でいうなら石川五《ご》右衛《え》門《もん》や鼠小僧次郎吉《ねずみこぞうじろきち》といった名が知られている。五右衛門や鼠小僧は実在した人物で、本当のところは単なる強盗に過ぎなかったかも知れないのだが、いつの間にか権力者の鼻をあかす一方で、弱者には情け深く、施しまでするというイメージが定着し、義賊の仲間入りを果たした。義賊は、その奇想天外な行動で権力者を打ち負かし、貧しい庶民に胸のすく思いを味わわせてくれる。未《いま》だに映画や芝居などに繰り返し登場するし、鼠小僧などは彼の活躍にあやかろうと墓石を削って持ち去る人が後を絶たないというから、その人気の根強さがうかがえるというものだ。

台湾にも義賊がいる。台湾人なら知らない人はいないという、その名も廖添丁《りょうてんてい》。一八八三年生まれで一九〇九年没というから、日本が台湾統治に乗り出した前後の、まさしく激動の時代に生きた人物だ。義賊と呼ばれるのに加えて、当時、廖添丁が金品を盗み出した相手というのが多くの場合、新しい統治者となった日本とつながりを持つことによって急成長した、いわゆる親日有力者だったために、彼は抗日運動の英雄という一面も持つことになった。そのため、最後は友人に裏切られて二十六歳という若さで生命《いのち》を落とすのだが、その数年後には早くも廖添丁を主人公とした芝居が上演され、そこから義賊としての人気が広まっていったらしい。今では神さまにまで昇格していて、商売繁盛《はんじょう》、失《う》せ物《もの》発見、その上なぜだか病気快癒などにも霊験《れいげん》があると言われているのだそうだ。

その廖添丁が生まれたのが、現在の台中市清水《チンシュイ》区秀水里。台中は地名の通り、台湾のほぼ中央部の西側に位置する。清水区は台湾海峡に面している海辺の地域で、字《じ》面《づら》からしてまたずい分と日本ぽい地名だと思ったら、やはり日本統治時代に「いい水の湧く場所だから」という意味で命名されたという。それ以前は「牛罵頭《ニウマトウ》」と呼ばれていた。

その台中市清水区を訪れることになった。台湾で唯一《ゆいいつ》、古蹟《こせき》に指定されている現役の小学校があると聞いたからだ。台湾鉄道台中駅がある市の中心部から北西におよそ二十キロ。着いたのは落ち着いた街並みが続き、ところどころに大きく育った榕樹《ようじゅ》（ガジュマル）が見られる、静かな街の一角だった。警備員が常駐している校門が開かれると、地元で「文化創意」（略して文創）と呼ばれる新しい文化産業の創出や、清水の歴史文化の再発見といった、いわゆる町おこし活動に尽力されている方々が待っていて下さった。

「現在は清水國民小學といいますが、一番最初は牛罵頭公学校といいました。一八九七（明治三十）年に設立されたんです」

　つまり、かれこれ百二十年以上の歴史を持つことになる。清水と呼ばれる以前のこの土地で、台湾総督府が設置されてからたった二年しかたっていないのに、早くも公学校が創《つく》られていたことに、まず驚いた。公学校とは台湾人子弟のための初等教育機関のことだ。それに対して日本人子弟が通うのは本土と同じく小学校だった。

　日本人と台湾人とで最初から行くべき学校が違っていたことを「差別だ」と言う人もいる。だが台湾人の子弟には、まず日本語教育から始める必要があるため、授業の内容そのものがまったく違っていたという大きな理由があった。従って、家庭環境などから日本語を不自由なく操れた子どもの場合は、台湾人でも小学校へ行くことが出来た。

それでも公学校は、ゆくゆくは被植民地の人間として日本の発展に貢献する労働資源となってもらうために、日本語と日本人の考え方を教えなければならないという意図から設立されたとも考えられる。だが一方では、きちんと漢文の授業も行っており、台湾人の文化をすべて奪い尽くそうというものではなかったようだ。何より、いち早く初等教育に取り組んだことによって、この時代から育っていく台湾人子弟たちは読み書き算盤《そろばん》を身につけ、読書することを知り、やがて彼らの中から、自分たちの立場に目覚め、自主独立の気持ちを抱く青少年が育っていくことになるのだ。統治者側から見れば、皮肉といえば皮肉な結果になったわけだが、日本が台湾統治時代に行ったことで最大に評価されるものの一つが、インフラ整備などと共に、この教育であることは間違いがない。

ふと、廖添丁は公学校に通ったのだろうかと思った。だが、一八八三年生まれの彼は、開校当時はもう十代半ばの少年だ。八歳で父を喪《うしな》い、母が再婚したために親戚《しんせき》に預けられ、家庭的にも恵まれなかったという廖添丁におそらく勉学の機会はなかっただろうし、それから数年後には、もう犯罪に手を染めてしまう。もしも、彼が生まれるのがあと五年か十年遅くて、牛罵頭公学校に通えていたとしたら、廖添丁は義賊としてではなく、何か他のことで名を残していたかも知れない。

一九二一（大正十）年、地域の名称が牛罵頭から清水に変更されたことに伴い、公学校は「清水第一公学校」と名称が変更になる。さらに一九三五（昭和十）年四月、マグニチュード七・一を記録した大地震がこの地を襲った。後に「新竹《シンジュー》・台中地震」と命名される地震で、清水もまた壊滅的な打撃を受けた。これにより公学校は現在の場所である清水区光華路に移転することになる。そのときに新しく建てられた校舎が、現在も使用されているのである。

広々とした平屋建ての校舎は、校庭を取り囲むようにコの字型をしていて、廊下には涼やかな白い円柱が並び、ところどころに煉瓦《れんが》のアーチなども施されている、なるほど当時としては相当にモダンだったに違いないと思わせるデザインだ。公学校だから、日本人子弟を教えるわけではないからというような、いわゆる「差別」や「手抜き」などといった印象はまるでない。むしろ、当時の日本が台湾人の子どもたちに対する教育にどれほどの力を注ごうとしていたか、または、そのアピールをしたかったかが、如実《にょじつ》にうかがえる。

職員室をはじめとして、各教室は校庭側と外廊下側の両方に多くの窓と出入口とが設けられていて、常に風が通るような工夫もされている。ひとまず校長室に入らせていただくと、開校当時から使われていると思われる古い衝立《ついたて》などに交ざって、「清水公学校」という文字の入った金庫が目にとまった。現在ではほとんど誰も扉の開け方を知らないという話だが、それなりの大きさがあって、ダイヤルの目盛には数字でもアルファベットでもなく、カタカナのイロハが振られていた。天井は、日本家屋そのものを思わせる板張りだ。そして窓からは、廊下の向こうに校庭が眺められる。

この新しい校舎が出来た一九三七（昭和十二）年当時、公学校の第十四代校長として赴任してきたのが、騎兵隊出身の川村秀徳だった。

「川村校長先生は、朝礼の時には私たちを全員校庭に並ばせて、ご自分は長いサーベルを腰に差して、馬に乗ってらっしゃるの。神風っていう名前の馬」

当時、清水公学校の生徒だった陳楊翠華《ちんようすいか》さんは一九三〇（昭和五）年生まれ。抜群の記憶力の持ち主で、以前お目にかかったときにも、それこそ幼い日の地震の経験から終戦によって日本人たちが引き揚げていく日の出来事まで、日本統治時代の様々な思い出を語って下さった。もちろん、見事な日本語だ。

「朝礼の後には『走れーっ！』って号令がかかってね、そうすると生徒たちは一生懸命、校庭を走るの。川村校長先生は神風に乗ってパッカパッカ、パッカパッカ進まれるんだけど、生徒には『走れーっ！』って。私たちはもう、はあ、はあ、本当に大変でしたよ」

　幼い生徒たちが、馬上からの号令に必死でグラウンドを走っている光景が鮮やかに浮かんでくる。そのときは当然、グラウンドの土は今と違っていたのだろうが、コの字型の校舎は変わらずに生徒たちを優しく取り囲み、鐘楼も池も今と同じ場所にあって、これから大きく育とうという榕樹の木々が、あちらこちらに植えられていたのに違いない。校庭に面した廊下には当時から等間隔で水道が設けられていたから、子どもたちは汗をかいた後、その水を飲んでからそれぞれの教室に吸い込まれていったかも知れない。

「学校の近くには清水神社があって、そこまでもよく走らされました。正面から行く坂道はそうでもないんだけど、裏に急な山道があってね、そっちを登らされるの。川村校長先生は、馬に乗って正面の坂道をサッと行かれるのね。それで坂の上から『走れーっ！』『早く登れーっ！』って」

　あのときは嫌で嫌で仕方がなかったけれど、そのお蔭《かげ》で足腰が鍛えられて、今も元気で過ごせているのかも知れないと、翠華さんは笑った。川村校長はまた新校舎の完成にあたり、校門を入ったすぐのところに植栽をして、そこに「誠」と彫られた石碑を建てた。そのときから育ち続けた木は現在、校舎の屋根に届くほどまで大きく育ち、古くなった石碑の裏側には、間違いなく「昭和十二年」の文字が見てとれた。

この地方は一九九九年にもいわゆる九二一地震という大地震に襲われたが、校舎はほとんどびくともしなかったそうだ。そうして多くの台湾人子弟たちを育ててきた学舎として、また清水の歴史的シンボルとして地域の人に愛され続けている学校。その裏手には、日本統治時代の教職員宿舎があって、こちらは修復再現されていた。煉瓦塀が続き、同じ瓦《かわら》屋根の家並みが連なる中に、川村校長も暮らしたかも知れない、他より少し大きな校長向けの宿舎がある。現在、そこは「楊肇嘉《ようちょうか》先生紀念館」となっていた。

楊肇嘉（一八九二〜一九七六）は日本統治下に活動した政治運動家だ。もともと清水の生まれで、それこそ創立間もない牛罵頭公学校に学んだ後は母校の教壇に立つ時代もあり、その優秀さを買われて早稲田大学に留学もしていた。知識と教養を積むにつれ、日本による台湾統治に疑問を抱くようになった彼は、台中に戻ってから「台湾地方自治連盟」という政治団体を結成する。後年「台湾のライオン」とも呼ばれ、戦後も政治と関わり続けた人だった。つまりは日本人から教育を受けて、やがて台湾人としてのアイデンティティーに目覚めていった中の一人と言える。

そういう人物の紀念館が、日本人教職員の宿舎跡に設けられているというところが、日本人としては何となく不思議な気持ちになる部分でもある。実際、紀念館に足を踏み入れてみれば、ごく普通の日本家屋の中に、もしかしたら若い日には台湾と日本の狭間《はざま》で様々に悩みを抱える日もあり、時として日本を憎んだかも知れない楊肇嘉の年表や写真パネルが並んでいるのだ。そして、そんな楊肇嘉の足跡を、畳の上に立ちながら地元の小学生や家族連れなどが熱心に眺めている。

　こういう場所を案内される度に、同じことを考える。台湾の人たちは「ほら、こんなものも残っているんですよ」と日本統治時代のものを紹介してくれる。だから、そういう人たちは誰もが日本統治時代を懐《なつ》かしみ、その時代を肯定的に受け入れているのかと思えば、まったく同じ調子で反日活動家たちの歴史について、また当時の日本人の仕打ちについても、やはり笑顔で語ったりするのだ。無論、当時から世代が隔たったせいもあるだろう。要するに現在の彼らにとってはすべてが良《よ》し悪《あ》しに関係なく、とにもかくにも台湾の歴史の一ページになっているという点で変わらないという意識なのだろうか。

「これから、清水神社のあったところに行ってみましょうか」

昼食の後、午前中からずっと一緒に行動してくれていた呉長錕《ごちょうこん》さん、張文昌《ちょうぶんしょう》さんご夫妻らが誘ってくれた。かつて清水神社があった場所は、現在では牛罵頭遺址《いし》文化園区として整備されているのだそうだ。

「遺址？　遺跡があるんですか？」

「鰲峰山《ごうほうさん》という山で、全体が公園になっているんですが、この辺りは昔の土器とか石器とか、とても古いものが出ているんです」

　もともと台中には、漢民族が入ってくるもっと前の時代は原住民族の中でも「平埔《へいほ》族」と言われ、いわゆる平地の民に分類される、拍瀑拉（パポラ）族が暮らしていた。そして、彼らが暮らしていた集落の名前に漢字を当てはめたものが牛罵頭なのだそうだ。パポラ族に限らず、台湾に暮らしていた平埔族の大半は、比較的早い時期から漢民族との通婚もあり、漢化が進んだために、次第にその民族性を失っていって、現在ではほとんど明確な個性を残していない。だから、辛うじて残っているのが部族の名前と、彼らが呼んでいた地名ばかりという場所は珍しくない。

　鰲峰山の坂道を上りながら、そういえば、ここを公学校の生徒だった陳楊翠華さんたちを急《せ》き立てた川村校長が愛馬で駆け上ったのだなと思った。さっきの小学校からだと、それなりの距離がある。馬ならばどうということもないだろうが、幼い子どもたちには大変だったに違いない。

その日の陽射《ひざ》しは文字通り容赦ないものだった。ことに午後になってからは、地元で暮らす呉長錕さんや張文昌さんたちも、気がつけば日陰に入って佇《たたず》んでいるくらいだ。ごく短時間でも肌がチリチリと焼かれていく。しかも、毒蛇や毒蜂《どくばち》に注意などという標識も立っているから、引っ切りなしに足もとを見回しながらカンカン照りの下、芝に覆《おお》われた広い空間を汗みずくになって歩いていくと、やがてかなり愛嬌《あいきょう》のある顔立ちの狛犬《こまいぬ》が見えてきた。台石には「皇紀二千六百年」の文字。横には数段の石段がある。そこが神社だったことは間違いないだろう。

「日本統治時代が終わった後、ここには陸軍がいたんです。砲兵部隊の操演場でした」

神社があったことは教えてくれても、そこに感慨など抱くはずもない台湾の人たちは、狛犬やその場所については、さらりとひと言で片づけて話を先に続ける。神社が取り壊されて中華民国の国軍が操演場とし、軍が退いた後、今度はそこに牛罵頭地域から出土した遺跡を展示する施設が出来たというわけだ。資料館にはパポラ族よりも遥《はる》か以前にここで暮らしていた先住民族が遺《のこ》した土器なども展示されている。子どもたちが体験しながら学べるスペースもあって、小さな男の子が発掘の真似事《まねごと》をしていた。これだけ長く降り積もった歴史の中では、たった五十年の日本統治時代など小さな点に過ぎない。今はまだ様々な形で往時の面影を残すものがあるにせよ、やがて時の流れの中で、それらも消えていくのだろう。

それにしても、暑い。

水分を摂《と》って身体《からだ》を冷やそうと、隣接するカフェに落ち着いたところで、汗を拭《ふ》き拭き店内を見回していると、壁際に置かれたパンフレットが目にとまった。さっき、昼食時に渡された色々なパンフレットにも随所に見受けられたキャラクターが載っている。まん丸い顔に凜々しい眉《まゆ》、切れ長の目にくわえ楊枝《ようじ》でニヒルに笑っている。富士額に後ろで一つに束ねた髪型、胸に「丁」という字が書かれている、それこそが廖添丁のキャラクターだった。日本統治時代よりも前に生まれているから、なるほど漢民族らしく弁髪なのだ。それにしても、今や神さまにもなっている義賊が、愛嬌のあるゆるキャラ風に扱われるところが何とも面白い。

ようやく汗が引いたところで、展望台に回ってみた。心地好《よ》い風が吹き抜けて、清水の港方向を広々と見渡すことが出来る。風力発電の風車が回り、港にはクレーンも並んでいた。

時代と共に壊されるものがあり、新しく生まれるものがある。その繰り返しの中で、この景色はどれほど変わったのだろう。廖添丁はこの山の上から清水を、いや、牛罵頭を眺めたことがあっただろうか。楊肇嘉は、どうだったのだろう。現代の清水に暮らし、清水の未来を見据えていきたいと考えている人たちは今、過去のあらゆる部分に光を当て、新たな財産として活《い》かそうとしているようだった。

旧清水公学校の教職員宿舎。校長の宿舎は現在、地元出身の政治活動家、楊肇嘉の紀念館に（上）。古蹟に指定されているかつての清水公学校、現在の清水國民小學。コの字型の古い校舎の奥に新校舎も増築されている（中）。

現在ではほとんど誰も開け方を知らないという、「清水公学校」という文字の入った古い金庫。

端午節の一日・ドラゴンと猫

　昔むかし、中国に楚《そ》という王国があった。紀元前、春秋戦国時代のことだ。群雄割拠のその時代、楚は西隣の強国・秦《しん》と結ぶか、または北東に位置する斉《せい》と同盟を結ぶかという決断を迫られていた。このとき親斉派の先頭に立っていた政治家がいる。名を屈原《くつげん》という。

　屈原は詩人としても名を馳《は》せていた、非常に有能な人だったらしい。王様の信任も厚かった。ところが外交問題に関しては、王は屈原の意見を聞き入れずに、斉とではなく秦と結ぶ道を選ぶ。結果的に、この判断が楚の滅亡を招くことになるのだが、無論そんなことになるとは思っていない王様は、異を唱えていた屈原を退けて、遠く離れた汨羅《べきら》江《こう》という川の近くに追いやってしまう。流された屈原はその地で静かに詩を詠《よ》んで暮らしていたが、楚の都が秦に攻め込まれたことを知って大いに絶望し、ついに汨羅江に身を投げる。

その様子を見ていたのだろう。汨羅江の漁民らは、これは大変なことになったとばかり龍舟で川に漕《こ》ぎ出し、屈原を助けようとした。だが結局、屈原は見つからず、漁民たちも諦《あきら》めるより他なかった。せめて屈原の遺体を魚がついばんだりしないようにと、葉に包んだ糯米《もちごめ》を川に投げ入れて、その死を悼《いた》んだ。その日が五月五日だったことから、端午の日には龍舟（ドラゴンボート）と粽子《ちまき》が欠かせなくなったという話がある。

日本の五月五日といえば、言わずと知れた「こどもの日」。男の子のいる家では鯉《こい》のぼりを揚げたり鎧兜《よろいかぶと》や五月人形を飾って菖蒲湯《しょうぶゆ》に入り、柏餅《かしわもち》やちまきを食べて子どもの健やかな成長を願うという日だ。ゴールデンウィークに組み込まれていることから、レジャー感覚で過ごすという印象も強いだろう。本来の「端午の節句」という言い方も、近ごろではめっきり聞かなくなったし、ましてや屈原の故事などとは無縁の感がある。中国文化圏と辛うじて共通しているのが、ちまきを食べることだろうか。

一方の台湾では、五月五日は現在も「端午節」という日で、やはり祝日となっている。ただし、この日付は旧暦のものだ。旧正月という表現をよく耳にするように、台湾も含めた中国文化圏では、他にも七夕や中秋節など、伝統的な行事に関することは旧暦（農暦）で定められている。日本ではすべてが新暦で行われることになっているから、たとえ同じ日に同じような風習を持っていたとしても、実際にその行事が行われる日はずれており、しかも新暦に照らし合わせると、毎年違う日になるところが、ややこしい。

　多民族で形成されているとはいえ漢民族系が大部分を占めている台湾でも、やはり屈原の故事から、端午節には各地でドラゴンボートのレースが行われ、粽子を食べるのが習慣だと聞いて、そんな休日の過ごし方を見てみたいと思った。

「端午節が過ぎると本当の夏です。その前までは台北でも急に涼しくなる日があったりするんですが、この日からは真夏です」

　その日一日、私たちにつきあってくれることになっていた劉《りゅう》くんが、きっぱりと言った。旧暦の五月五日は新暦だと例年六月の上旬から中旬くらいになる。確かに陽射しはぐんぐん強くなり、湿度も増す頃だ。実際にその日も朝のうちこそ多少は過ごしやすかったものの、瞬《またた》く間に気温が上がり、汗が止まらないほど暑い日になった。しかも、陽射しが強い。痛いほどだ。帽子を被《かぶ》ってこなかったことを後悔した。

　取りあえずは市場に行って、粽子が売られている様子を見てみることになった。普段は惣菜《そうざい》などを売っている店でも、端午節のときにはほとんどが粽子売りに変身するのだそうだ。

「へえ、すごい数」

なるほど実際に市場を覗《のぞ》いてみると、どの店でも一つ一つ竹の皮で巻いてある三角の粽子を、いくつかまとめて束にしたものが紐《ひも》ですだれのように吊されていて、握りこぶし大の竹の皮のかたまりで店先が膨れ上がりそうになっていた。こんなに山ほどの粽子が、今日一日で本当にすべて売りきれるものかと心配になるほどだが、心配無用とばかり人でごった返している。

「北と南でも味が違うし、客家《ハッカ》の粽子も違います。甘いのもあるし、しょっぱいのもあります。昔はどの家でも自分たちで作っていたんですが」

私が知っている日本のちまきは、竹の皮ではなく笹の葉で包んであって、小ぶりの円錐形《えんすいけい》をしており、中身はあんを包んだ餅だった。そんな「菓子」とは異なり、こちらの粽子は糯米を蒸したもので、特に南の方で食べられている粽子は肉や卵、落花生などといった具材がたっぷり詰まっているのだそうだ。

「年に一度のご馳走《ちそう》なんですね」

「でも若い人たちは飽きてきています。この頃になると近所からももらったりして、粽子が毎日続くこともありますからね。もう、ウンザリします」

たった今、粽子を渡されたように顔をしかめる劉くんに、私も内心で「そんなに続くのは確かにたまらない」と苦笑しながら、すだれ状に粽子がぶら下がる市場を一巡した。今日一日の糯米の消費量だけでも大したものに違いない。これだけの竹の皮をどこから仕入れてくるのだろうかなどと考えたが、店の人は誰も忙しそうで、とても話など聞けそうな雰囲気ではない。買い物客の方も少しばかり殺気立った雰囲気で、とにかく人混みをかき分けて歩いては好みの粽子を買い漁《あさ》っている。気がつくと市場の外にまで屋台を出している粽子売りが姿を現していた。

「どれか買ってみますか」

「でも、どれがいいか分からないし、結構、重たいんでしょう？　これから動くのに荷物になるものね」

「そうですね。暑いから腐るとヤバいです」

日本への留学経験もあるという劉くんは「ヤバい」という言葉をさらりと使い、では河の方へ行きましょうかと言った。いよいよ、ドラゴンボートレースだ。

私の思い描いたイメージは、河に浮かべられた勇壮かつ煌《きら》びやかなドラゴンボートが先を競い合って進むのを、河畔に鈴なりの人々が鉦《かね》や銅鑼《どら》を打ち鳴らして「やんややんや」の応援合戦が繰り広げられている、というものだった。年に一度のその日を誰もが心待ちにして、浮かれているのに違いないとも思っていた。場所は、台北市街の北側を流れる基隆《キールン》河だという。いよいよ期待し始めた私に、ところが、劉くんは冷めた表情で「大したもんじゃないですよ」と言った。

「以前は学校とか職場とかでまとまって、大勢で参加するものだったんですが、最近は数が減りました。本当にやりたいと思ってる人なんか、そんなにいないです」

「どうしてですか？」

劉くんは、人並み外れて大柄だが肌の色がとても白くて度の強い眼鏡をかけている。大好きなものは日本のアニメだという、見るからに運動が苦手そうなタイプの若者だ。彼は、「だって疲れるし」と、つまらなそうな顔で答えた。

「それに、せっかくの休みです。好きなことをしたいでしょう」

劉くん自身、かつて一度としてレースに参加したことなどないという。なるほど、それも時代の流れなのだろうかと、少しばかり出鼻を挫《くじ》かれた気分でたどり着いたのは、松山空港にほど近く、すぐ先に台北のランドマークの一つにもなっている圓山大飯店が見えている大佳河濱公園。河川敷が広々とした芝生のスペースになっていて、いかにもイベントなどで利用されそうな場所だった。

強い陽射しの下を、汗を拭き拭き歩いて行くにつれて、空に浮かぶアドバルーンが大きく見えてきた。真っ白い風船玉に赤十字のマーク。救護所だろうか。そのうちに、芝生の上で遊んでいる小さな子たちの姿が目立ってくる。しゃぼん玉などを売る人が歩き回り、やがて見えてきたのは屋台の列だ。移動遊園地や、子ども向けのゲームコーナーなども出ている。

こんな炎天下でイカや臭豆腐《チョウトウフー》を揚げている人は、商売とはいえしかめっ面だ。時折、心地好い風が吹くお蔭で、油や食べ物の匂《にお》いはあまり気にならない。そんなものを眺めながら歩くうち、河のそばまでたどり着いた。Tシャツに短パン、ウエットスーツ、また上半身裸になっている男性などが、それぞれグループになって大勢集まっている。一方、河では確かにドラゴンボートのレースが繰り広げられていた。太鼓が微《かす》かに聞こえ、橋の下からスタートしたボートが、一斉に川面《かわも》を滑っていった。

私のイメージは基本的には間違っていなかった。ドラゴンボートは確かに龍の姿をかたどっているが、いわゆるレース仕様のカヌーに近い。舳《へ》先《さき》にはチームの旗が掲げられ、太鼓を叩《たた》く係がいて、選手たちがオールを動かすリズムを整えている。そのボートの龍が、中国的な雰囲気を醸《かも》し出していなくもないが、その割に「伝統芸能」的な雰囲気は、さほど感じない。

　出走を待つ人たちの中には、すっかりリラックスした様子の人たちも、また、筋骨のたくましさがTシャツの上からでも分かる人たちもいた。日頃の運動不足を痛感しているのか、苦笑気味の中高年サラリーマングループに、どこか戸惑い気味に見える外国人のグループ。実際に一定の間隔で二艘《そう》ずつ漕ぎ出すボートの選手たちも、意外なくらいに熱くなっている様子はなく、むしろ冷静で、楽しいのかつまらないのかも分からないといった顔つきの人も少なくなかった。

「だから言ったでしょう？　駆り出されてる人が多いんですよ。大体、関係者しか応援してないんだし」

　劉くんが、白い顔に汗の雫《しずく》を垂らしながら言った。確かにレースなどにはまったく関心がないとばかり、向こう岸を自転車で通過していく人もいれば、ただ屋台目当てに手つなぎデートを楽しんでいるカップルもいる。小さな子を連れた人たちは、単にのんびりとピクニックをしているだけにも見えた。もはや、端午節だからと言って誰もが一斉にドラゴンボートレースに興じ、声を揃《そろ》えて大応援をするという時代ではないらしい。

「こういうところで楽しんだりしない人は、どうしているんですか」

　意外とあっさり見終わってしまいそうな雰囲気に、さすがに多少ガッカリしながら劉くんを見上げると、彼は、若い人たちなら思い思いに好きな場所に遊びに出かけているだろうと答えた。

「台湾は日本のように祝日も多くないですから、せっかくの休みなら、例えば動物園とか、最近だったら侯硐《ホートン》とか、そんなところに行くかな」

「侯硐？　何があるんですか？」

「猫村って言われていて、猫がいっぱいいるんです。まあ、それだけなんですけど」

日はまだまだ高く、時間は十分にある。では、その侯硐へ行ってみましょうと提案してみた。すると、劉くんは少し面倒くさそうな顔になって「台鉄に乗らなければならない」と言った。台湾鉄道、つまり在来線のことだ。

「すごく遠いんですか？」

「宜蘭《ぎらん》より手前です。一時間くらい」

それくらいなら、どうということでもないではないかと劉くんを急き立てて台北駅へ向かった。劉くんは渋々といった様子だったが、台北駅でおぼろ豆腐に似た冷たい豆花《トウファ》にあんこをたっぷり添えたものをご馳走すると機嫌がよくなった。

　新北市瑞芳区にある侯硐は、かつては猴硐と書く方が普通だったのだという。猴《さる》の住む洞が多いことから、その名がついたのだそうだ。日本統治時代から、その周辺で採掘される石炭の積み出しで栄えたということで、実際に台鉄に揺られて侯硐駅まで着いてみると、すぐ駅前に選炭場の廃墟《はいきょ》があった。よくもこんなものを放置しておくと思うほどの重々しい存在感に、しばし目を奪われた。「猫村」という響きとは、あまりにそぐわない風景だ。

「猫村は、線路の反対側だそうです」

　劉くんが、傾斜地になっている方を指さした。いつの間にか空には低い雲が垂れこめていて、湿度は大変なものだが、暑さはさほどではなくなっている。線路の向こう側に行くために跨線橋《こせんきょう》を渡り始めると、早くもいたいた。猫、猫、猫だ。壁にも可愛《かわい》い猫のイラストが溢《あふ》れている。今さっき見たばかりの鉄さび色の廃墟とは、あまりにも雰囲気が違う。

「もともと炭鉱がだめになって、ここの仕事もだめになりましたから、人がすごく減ったんだそうです。空き家も増えました。それで、淋しくなったお年寄りたちが野良《のら》猫《ねこ》に餌《えさ》をやったりして面倒を見ていたら、自然に猫たちが増えていって、それが少し前から話題になったんだそうです」

　確かに集落全体はずい分と古びていて、寂れた感じがある。遠目に見ても斜面にへばりついた時代遅れの田舎町という印象だ。だが、そんな町が、今まさに猫のお蔭で息を吹き返そうとしているのかも知れなかった。

「あ、ここも」

「あそこも」

確かに、人が歩いているすぐそばで、ゆったり寝そべっている猫が、ここにもあそこにも見えた。いずれも人慣れしているらしく、まるで逃げる気配もないし、触れられても平気で寝ている猫もいる。

訪れている客は圧倒的に若者のグループやカップルが多かった。くつろぐ猫を見つけては一緒に写真を撮り、そっと手を伸ばし、抵抗されないと分かると、安心して撫《な》でたりする。野良猫という意識があるためか、またはそこまでの接し方を猫が嫌がるせいなのか、抱き上げている人は見かけなかった。

歩く道は細い坂道や石段がほとんどだ。普通の民家に交ざって、猫に関する様々なグッズを売る土産物屋も出来ていた。下がっている提灯《ちょうちん》も猫、看板も猫、標識も猫。どれも手作り感満載だ。犬も結構な数を見かけるのだが、こちらはリードでつながれているものも少なくなく、何となく肩身が狭そうなのが面白い。また、猫も観光客も関係ないとばかりに、開け放った戸口から先祖を祀《まつ》る祭壇だけが見えている小さな家の前に竹製の椅子《いす》を置いて、ぼんやりと座っている下着姿の老人の姿もあった。その少し先には、窓から戸まで崩れ落ち、煉瓦が残るだけの廃墟がある。それでも、どれだけ歩いていても、猫の糞《ふん》を見かけることがないのは大したものだ。悪臭もしない。土産物を枕《まくら》にして、我が物顔で眠っている店先の猫もきれいに手入れされているし、首輪をしている猫も少なくなかった。地域の人たちが、猫を大切にしていることがよく分かる。

「何が楽しいんですかねえ」

冷めた劉くんが、またつまらなそうな顔で呟《つぶや》いた。坂道だらけの町を歩くのが、よほど面倒くさいのかも知れない。ドラゴンボートレースを見ていたときに比べれば陽が遮られている分だけでも涼しく感じるのだが、彼はやはり汗をかいている。

「猫は嫌い？」

「関心ないです。第一ここに来てる男は彼女連ればっかりじゃないですか。彼女がいない僕なんて、ここに来る理由がないです」

そこまで話してくれなくてもいいのに、劉くんは「彼女いない歴」についてひとくさり語ってから、余計に憮然《ぶぜん》とした表情になっている。こちらはつい苦笑しながら、それでも前に進むより他にない。

「こういうところに来る若者たちにとっては、端午節なんて、あんまり関心も関係もないのかな」

「そうでしょう。こいつらは、粽子だってきっと食べませんよ」

ますます不機嫌になってきたらしい劉くんの視線の先には、可愛い女の子と頬を寄せ合って、二人でスマホを構えて写真を撮っている若者がいた。そのとき、ぽつり、と雨が落ちてきた。劉くんは、待ってましたとばかりに「帰りましょうよ」と言う。はいはい、そうしましょう。それにしても、たった一日だけ、私たちの旅につきあってくれた劉くんに「面倒な日本人と一緒でつまらない端午節だった」という思いだけを残したくはない。台北に戻ったら、劉くんおすすめの美味《おい》しいご飯屋さんに連れていってねと話しかけて、彼はようやく笑顔になってくれた。

ドラゴンボートレースのスタート。選手たちは太鼓に合わせて懸命にオールを漕ぐ（上）。台北の大佳河濱公園に一日だけ登場したゲーセン。小さな子が夢中になって遊ぶ（中）。侯硐駅前に残る選炭場の廃墟。「猫村」とは無縁だった頃の面影を残す（下）。

暑く、熱く、篤《あつ》い街・高雄《タカオ》

その形をサツマイモにたとえられることもある縦に長い台湾は、中央部を北回帰線が通っている。北回帰線よりも北が亜熱帯気候、そして南は熱帯気候だ。南部に位置する台湾第三の都市・高雄も熱帯の都市ということになる。実際、日本が真冬の頃でも昼間の気温が三十度に達する日は珍しくない。

高雄は、日本が統治を始めた頃には「打狗」と表記されていた。もともとこの地に暮らしていた原住民族であるマカタオ族がつけていた地名「ターカウ」という発音に漢字を当てはめたものだ。ターカウの意味は「竹の林」だというから、竹藪《たけやぶ》の多い土地だったのかも知れない。打狗という漢字を選んだ漢民族たちは、現在の中心部からは少し外れた左營や鳳山といった地域を中心に暮らしていた。海からはある程度、離れている場所だ。当時の地図を見てみると、日本が統治し始めた頃の打狗沿岸部は細長い砂州と哨船頭《しょうせんとう》という岬に囲まれた湾があって、湾に向かっている広い地帯は塩田と養魚池になっている。つまり、現在では高層ビルや高級ホテルなどが林立する場所は、かなり奥まで海水が入り込んでいた砂地で、ほとんど陸地と言えない状態だったことが分かる。

一八九五年に台湾統治を始めてからほどなくして、台湾総督府は入念に打狗港の調査を行い、それまでは漁業や、せいぜいイギリスとの交易に使用されていた程度の港を、海軍の補給港とすることに定めた。そこから猛烈な勢いで港と周辺の整備・開発を始める。

遠浅だった湾を浚渫《しゅんせつ》して大型船が入れるまで深くし、港の近くまで鉄道を敷く。また塩田や養殖池はすべて埋め立て、そこに計画的な都市を造るという具合だ。それらの工事はすべてほぼ同時に進んでいった。漁業や農業、また製糖業などが細々と営まれているだけだった田舎の村は、短期間のうちに大きく変貌《へんぼう》を遂げることになる。

一九二〇（大正九）年、地方制度実施に伴い、打狗という表記は高雄と改められる。「狗《いぬ》を打つ」というのでは卑俗だという理由から、発音が近く、また日本にもある地名の高雄を選んだのだそうだ。そして日本は高雄を「南進の拠点」と位置づけた。港の整備が進むと、石油精製所や造船所、製鉄工場などを次々と建設していく。そのときから高雄は台湾随一の重工業都市として成長を続けることになる。都市の表情は日本統治時代以降も変わることなく、現代に至るまで引き継がれてきた。一方、港周辺の古い街には現在でも日本統治時代の面影が随所に残っているから、歩いていると妙に懐かしい風景に出会ったりする。

　そんな高雄の街を車で走りながら、青く突き抜けた空に入道雲が高くそびえ、南国らしい木々が大きな葉を揺らす風景などを眺めると、いかにも熱帯の街に来た気分になる。

「だけど工業地帯ですから、空気は悪いんです。特に最近は大陸からＰＭ２・５も飛んできていますからね」

　地元の人は困った顔で言う。そういえば、高雄の朝はいつでも天気が今ひとつ分からない。毎朝ぼんやりと曇っているようで、景色も霞《かす》んでいるのだ。今日は天気が悪いのだろうかと思っていると、やがて霞《かすみ》を突き抜けるように強烈な陽射しが街を照らし始め、気温がぐんぐん上昇していく。てっきり朝靄《あさもや》なのかと思っていたが、もしかすると大気汚染のせいなのだろうか。

　そんなことを考えながら市街地を走り抜けるとき、かなりの割合で頻繁に通ることになる大きなロータリーがある。そこには四方に特徴的な三角形をした、ガラス張りのオブジェのようなものがある。夜になると照明で美しく浮かび上がるから余計に印象的なのだが、実はそのオブジェのようなものが、地下鉄である高雄捷運（ＫＭＲＴ）の入口なのだった。「美麗島駅」という。

美麗島とはポルトガル語の「イラ・フォルモサ」を訳したものであり、台湾そのものを意味している。するとつまり「美麗島駅」とは、台湾を象徴する、または代表する駅ということなのかと、通りすがりの旅行者はごく単純に考えてしまう。

「いいえ。この場所が『美麗島事件』の舞台になったからです」

美麗島事件とは一九七九年十二月十日、世界人権デーに起こった、市民の民主化運動に対する政府の弾圧事件だ。国民党による一党独裁に反対し、議会制民主主義を主張する市民勢力に向けて警察や治安部隊が動員された結果、相当数の逮捕者を出すことになった。『美麗島』とは当時、自由と民主主義を標榜《ひょうぼう》する新政党を立ち上げることを最終目標として、台北で発刊された雑誌の名前だった。

政府の反対勢力ともなり得る雑誌は発刊後順調に発行部数を増やしていき、事件が勃発《ぼっぱつ》する直前には八万部を記録することもあったという。その『美麗島』が主催して、世界人権デーに合わせて高雄でのデモを計画したのだった。ところが当日になって当局からデモ中止を言い渡され、会場とされていた場所も閉鎖されてしまう。そこで主催者側は市の中心部にあるロータリーに集合場所を移した。大勢の民主化グループや『美麗島』読者、市民が集まった。すると、市民らと警察や治安部隊との間でにらみ合いになり、ついに治安部隊が催涙弾などを使用したために現場は大混乱に陥った。

「学校では禁止されていましたが、当時、高校生だった私も、実はその場所に行っていたんです。すごい熱気でした。そして、当局の仕打ちもしっかりとこの目で見た。二・二八事件のことを思い出しましたよ」

　二・二八事件というのは、戦後間もない一九四七年二月二十八日に台北で発生し、その後、台湾全土に広がった、国民党政府による大規模な本省人弾圧・虐殺《ぎゃくさつ》事件だ。その犠牲者数は一万八千人から二万八千人とも言われており、正確な数は現在でも把握出来ていない。今なお行方不明のままになっている人が少なくないからだ。侯孝《ホウシャオ》賢《シェン》監督による映画『悲情城市』は、この二・二八事件を背景に描いている。

「美麗島事件のとき、陳菊《ちんきく》さんは牢屋《ろうや》に入れられて、そこで遺書まで書いたんですよ。その遺書が今も残っていて公開されています」

　陳菊さんとは、二〇〇六年から二〇一八年まで高雄市長を務めた後、蔡英文《さいえいぶん》総統の下で台湾総統府秘書長の座につき、二〇二〇年八月からは監察院院長になった女性。

彼女は美麗島事件の時に反乱罪で起訴された活動家八人のうちの一人で、懲役十二年を言い渡された。そして六年間入獄した後、李《り》登輝《とうき》政権の時に名誉回復され、それから民主進歩党（民進党）の結成に参加した。そんな苛酷《かこく》な経験を経てきた人物が市長をしていたというだけでも、高雄という都市が自由と民主主義の牙城《がじょう》として存在してきたということが分かるだろう。

　ガラス張りの入口は日本人建築家・高松伸《しん》によるデザイン。その形は人の手が祈る形に見える。さらに驚かされるのは、その地下だ。ちょうどロータリーの下に位置する広々としたコンコースが、天井全体を「光之穹頂」（光のドーム）と題された大ステンドグラスで覆い尽くされているのだ。イタリア人アーティスト、ナルシサス・クアグリアータによるこの作品も、やはり愛と包容をテーマにしているという。色彩の変化と共に太陽と月、生命の起源など、見る人によって様々に感じる世界が繰り広げられていて、立つ位置によってまったく異なる見え方をする。

　地下鉄の駅に、よくぞこんな空間を作ろうとしたものだ。しかも、よく予算が下りたな、などと感心するうち、要するにそれが「美麗島事件」に対する高雄の人々の思いなのだろうということに気づく。多くの高雄の人たちは、あの時の民主化への熱情と信念とを忘れまい、そして台湾を、あくまで台湾らしく存続させたいと、強く願ったのに違いない。台北などの北部に比べて、戦後大陸から渡ってきた、いわゆる外省人が少なく、今も日常的には標準語と定められた北京語ではなく、昔ながらの台湾語（閩南《ミンナン》語）で会話する人が多いという高雄は、それだけ「台湾人」としての意識も強いのかも知れない。そんなことを知っていくと、高雄という都市が単に無機的な印象を与えるばかりの重工業都市ではないことに気づく。

「もちろんです。他の土地の人からは、高雄の人は荒っぽいなんて言われることがありますが、実際はすごく人情が豊かで義理堅いんです。一度、打ち解けたら、もうずっと兄弟」

だから日本人にも親しみを抱いている人が少なくないそうだ。鄙《ひな》びた漁村だった高雄の基礎を作ったのが日本人であり、その上に現在があるということを、誰もが忘れていないからだと言われた。

「だから、日本の軍艦を神さまにしているお寺があるくらいですよ」

軍艦ですか、と、思わず聞き返した。台南で、日本軍兵士が神さまになって祀られている廟《びょう》は訪ねたことがある。だが、軍艦とは。そうして案内されたのが、高雄国際空港にほど近い場所にある「紅毛港　保安堂」という廟だった。この空港も、日本統治時代の一九四二年に旧陸軍の小港飛行場として造られたものだ。保安堂の周辺は新興住宅地らしい一帯で、飛び立つ飛行機が大きく見えた。そういう地域に建つ廟は、まず台湾の寺廟にしては珍しく青く艶《つや》やかな瓦が葺《ふ》かれていて、普通なら龍をはじめとする様々な装飾が色鮮やかに、また波打つように施されているものなのに、それらの装飾もまったくない。ある意味、日本風にも見えた。一方で、歴史の重みというものはさほど感じない。

「新しいんです。もともとは紅毛港という港町に建っていたのが、立《た》ち退《の》きになって、ここに建て直すことになりました」

なるほど。そのせいもあって全体にすっきりとしていて重苦しさもなく、明るい印象なのだろう。入口には、咲き誇る桜の一枝と共に描かれた富士山の額が掲げられている。本当に日本を意識しているのだなと改めて見回せば、庇《ひさし》の宝鐸《ほうちゃく》を模した飾りには、旭日旗《きょくじつき》に水兵がいる。日本でもちょっと見ないほどの「日本っぷり」だ。

中に入ると、立派な龍柱は日本人が寄進したものだと説明が添えられていた。鳥居や御神輿《おみこし》まである。黄金の龍を背景に、ご本尊として祀られている神さまの中でことに三柱が大きいが、その中に一柱、異彩を放って日本海軍の白い制服を着た神さまがいた。名を「海府大元帥《だいげんすい》」という。

海府大元帥は、もともとは一九四六年に漁民の網にかかった頭蓋骨《ずがいこつ》だったのだという。他の神さまも同様に、海で見つかった骨だった。紅毛港の漁師たちは、そういった哀れな骨などが見つかる度に供養《くよう》してやり、海の安全や豊漁を祈ってきたのだろう。年月を経た一九九〇年、日本語がまったく分からない、とある人物が突如として日本語で語り出した。

「自分は日本第三十八号哨戒《しょうかい》艇長である。太平洋戦争で軍艦を沈められ、部下と共に戦死した。自分は今も部下らと共に、日本の護国神社へ帰りたいと願っている」

保安堂の信徒たちは大いに驚いた。そして、まずは半信半疑のまま沖縄まで赴き、日本海軍の戦没者に関する手がかりを探した。そこで一九四四年十一月二十五日、第三十八号哨戒艇がマニラから高雄に向けて航行中にバシー海峡で米国潜水艦により撃沈されたという事実に行き当たる。哨戒艇長・高田又男予備大尉《たいい》以下、百四十五名が戦死した。

「あの頭蓋骨は、高田大尉だったんだ！」

「海府大元帥は、日本の軍人だったのか」

信徒たちは、これは海府大元帥ばかりでなく、戦死したすべての兵士の死を悼んでやらなければならないと考えた。そして翌年には軍艦の模型を作成し、それを「神艦」として廟内の左側に供えたのだという。「38にっぽんぐんかん」と書かれた神艦の甲板には、当初は三十六体、現在では七十二体の兵士の人形が並び、それぞれが違う兵器を持つなどして異なる任務に当たっている。スイッチを入れれば明かりが灯《とも》り、また動く箇所もあるという造りだ。旭日旗を背景に据えられた軍艦の模型からは厳《いか》めしさは感じられず、人形の兵士たちも神さまと呼ぶには愛らしい。だが、そういう形で保安堂の人たちは日本軍の沈没艦を祀り続け、朝に夕に『君が代』や軍歌を流す他、定期的に祭祀《さいし》も行っているという。その話を知って保安堂を訪ねる日本人も少なくないようだ。実際そういう日本人による感謝の気持ちが様々な形で残されていた。

「ビデオを見ていって下さい」

椅子をすすめられてモニターの前に腰掛けると、やがて『海ゆかば』が聞こえてきて、保安堂について解説されている映像が流れ始めた。その中に、揃いのポロシャツを着た信徒たちが一人一人、戦死した百四十五名の名を書いた旗をそれぞれに掲げて海に向かって歩いていく映像があった。それを見たとき、首筋から後頭部にかけて、ゾクゾクとした感覚が痺《しび》れるように駆け抜けた。

俺はここにいる。

映像を通して、深い海の底から響いてくるような、呟きとも呻《うめ》きともつかないものが伝わってくる気がした。彼らの魂は、確かにここにあるのだと思った。

日本ではほとんどクローズアップされることのない一隻《せき》の哨戒艇の悲劇だ。戦後はますます遠くなり、もしかすると百四十五名の戦死者たちの身内の人々でさえも、今となっては当時を記憶する世代は数を減らして、彼らの死を悼み続ける人たちはそう残っていないかも知れない。それなのに、ついにたどり着けなかった高雄の地で、日本人が引き揚げていった後も、こうして台湾の人たちが軍艦ごと祀ってくれていることを、戦死者たちは確かに感じているのに違いなかった。今も一人一人が氏名を書いてもらい、その死を悼んでもらえることによって、冷たい海の底に沈んだ彼らはどれほど慰められていることだろう。

それにしても、さすがに熱帯だ。じっとしていても後から後から汗が噴き出してきて衣服を湿らせた。それでも石造りの保安堂の中には時折涼しい風が吹き抜けて、黒い台湾犬がひんやりとした石の上で気持ちよさそうに寝そべっていた。決して辛気くさくならないように、むしろ出来るだけ明るく、海に散った若い兵士たちの慰めとなるようにと、堂内には舞い踊る芸者の絵までが掲げられている。そんな人々の思いを受け取って、日本の軍艦と軍人たちが今も、またこれからも、こころ穏やかにこの土地の人たちを見守っていることを願わずにいられなかった。

日本統治時代は「山形屋」という書店だったという建物。右手道路の突きあたりには旧高雄港駅の名残として蒸気機関車が駐まっていた（上右）。美麗島駅の地下コンコース。ステンドグラスの天井は１日に３回、照明が変化するショーが見られる（上左）。日本統治時代の街並みを再現したようなレストランは、訪れる人の想像力をかき立てる。昔の看板などが並び、列車も置かれているが、よく見ると中華民国に入ってからの看板や人形もあって、少しばかり混在。「往事」という意味では一つか（下右）。「保安堂」でひと際目立つ、旧日本海軍の制服を着た「海府大元帥」（下左）。

ピンク色に引きずられた日

蓮霧、という果物がある。台湾の人は「レンブー」とか「リェンムー」とか呼んでいて、今ひとつ正確なところが分からない。日本人丸出しで「レンム」と呼んでも通じてしまうから、まあ大体そのあたりなのだろう。

この蓮霧、初めて食べたのはさる町工場でだった。お茶うけに、何等分かに切り分けられて大皿に並べられていたその果物は、一見して「美味しそう」とは思えないものだった。くすんだピンク色の皮がついたまま、リンゴのように白い果肉を見せているが、そう瑞々《みずみず》しそうにも見えず、味気なさそうな感じがして、台湾で食べられる他の果物のイメージからは相当にかけ離れていたからだ。

台湾は何といっても果物の宝庫。マンゴーやパイナップル、バナナばかりでなく、パパイヤ、パッションフルーツ、ライチー、ドラゴンフルーツに釈迦頭《バンレイシ》など、どれをとっても華やかな印象が強い。それなのに、当時は名前さえ知らなかったその果物は、あまりにも地味に見えた。

「さあ、どうぞ。さあ」

殺風景な町工場の片隅で、鉄パイプの丸椅子に腰掛け、紙コップに注がれたお茶をすすりながら、すすめられても笑ってごまかしていたら、ついに爪楊枝《つまようじ》で刺した一切れを差し出されてしまった。これでは断り切れない。私は爪楊枝を受け取り、その果物を口に運んだ。

――え？

ひと口食べて、目をみはった。何という歯ごたえだろうか。リンゴとは違う。むしろ梨《なし》に近いかも知れない。だが、もっと空気をたっぷり含んでいる感じがして、軽く、柔らかい。シャク、シャク、シャク。香りはほとんどなく果汁も多くないが、ほどよい甘さがある。シャク、シャク、生まれて初めて味わう食感だ。思わず二つ目に手を伸ばした。シャク、シャク。面白い。食べていて心地好いのだ。

「これ、何という果物ですか？」

「蓮霧ね」

「レンム？」

「蓮霧」

「レンブ？」

「蓮霧」

「――どんな字を書くんですか？」

何かしらの意味合いを読み取りたくなる、何ともドラマチックな字面《じづら》だと思った。

以来、蓮霧は台湾で必ず食べたい果物の一つになった。そうしてあるときから、この果物は一体どんな風に木になっているのだろうかと思い始めた。

「蓮霧が穫《と》れるのは南の方です。屏東《ピンドン》が有名ですよ」

屏東県は、台湾の最南端に位置する。すぐ北にある工業都市・高雄とは一変して、緑豊かな地域だ。東側の山脈地帯は主にパイワン族の人たちが多く暮らす集落が点在しているが、西側の沿岸部は景色も美しく、いわゆるリゾート地が多い。

蓮霧は大体、年の暮れから春の終わりにかけてが収穫時期だという。そこで高雄よりも北に位置する台南まで行くことになっていた春のある日、一日かけて蓮霧農家を訪ねる計画を立てた。

早朝、台南を出発して幹線道路を南下していくと、次第に周囲の風景が長閑《のどか》になってきた頃、途中の道端に「黒珍珠」という看板がいくつも目立ち始める。以前からこの道を通る度に、何となく気になっていた。珍珠というのは真珠のことだ。だからてっきり、この辺りの海では真珠の養殖もしているのだろうか、黒真珠が採れるのかと思っていた。だが、こんな道路際《ぎわ》に手書きの看板を出して売っている真珠など、どうせ大したものでもないだろうと勝手に推測したものだ。

「黒珍珠は蓮霧の銘柄です。一番の最高級品ですよ。大きくて、すごく甘くて美味しいけど、高いよ」

あ、そうだったのかと、今度は真剣に黒珍珠という看板を出している店に目を凝らすようになった。だが、店先に並んでいるものが何となく違う。大きな赤いネットに入れられた、何やら薄茶色のものが積み上げられているのだ。

「蓮霧に見えないけど。日本のタマネギみたい」

「あ、ここはタマネギも産地ですよ」

真珠ではなくて蓮霧でもなく、タマネギなのかと、拍子抜けした。私の印象では、タマネギというと淡路島か北海道なのだが、タマネギ栽培に気温は関係ないのだろうか。あれこれ考えているうち、車は幹線道路をそれて行く。そうして着いたのは屏東県でも高雄に近い、林邊《リンビェン》郷というところだった。さあ、いよいよ待望の蓮霧畑が見られる。いやが上にも気持ちが高まってきた。ところが、その出鼻を挫《くじ》くように、まず立ち寄った農協での対応は何とも素っ気ないものだった。

「わざわざ行って見るようなものでもないですって」

ガイドが困ったような顔をしている。予《あらかじ》め取材申し込みをしてあるにも拘《かか》わらず「招かれざる客」といった感じだ。一瞬、蓮霧の栽培には、それほど外部の者に知られたくない秘密があるのだろうかと思った。だが、それなら取材など受けるはずがない。とにかく、農家に案内してもらい、農協の人が声をかけると、よく日焼けしたご主人が、訝《いぶか》しげな表情で出てきた。

「蓮霧の実には袋をかけてあるから、見たってしょうがないって言っています」

まただ。何だか感じが悪い。だが、考えてみれば観光農園でも何でもない、純然たる田舎の農家だ。都会の人のような如才なさなど身につけていないだろうし、よそ者に対しては警戒心を抱くのかも知れなかった。ましてやこちらは言葉の通じない外国人だ。訝しく思われるのも無理もないかも知れないと自分に言い聞かせる。たとえ、予め取材の申し込みをしてあったとしても。

こういう感覚は、実は台湾を旅していると意外に新鮮だったりする。人なつこく親切な人が多い上に親日家が多いせいもあって、どこに立ち寄っても、さして苦労もせずに誰かしらと言葉を交わすことが出来る場合が多いからだ。時には見ず知らずの旅人を、あっさり自宅に招き入れてくれたりもする。だから自然とこちらも皆に親切にしてもらえると思い込みやすくなっているのかも知れなかった。

「お仕事の邪魔はしません。お手間は取らせませんから」

　通訳を介しているのだから、こちらが意図しているだけの気持ちがきちんと伝わっているかは微妙なところだが、とにかく出来るだけにこにこと愛想良くして、取りあえずは蓮霧の畑へ案内してもらえることになった。ご主人は、物好きな連中が来たものだというような顔つきで、私たちの前に立って歩いていく。そうして行った先に広がっていた畑は、蓮霧の果実同様に、さしたる個性も感じられない木々の広がりだった。だがよく見れば、確かにそこここに白い果実袋がかけられている。中に、袋の外れているものもあった。

「あった、蓮霧！　こんな風になるんだ。へえ！」

　初めて目にした収穫前の蓮霧だった。一本の軸に三つ、四つとまとまって、放射状に垂れ下がるように実がついている。電球にも似た、または洋梨のようにも見える果実は、街の果物店で見るときよりもつやつやとしていて、地味ながらも美しい。嬉《うれ》しくなって盛んにカメラのシャッターを切るものだから、ご主人もようやく表情を緩めて「ほら、ここにも」「こっちにも」と言うように指さしながら、畑の中を歩きまわってくれた。

ところが、表情は穏やかになったのに、ご主人は話しながら、引っ切りなしに地面にぺっぺっと唾《つば》を吐き出す。何か気に入らないことでもあるのだろうかと首を傾《かし》げるうちに、檳榔《びんろう》を嚙《か》んでいるのだと気がついた。台湾でも都市部では今や敬遠されることの多い檳榔だが、地方や農漁村に来ると、まだまだ普通に消費されているらしい。それに見回すと、蓮霧畑の隙間《すきま》には、ずらりと檳榔樹の木が並んでいる。すると、ご主人が嚙んでいる檳榔はおそらく自家製なのに違いなかった。当たり前の、嚙み煙草《たばこ》程度の感覚なのだ。

「蓮霧の栽培で難しいところは、どんなことですか？」

「まあ、色々、と言っています」

「――この木は、寿命はどれくらいなんですか？」

「まあ、大体、と言っています」

「私は蓮霧が大好きなのですが、日本に輸出するような動きはないんでしょうか」

「ないそうです」

とりつく島がなかった。これでは肩透かしもいいところだ。いつもなら、予定の時間を大きくオーバーして話が盛り上がったり、脇道《わきみち》にそれたり、また思わぬ展開が待ち受けていたりすることが当たり前なのだが、早くも白々しい雰囲気になってしまっている。

　無言で畑を歩きまわった後、今度は選果場に連れていってもらった。蓮霧は果皮が非常に薄くてデリケートな果物だ。傷《いた》みも早い。それが輸出に適さない一番の理由でもあり、だから私たちは日本でこの果物を口にすることが出来ないのだが、実際に選果場を見てみると、収穫した蓮霧にはすぐに一つ一つ手作業でネットを被《かぶ》せ、その上で大きさや品質に合わせて出荷されていくのだということが分かった。

　作業は女性たちの仕事らしかった。誰もが帽子を被りマスクをしているから、年齢も顔つきも分からない。こちらを気にするような人もいなければ見向きもせず、何か話しかけようにも、タイミングがまるで摑《つか》めなかった。目が合いそうになっただけで、すっと横を向かれてしまうのだ。檳榔を嚙んでいるご主人は、そんな女性たちの仕事をひと通り眺めると、私たちのことに構う素振りも見せず、何も言わずにどこかへ立ち去っていった。もう少し色々と聞いてみたいところだったのに、訪ねた礼を言う間さえなかった。

　手持ち無沙汰《ぶさた》のまま、しばらく選果の作業を眺めていたが、結局、その農家で扱っている一番高価な蓮霧を一ケース買って、それで帰ることにした。とはいえ、誰に頼んでどこで支払いをすればいいのかも分からないくらいの、放ったらかし状態だ。何とか事務仕事もやっているらしい若い女性を捕まえて、普段、街の青果店などでは見かけたこともない立派な蓮霧を売ってもらった。

「時間がありましたね」

「どうしよう」

まだ昼になるかならないかという時間だ。せっかく早起きして来たのに、高い蓮霧だけ提げて昼前に帰るというのでは、どうにも報われた気がしない。こんなはずではなかったとため息をついていたら、この近くに桜エビの揚がる漁港があると、ガイドが教えてくれた。

「桜エビ？」

頭の中が蓮霧のくすんだピンクから、桜エビのピンクにと、ぱっと切り替わった。日本で桜エビといったら駿河《するが》湾限定。しかも貴重だ。その桜エビが台湾でも捕れることは知っていたが、それがこの辺りだとは知らなかった。水揚げの様子を見られるとしたら、もう言うことなしの一日ではないか。

「行きましょう、桜エビ！」

　意気込んで車に乗り込み、向かった先は十分も走るか走らないかというところで着いた東港漁港という港だった。車を駐《と》められるスペースを探してぐるぐると走り回る間にも、いかにも港町らしい人々の姿が見えてくる。リアカーを牽《ひ》いて歩く人、ゴム長姿の男たち、その向こうには船のマストらしいものも見えた。さっきまでの蓮霧農家の農村風景とは打って変わって、いかにも開けた雰囲気だ。車から降りると早速、潮の匂いに包まれた。

「向こうに市場があるみたいです」

「誰でも入れるんでしょうか」

「大丈夫と思いますよ」

　人々が歩きまわる間を縫うようにして、私たちは競《せ》りが行われるらしい屋根つきの建物に向かった。その時点で、頭の中にはいくつものケースに、山のように盛られた桜エビが思い描かれていた。水で濡《ぬ》れているコンクリートを踏んで、市場に足を踏み入れる。思っていたよりも人の姿がまばらなのは、もう大半の桜エビが競り落とされた後だからかも知れない。そう、桜エビが。

　日光の届かない屋根の下で、まだ残っている人々の隙間から、地面に並んでいるのを見た。

「――あれ」

思わず足が止まった。ピンク色のものが見えていなければならないはずなのに、そこに見えているのは銀色だったり黒っぽかったりして、長々と横たわる魚ばかりだ。近づいてみると、全体の姿と頭の先端部が切り落とされていることから、どうやらカジキらしいと分かった。こちらに並べられているのはマグロだろうか。なるほど、こういう魚も揚がるのか。それで、桜エビはどこだろう。

私はまだ桜エビが見られることに寸毫《すんごう》の疑いも抱いていなかった。漁港なのだから、それはマグロも揚がればカジキも揚がるのだろう、というくらいに考えていた。関係者の邪魔にならないように、桜エビを探してぐんぐん歩いた。だが、歩けども歩けども、桜色の物体など何一つ見えてこない。

「――桜エビは？」

狭い市場の端まで行ったところで、途方に暮れた。桜エビが、見えない。

「時間帯が、違うのかも知れません」

ガイドが、自分を責められても困るといった顔つきで、しごく冷静に言った。

何ていう日。

私はすっかり意気消沈して、それでも未練がましく、まだしばらくは市場で働く人々や、漁を終えた船などを眺めて過ごした。

それにしても、市場で働く人は女性が多かった。男たちに交ざって、大人の背丈くらいはありそうなカジキやマグロを手《て》鉤《かぎ》で引き、まとめて台車に載せ、バイクで運んでいく。先ほどの蓮霧農家の選果場もそうだった。女性はいつでもどこでも、実によく働く。

次第に人がまばらになっていく市場に取り残された格好で、私はしばらく、それらの人々を眺めて過ごした。おそらく再び訪れる機会はまずないだろうと思うこの土地のことを考えるとき、蘇《よみがえ》るのは蓮霧でも桜エビでもなく、結局はこうして素っ気ないほどひたすらに、ただ黙々と身体《からだ》を動かす女性たちの姿に違いないと考えていた。

東港漁港。大きな漁船はほとんど入っていない、こぢんまりとした漁港だ（上）。選果場に集められた蓮霧。皮が薄いため、扱いはあくまで丁寧に。これから次々に手作業でネットを被されていく（下右）。果たしてどんな姿でなっているのかと思ったら、意外だった。傷みやすく、虫もつきやすいことから葡萄や梨のように袋をかけて栽培される（下左）。

食器にこらずに縁起を担《かつ》ぐ

台湾に行くようになって、特に最初のうち強く感じたことの一つに「飲食店の食器」があった。多くの飲食店で使われている食器が一律に白くて楕円形《だえんけい》であることが多かったのだ。もちろん違う店もある。四角も円形も、柄の入った食器もあるのだが、何しろ「白い楕円形の皿」が妙に印象に残った。

そういう店に入ると、豆腐料理でも青菜炒《いた》めでも、はたまた卵料理も焼き魚も蒸し鶏《どり》も海老《えび》料理も、餃子《ギョウザ》も焼きビーフンも炒飯《チャーハン》も、汁物以外はどれもこれも同じ大きさの皿に盛られてくる。皿の中央に煮卵がコロコロと転がっているだけの場合もあれば、こんもりと盛られた炒め物の汁が溢《あふ》れそうになっていることもあるという具合だ。パセリなどの飾り野菜が添えられているなどということは、まずない。それらを取り分けるために各人の前に置かれるのは丸皿と小ぶりの碗《わん》。こちらも白の無地だ。醤油《しょうゆ》や酢などをたらす小皿は無論のこと。

違っているのは箸《はし》やちりれんげ、お茶を注ぐコップなど。道端で営業している露店に毛が生えた程度の店だと、ちりれんげはぺにょぺにょの塩化ビニールらしいものだし、箸は竹製の短い割り箸、コップは紙コップという感じ。もう少し上のランクの店に行くとちりれんげも箸もアルミ製になり、それ以上になると陶器のちりれんげ、箸も木の割り箸や樹脂製になるが、それでも店によっては紙コップか、せいぜいプラスチックのものだったりする。

こういった器ばかりが並ぶ食卓は、旅の興奮も醒《さ》めて冷静になってきた目には、次第に味気なく映ってくる。日本の飲食店では、大衆的な店でも同じ皿ばかり並ぶということは、まずないからだ。色も形も様々だし、材質もガラス、陶器、木製（もどきもある）と使い分けていて、メラミンの食器にさえそれらしい模様が入っていたりする。私たちはそういう食卓に慣れてしまっている。だから、同じ形の白い食器ばかり並ぶ食卓に、もしかしたら抜群に美味しい料理が並んでも、まず目に飛び込んでくる印象で魅力が半減してしまうように感じる。最初に料理を目で味わう楽しさが失われるのだ。

そういえば商店街などを歩いていると、店番をしている女の子がスーパーのレジ袋のようなものに、じかに入れられている台湾風おこわ、油飯を、そのまま箸を突っ込んで食べている光景を見たりする。台鉄弁当をはじめとして売られている弁当の容器はほとんどが紙製で（コンビニ弁当を除く）、仕切りもなければ銀カップなどが使われていることもなく、もちろんバラン的なものもない。環境問題云々《うんぬん》が言われるよりも以前に、要するに簡便で安価なら、デザインや見た目は関係ないという姿勢なのだと思った。同じ理屈で、飲食店も同じ食器ばかり使っているのかも知れない。それなら収納に手間取ることもないし、いくら割れても簡単に補充がきく。

台湾の人は総じて食器にこだわらないのだろうか。台湾では、こういう食器が大半なんだろうか。

これがしばらくの間、私の疑問の一つだった。そんなある日、台北にいて一日だけぽっかりと予定が空いた日が出来た。さて、どうしたものかと考えていたときに、ちょっと行ってみないかと誘われたのが鶯歌《インガー》という街だ。

「焼き物の街です。どんな焼き物でも全部揃《そろ》っていますよ」

鶯歌は台北から南西に二十キロ程度。台北市内を流れる淡水河の支流である大漢渓を遡《さかのぼ》っていった先にある。電車でも車でも、ちょっと足を伸ばすといった程度の感覚で着けるという。それにしても鶯歌とは、何というきれいな名前をつけたものだろうか。その字面だけで、いかにも詩情豊かで穏やかな里山といった印象を受ける。

「鶯《うぐいす》の声が聞こえるような場所だったんでしょうか。森があるとか」

「森なんかないですよ。鶯も、聞いたことないですね」

　素っ気ない答えだった。まあ、それはともかく、台湾の食器文化に密《ひそ》かな疑問を抱いていた私にとっては、願ったり叶《かな》ったりの提案だ。

　風の強い寒い日になった。小一時間程度ドライブして着いた鶯歌で、まず向かった老街《ラオジエ》は広い石畳の道が緩くカーブしており、背の高い椰子《やし》の並木がずっと続いている、ちょっとしたリゾート地のような雰囲気の場所だった。道に面して並んでいる建物には統一されたグリーンの日よけが張られていて調和をはかっている。台湾名物と言ってもいいほど、どこに行っても見かける派手で目立つ巨大看板も、毛筆体の漢字の氾《はん》濫《らん》も、この街とは無縁らしい。

　通りの入口に屋台の綿菓子屋やニセモノ臭いドラえもんの人形焼き屋が出ている。その横で、水笛が売られていた。

「へえ、懐《なつ》かしい」

　幼い頃に縁日などで見かけたことのある素朴な笛が、今こんな場所で売られているとは思わなかった。笛を吹きながら店番をしている髪の長い少女はせいぜい小学三、四年生といったところだろうか。

「今日、学校は？」

「日曜日だから」

あ、そうかと、そこで初めて気がついた。旅をしているとついつい曜日の感覚が薄らいでしまう。道理で道行く人の数が多いはずだった。みんな焼き物に興味のある人たちなのだろうか。

「ここと、すぐ近くの三峡《サンシャア》という場所は、どちらも観光地ですから、休みの日は人が大勢来るんです」

そんな説明を受けながら、軒を連ねる陶器店を覗《のぞ》いていく。

何だ、こんなに色々とあるんじゃないの。

それが最初の印象だった。ひと山いくらで売られている安い茶碗から高級レストランやホテルにでも置かれていそうな、人の背丈ほどもある磁器の壺《つぼ》まで、なるほど、ありとあらゆるものが揃っている。茶器ばかり扱う店には中国茶を淹《い》れるための急須《きゅうす》がずらりと並び、また、各家庭で使われている昔ながらの壺ばかりが並んでいる店もあった。米用、泡菜（キムチ）用、火鉢などなど。実に色とりどりだ。いつも飲食店で目にしている楕円形の白い皿など見当たらない。すると、業務用の食器を製造販売している場所は、また別なのだろうか。

とにもかくにも、台湾の食卓が常に素っ気ないわけではないと分かってほっとする。そうして歩き続けるうち、多くの店の前に柿《かき》の実の置物らしいものが売られていることに気がついた。直径二センチほどの小さなものから、野球ボールくらいの大きさまで、陶製にガラス製、中空になっているものからずしりとした重さのものまで、どうしてこんなにもと思うほど柿の実が売られている。

「これ買うんだったら、二個買わないとダメなんですよ」

案内してくれている人が言う。二個？　何で？

「『柿』の発音はシィーね。これは『事』の発音と同じです」

だから柿を二つ並べると「シィーシィー」となり、「事事」と書くのと同じ発音になる。そして「事事」という文字からは「事事如意《にょい》」という言葉が連想されるのだそうだ。「事事如意」とは、「物事がすべて思い通りにうまくいく」ということ。つまり、縁起の良い言葉に合わせた、語呂《ごろ》合わせなのだった。

そういう語呂合わせは他にもある。ヒョウタンは中国語では「フールー」と言い、その発音が「福禄」と似ていることから、やはり縁起物として好まれるし、コウモリは「ビアンフー」という発音が「変福」の発音と似ていることから、福に変わる、福をなすという縁起物として扱われるのだそうだ。そう言われてみるとヒョウタンもコウモリも、中国文化圏ではストラップから家具の意匠、屋根瓦《がわら》にもと、実に色々なところに使われている。こうして歩いていても、店頭に置かれている絢爛豪華《けんらんごうか》な巨大な壺などに無数のコウモリが描き込まれていたりした。

「柿の実がねえ」

　こういうものの一つにも必ず何らかの意味づけがあるのかと思うと、幸福や成功への強烈な欲求というものが感じられる。だが、そういう語呂合わせにはあまり興味のないこちらとしては、とにかく茶碗でも皿でも、何か気に入ったものを見つけたい、台湾の思い出にしたい一心だった。それでもなかなか見つからない。そうこうするうち「鶯歌光點美學館」という建物の前まで来た。

「ここは新しいんですよ。ここにあるものは文創ですね」

　文創とは「文化創意」の意味で、この数年というもの台湾で一つのブームを巻き起こしている動きだ。古い技術や建造物などを活《い》かしつつ新しい文化を生み出し、さらに経済活動につなげようというもので、事業として申請して認可が下りれば国からの補助金も受けられるらしい。この一環として、日本統治時代の古い建造物なども次々にリノベーションされ、ギャラリーやカフェ、商業施設になるなど新たな利用価値を生み出しているし、ビジネスチャンスを狙《ねら》う若者たちが、どんどんと新しいことに取り組んでいるらしい。

　とにかく寒い日になった。風は絶えず吹いているし、今にも雨粒が落ちてきそうだ。ここは寒さをしのぐためにも、「鶯歌光點美學館」に入ってみることにした。

　三階建ての建物は中央が吹き抜けになっていて様々なブースが設けられていた。中には鶯歌の陶器とはまったく関係のないアクセサリーや小物類、健康器具なども売られている。それでもさすがに焼き物の郷《さと》らしく、陶芸の体験教室のようなスペースもあったし、デザイン性の高い食器が並んでいる場所もある。たしかに、ずっと歩いてきた道筋の、昔ながらの陶器店から比べると、色彩は豊富だしデザインも様々だ。電子レンジ対応と表記されているものもあった。日本で見かけるのと変わらない。

「これ見て下さい。温度が変わると、絵が出てくるんですよ」

　ぶらぶら歩いているうち、マグカップを扱っているブースに行き当たった。

　これも不思議なことの一つなのだが、台湾で見かけるマグカップは、これまたほとんど同じ形をしている。背が高くて少し裾《すそ》がすぼまっている大ぶりのもので、カフェで見かけようとシティホテルに行こうと、みんな同じ。ただ、入っているロゴや絵柄が違うだけだ。そのブースで扱っているマグカップも同じだった。そこに熱い湯などを注ぐと特殊なインクのせいで常温のときには見えない色彩が浮かび上がってくる。エプロン姿の若い女性が、にこにこと笑いながらいくつかのマグカップに次々に湯を注いでくれた。

九份《ジョウフン》の風景に赤い提灯《ちょうちん》が浮かび上がる。

「ね、すごいでしょう?」

「そうですね」

「こっちも、可《か》愛《わい》いでしょう?」

「たしかに」

せっかく一つ一つ見せてくれるのだが、どうも好みに合うものが見つからない。

「じゃあ、こっちはどうですか。お人形さん、ありますよ」

あまりに反応が悪かったせいか、案内してくれた人が手招きをする。今度は金色の翼を持った仏様の置物が並んでいた。同じものを台北松山《ソンシャン》空港のショップでも見たことがある。

「――そうね、たしかに、文創ですよね」

可愛らしい顔をした素焼きの仏様の、天使のような翼や衣だけが目《ま》映《ばゆ》い金色に染められている。仏様の表情もデザインも、まさしく文創と呼んでいいものだろう。

それにしても。

ここでまた疑問が浮かんでしまう。台湾で人形というと、仏像や道教の「神さま」か、稀《まれ》に「水牛と少年」などといった、かつての台湾の民俗的風景をうかがわせる置物などは見かけることがあるのだが、いわゆる子どもが「ごっこ遊び」するおもちゃの人形や、簞笥《たんす》の上などに飾る類《たぐ》いの人形は見た記憶がない。たとえばタクシーのダッシュボードに置かれている人形も、金運の神さまである「財神爺」が大半。他に見かけることがあるとすれば、ほぼ間違いなく招き猫やキティちゃんなど日本発のキャラクターだ。

唯一《ゆいいつ》、布《ほ》袋劇《ていげき》という、もともと中国から伝わった指人形のような民間芸能があって、現在ではその進化形の人形劇がテレビでも放映されている。「布袋」という表現からは遠く離れた人形の豪華な美しさと宇宙的かつ壮大なストーリー展開とで根強い人気を誇っているが、その人形を模して売られているものは「フィギュア」と言っていいようなもので、子どものおもちゃにはなりそうにない。

台湾の女の子は人形遊びをしないんだろうか。ひな人形や五月人形のように、子どもの成長を願って飾るようなことはないんだろうか。旅先の土産物として買うようなものはないのか、好き嫌いは別として、何となく昔から家に飾られているこけしや博多人形のような類いのものはないのだろうか。

あれこれと考えるうち、ふと以前、日本語世代と言われるお年寄りが口にしていた言葉を思い出した。

「台湾にはかつて一度として独自の皇帝のような存在がいたことも、王室や宮廷があったこともない。だから宮廷から生まれた文化というものがないんです。豪華な料理、美しい着物、絵、音楽、装飾品、そういった暮らしを豊かにするものは、宮廷や貴族から生まれて庶民に広がるものでしょう」

そういう存在が、台湾にはいなかった。庶民たちは、いつの時代も生き抜くことに必死で、せめて縁起を担ぎ、神に祈って、あとはひたすら懸命に働くしかなかった。その名残が、現在の台湾の生活にもあちらこちらに垣間見えるのかも知れなかった。

「じゃあ、三峡に行ってみましょうか。すぐ近くです。あそこはクロワッサンが有名ですよ」

よほどつまらなそうな顔をしていたのだろうか、気を取り直すように提案された。建物の外に出ると、頭に大きな羽根飾りをつけてネイティブアメリカンの格好をした人が、ケーナを吹きながら南米の音楽っぽいメロディーにのせて台湾語の歌を歌っていた。

「台湾はちゃんぽんの国ですから。民族も、歴史も、文化も、何でもちゃんぽん。まぜこぜね」

　貧しかった時代の記憶と、何でもちゃんぽん。それが今の台湾の文化ということか。それでは、その古い街で流行《はや》っているクロワッサンとやらを食べに行こうと、私たちは鶯の声など聞こえない鶯歌を後にした。

日本統治時代の建物をリノベーションしたカフェ（上）。金の衣をつけた仏様。格調を保ちつつしかつめらしい表情ではないのも文創の影響だろう（下右）。甕や壺の専門店、金魚鉢からキムチ甕まで様々。食品貯蔵用に「満」という願いが書かれている（下左）。

祝日の過ごし方・お墓参りとバーベキュー

春分から十五日ほどたつと、二十四節気の一つ「清明《せいめい》」を迎える。桜の便りが待ち遠しい、文字通り「清浄明潔」な空気を感じられる頃だ。

沖縄では清明節を「シーミー」と言って、正月、お盆とともに大切な日とされている。何十年か前たまたまこの季節に行ったとき、街の至る所に「清明」の旗がはためいて、市場やスーパーには「清明セット」という宴会用一式セットが山積みで売られていたことがあって、そのときに「清明」は沖縄の人たちがこぞって先祖の墓参りをし、墓前で宴会を開く日だと教えられた。

「台湾でも清明節は同じですよ。『民族掃墓節』といって、皆が年に一度お墓参りをする日です。政府が決めた休日です」

以前から台湾郊外の丘陵地などで見かける墓が、沖縄の亀甲《きっこう》墓とよく似ていることには気づいていたが、そういう風習も同じなのかと驚いた。それにしても「国民がこぞってお墓参り」というのはなかなか興味深い。日本のお盆と、どう違うのだろうか。是非ともその日の台湾の人たちの過ごし方を見てみたいと思った。

「じゃあ次の清明節、うちがお墓参りに行くとき一緒に行きますか？　お墓は宜蘭ですから、少し遠いですが」

台北在住の知人が提案して下さった。自分とは無縁のお墓を訪ねるというのもおかしなものだとは思うが、お邪魔はしませんからと約束をして、同行させていただくことになった。

日本で清明の頃というと、まだ肌寒い日もあるくらいだが、台湾は違う。もともと冬枯れの景色などないところだから緑は青々としているし、陽射《ひざ》しも強い。その日も朝からまぶしいほどの好天に恵まれた。

「今日は台湾中の人が大移動しますから、道路がとても混みます。それは我慢して下さい」

台北の南東およそ五十キロ、島の東側に位置する宜蘭へは北宜高速道路を利用すれば早く着くことが出来るのだが、渋滞が予想されるため、この日は海沿いの一般道をぐるりと回って行くことになった。知人夫婦と知人のご兄弟、親戚《しんせき》の方も一緒に車に分乗して、朝早くに台北を発《た》つ。途中二度ほど休憩を入れて、やがて車は長閑な田園地帯に着いた。

目の前に迫ってきた山を見ると、まるごと一つ墓地になっている。大小様々な墓で山の斜面がびっしり埋まっているのが遠目にも分かった。台湾の墓は大きければ大きいほど家の繁栄の象徴であり、また子孫の多さを物語るものだそうだ。だから有名な旧家ともなると、墓の大きさは住宅並みになるし、それればかりでなく清明節に集まる親戚の数も相当な数になる。中にはダンサーなどを呼んで、墓前で踊りを披露してもらい、盛大な宴会になることもあると聞いた。それらをすべて取り仕切るのは本家の長男だそうだ。

「さあ、ここから山登りですよ」

山の麓《ふもと》に車を駐めると、知人一家は車に積んであった荷物を抱えて、それぞれに歩き始めた。私たちも後をついて急な斜面を上っていく。階段もなく舗装もされていない、慣れていなければどこに向かって歩けばいいのかまるで分からなくなりそうな、ただ人が歩き固めただけのようなお墓とお墓の隙間を行くのだ。瞬《またた》く間に額から汗が伝って落ちた。見ると、あちらこちらから線香の煙が上がっている。人の姿も多く見られた。なるほど、皆がお墓参りに来ているらしい。

　息も切れて汗が止まらなくなった頃、ようやく目的のお墓の前までたどり着いた。知人たちは早速、まずは草むしりとお墓の掃除に取りかかる。私たちは、その様子を眺めたり、辺りを歩きまわったりしていた。日本のような線香の匂《にお》いは感じられない。水桶《みずおけ》を持って歩く人もいなかった。墓の中には、守る人がいなくなったのか、忘れ去られたような荒れ果てたものもある。人が住めそうな立派なお墓もあった。既に墓参を終えたらしく、花を手向《たむ》けられてすっきりしているお墓には、なぜだか金色の紙銭が撒《ま》かれていた。振り向けば、眼下には長閑な田園風景が広がっていて、田植えする人の姿や、風にそよぐ早苗《さなえ》の涼やかな風景が見える。日本と変わらないような風景だ。

　掃除の途中、知人の兄弟がふざけて遊び始めた。いずれも六十代以上になるはずの二人が、両親の墓前で少年のようにカンフーの真似事《まねごと》をして遊んでいる。他の人たちは仕事の手を休めることなく、そんな二人を見て笑っていた。いくつになっても兄弟は兄弟、仲のよさを感じさせる光景だった。

「さあ、供え物をしてお墓参りです」

　さっぱりきれいになった墓の前に、紙銭、果物、菓子が並べられ、赤い蠟燭《ろうそく》に火が灯《とも》される。丈の長い線香の煙が上がった。このときは、私たちも一緒に手を合わせた。

同じ墓所内にある后土《こうど》さまにも供え物と祈りを捧《ささ》げる。后土さまは道教の女神で、土地、特にお墓を守る神さまなのだそうだ。一年に一度しか来ないこのお墓を、どうぞ守り続けて下さいということなのだろう。そして、紙銭を炉で焼いて、神さまとご先祖さまにお金を届ける。台湾では、廟《びょう》にお詣《まい》りするときも最後に紙銭を燃やす。神さまも、あの世でも、お金はどうしても必要なものらしい。

こうして年に一度のお墓参りは終了した。その後は宜蘭郊外にあるレストランまで移動して、一家揃っての食事会だ。ひと仕事終えていい汗もかき、自分たちが生まれ育った故郷で揃って過ごす時間は、彼らにとって年に一度の貴重なものに違いなく、そこに加えていただいた。

台湾は日本以上に「家」にこだわり、家族の関係は現代の日本より濃密なのかも知れない。春節のときにも必ず嫁の実家を訪ねる日があるとも聞いた。

「中秋節もそうですよ」

知り合って何年になるか、ずい分長いつきあいになったHくんが教えてくれた。

旧暦の八月十五日に当たる中秋は日本でも「十五夜」で知られるように、一年のうちでもっとも美しい満月が見られる日とされている。この日のまん丸い月は、そのまま家族円満を象徴するものとされていて、満月に見立てた月餅《げっぺい》がお約束。さらに文旦《ぶんたん》も欠かせないという。やはり休日とされており、家族が集う日だそうだ。そして今の台湾では、中秋節のお約束は何といってもバーベキュー。名月を味わうはずの日に、どうして煙の出るバーベキュー？　と不思議に思ったら、焼肉のたれを売っているメーカーが宣伝し始めたのがきっかけだと聞いた。テレビで盛んに宣伝が流れ、同時に、中秋節にあわせて大型店舗などでバーベキューセットが特売されるようになったことで、あっという間に定着したらしい。

「よかったら、うちのバーベキューに来ませんか。大勢集まりますよ」

Ｈくんが提案してくれた。喜んで参加させていただくことにしたのは言うまでもない。ところが生憎《あいにく》その日は台風が近づいていて朝から大変な荒れ模様になった。これではとても中秋の名月など見られそうもないし、バーベキューどころではないだろうと思っていたのだが、夕方くらいから台風が進路を変え、台湾北部は直撃を免れるという予報に変わった。風はまだ強いが雨も上がったようだ。

「大丈夫、うちは屋根のあるところでやるから、雨が降ったって関係ないんだよ」

迎えに来てくれたＨくんは自信満々の表情だ。彼の自宅に向かう途中、車の窓から眺めていると、なるほど、始まっている。そこでもあそこでも、道路際の狭いスペースにまでコンロを出して、排気ガスだって浴びるだろうに、バーベキューを始めている人がいた。

「本当にみんながやるんだ！」

聞くところによると、この日、住宅密集地などではアパートのベランダでバーベキューをする人も少なくなく、小さな公園でさえ人が集まるから、辺り一面その匂いと煙で大変なことになるのだそうだ。

台北の中心部から車で三十分ほどのところにＨくんの自宅はあった。実は、ここを訪れるのはそのときで三回目だった。初めてのときには彼の母上の手料理をご馳走《ちそう》になり、二度目には、その母上の葬儀に参列した。そして三度目、Ｈくんの家には既に大勢の親戚や友だちなどが集まっていて、バーベキューも本格的なら用意されている食材も豊富、準備だけでも相当な手間だったに違いない。そして、いくつもあるテーブルの一番奥にＨくんの父上がいた。葬儀の時には男泣きに泣いていた父上は、少しは元気を取り戻しただろうか。挨拶《あいさつ》に行くと、父上は口もとを緩めて小さく会釈《えしゃく》をしてくれた。

あくまでも身内で楽しむ中秋節だ。何かの決まり事があるわけでもなければ、乾杯の音頭《おんど》も必要ない。みんながリラックスした様子で、食べて、喋《しゃべ》って、笑って、呑《の》んでいる。私たちが交ざったところで、彼らは一向に気にする様子もなく、滑稽《こっけい》に踊り出す女性がいるかと思えば、黙々と野菜を切る若者もいるという具合で、気がつくと「ハイ、ドゾ！　ノンデ！」などと言いながらビールを注いでくれる人がいたりした。

　言葉が通じないと分かっているのに、それでも常に誰かがそばに来て、何となく話しかけてきて、何となく笑って、何となく離れていく。こちらの知っている中国語などごくわずかに過ぎないし、あちらの日本語も似たようなもので、どちらの英語も怪しいことこの上もないのだが、それでも面白かった。

「あの女の人いるでしょう？」

　途中でＨくんが近づいてきて、一人の女性を指した。

「あの人ね、うちの姉ちゃんの、恋人なんです」

「そうなの？」

　料理好きで政治活動に熱心なＨくんのお姉さんが同性愛者だとは知らなかった。私は思わずＨくんの父上の方を見てしまった。

「このこと、お父さん、知ってるの？」

「知るわけないよ。知ったら、もう、大変なことになる」

　二〇一九年五月に台湾で同性婚を認める法律が成立する前のことだ。それに、ただでさえＨくんのお父さんは見るからに頑固親父《おやじ》で、政治の話をしていても常にＨくんとも、Hくんのお姉さんとも激しく対立してしまう。母上の存命中は父子の間に入ってうまく取りなしていたが、その母上が亡《な》くなった今、もしかすると父上は孤立しつつあるのではないかと少し気がかりだった。

それにしても、この日に用意されていたお酒の数はものすごいものがあった。普段、台湾を旅していて飲食店に入っても、台湾人たちはほとんどお酒を呑まない。ビールの瓶が並んでいるテーブルは必ず日本人の客だと言われるくらいだ。だから、台湾の人はあまり呑まないのかと思っていた。ところが、この晩の皆のお酒の呑みっぷりには、たまげてしまった。ビールなんていう弱いお酒は、ほとんど誰も手をつけない。テーブルの上に並べられているのは日本酒、日本の焼酎《しょうちゅう》、ウイスキー、ジン、ウォッカ、よく分からないが紫色のリキュールらしいお酒などなどで、それらを片っ端から空けていく。ロックグラスにスコッチをなみなみと注ぎ、一気呑み。相手にも注いで、乾杯して一気呑み。他の相手を見つけて、また一気。立ち上がって一気。歩きまわって一気。今度は焼酎に替えて、一気、一気。

そのうちに、誰かが用意されていた打楽器で調子を取り始めた。すると、それまで寡黙《かもく》を貫いていたHくんの父上が大きな文旦の皮をむき始めて、その皮を頭の上にのせ、ひょうきんに踊り始めた。

「子どもの頃は、みんな文旦の皮で遊んだんだって。ああやって、頭にかぶって」

Ｈくんが教えてくれる。へえ、文旦の皮をね。それにしても、いつも難しい顔をして、滅多に笑うことさえないような父上がそんな一面を持っているというのは大きな発見だった。大勢の親戚に囲まれて、こんな風に過ごすことが出来れば、悲しみも次第に癒《い》えていくに違いない。「中秋節」は「団円節」ともいうのだそうだ。なるほど、家族の絆《きずな》を守るには、こういう団欒《だんらん》の時を持つことが大切なのだろう。

ずい分と夜も更《ふ》けて、庭先に出ると、流れる雲の間から満月が見えた。

「あ、お月さま見えた！」

思わず指さしたが、もはや中秋の名月などを気にとめる人はただの一人もいない。少年たちは物陰でこっそり煙草を吸い、大人たちは酔って騒いで、今日初めて彼女を親族に紹介した若者は、はにかむ女の子をつれて年上のおじさんたちにお酌して歩いている。中年以上の女たちは、やがて一つにまとまって何やら話し込み始めていた。そうして中秋節の晩は更けていった。

「お父さんもずい分お元気そうになられて、よかったね」

それからしばらくしてＨくんに会い、中秋節の礼を伝えたときのことだ。Ｈくんは、ふん、と鼻を鳴らして口もとを歪《ゆが》めた。

「俺は一生、父さんを許さない。姉ちゃんなんか家を出たんだから。俺も考えてる」

え、と言葉を失った。一体、何があったのだろうか。聞いてもいいものかどうか迷っている間に、Ｈくんは、実は、父上の浮気が発覚したのだと言った。

「捜し物してて父さんの部屋をのぞいたら、父さんの鞄《かばん》が開いてたんだけど、そこにコンドームがあった」

疑念を抱いたＨくんは、今度は父上のスマホを見てしまったのだという。

「設定とか俺がやってやってたから、普通に見れるんだけど、これまでは興味なんかなかったから、触ったこともなかった」

だけど、見てしまった。そこにはＳＮＳでの生々しいやり取りが溢れ、写真も山ほどあったという。そして何より驚いたことは、相手の女性がＨくんだけでなく、亡くなった母上もよく知っている人物であり、しかも、二人の関係は母上の生前から始まっていたということだった。Ｈくんは、お姉さんだけでなく叔父や叔母たちにもこの話をして、一同が集まったところで父上を問い詰めたのだそうだ。

「そしたら、認めたからね、親父は」

中秋節の晩、文旦の皮をかぶっておどけていた父上の顔が思い出された。そして、妻の葬儀で男泣きしていたときのことも。

Hくんの母上は余命宣告を受けていた。私たちが訪ねたときは最後の力を振り絞って、まるで別れの挨拶のように、笑顔で手料理を振る舞って下さったのだ。そんな姿を、父上はずっとそばで見て、また、支え続けているものとばかり思っていた。

「相続のことも残ってて、親父に勝手な真似されちゃ困るから、俺はまだ家にいるけど、口もきかない。顔も合わせない」

Hくんは、私たちが外国人だから、こんな話も出来るのだとも言った。こちらはため息をつくしかなかった。

今年の中秋節、あの家族はどんな日を過ごすのだろう。

山がまるごと墓地になっている。沖縄の亀甲墓とよく似た印象。こういう墓地の山をよく見かける（上）。掃除を終えたらお墓参り。果物、菓子、紙銭などを供える（中）。線香に火を灯すのは赤い蠟燭。長めの線香には特に香りはなく、これも日本と違うところ（下右）。中秋節の夜、大家族のバーベキューパーティーには、あらゆる食材が用意されていた（下左）。

日本と縁の深い村に、再び立った新たな鳥居

日本が台湾を植民地として統治下に置いたのは、一八九五（明治二十八）年、日清戦争勝利後に締結された下関条約（日清講和条約）で、清国からの譲渡が正式に決められたことによる。これを機に日本は台湾平定のための兵を送り込むが、実はそれよりも二十年以上前、つまり時代が明治に変わり、日本がようやく近代化に向かって走り出したばかりの一八七四（明治七）年にも台湾に出兵している。

発端はその三年前の一八七一（明治四）年十一月、宮古島の琉球御用船が遭難したことだった。首里へ年貢《ねんぐ》を運んでいった帰りに暴風に見舞われたのだ。漂流の果てにたどり着いたのが台湾南端に近い太平洋岸の八瑤湾という場所だった。乗組員六十九名のうち三名は死亡したものの、残る六十六名は上陸を果たす。ところが、このうち

五十四名が原住民族によって殺害されてしまうという事件が起きた。

助かった十二名によってこの大量虐殺《ぎゃくさつ》事件を知ることになった日本政府は、清国に厳重抗議した上、賠償請求をする。だが清国政府は、事件は「化外《けがい》の民」によるものであるとして、これを突っぱねた。「化外」とは、文明の外の存在ということだ。要するに、自分たちの管理の手が及ばない、いわゆる「蕃人《ばんじん》」が何をしようと知ったことではないという態度を示したことになる。

これにより明治政府は西郷隆盛《たかもり》の弟・従道《つぐみち》を蕃地事務都督に任命して台湾出兵を命じた。当時、陸軍中将だった西郷は三千余の兵を率いて台湾南西部の恒春《ホンチュン》に近い射寮庄あたりから上陸し、戦闘を続けながら内陸部の牡丹社を目指して進撃していった。

「その、虐殺事件を起こしたパイワン人たちが住んでいたのが、ここなんです」

案内する人に言われて、「えっ」と一瞬、言葉を失いそうになった。

「ここの人たちが、ですか」

台湾最南端に位置する屏東《ピンドン》県の高士《クスクス》村を訪ねたときのことだ。そういえば、ここは正式には屏東県牡丹《ムーダン》郷高士村という。かつては高士佛と表記した。そして、前述の一連の事件は「牡丹社事件」と言われている。

「ほら、そこに咲いている、あれが牡丹の花です。この辺りには多いんです」

かつて台湾原住民族の多くには「出草《しゅっそう》」と呼ばれる首狩りの習慣があった。パイワン族も同様だ。首狩りの意味としては、成人男子と認められるための通過儀礼だとか勇者の証《あかし》だとか言われている。他部族との争いもあっただろう。より多くの首を狩ったものは勇者と認められ、部族のヒーローとなった。

「牡丹社事件」に関しては、遭難した宮古島の人たちがなぜ大量に殺害されなければならなかったのか、明確な理由は分かっていない。原住民族は文字を持たないため、伝聞以外には記録が残っていないのだ。だが、互いにコミュニケーションの取れない、しかも見覚えすらない人相風体の男たちがいきなり大勢で現れたことに対して、当時の村人たちが強い警戒心を抱いたのではないかと想像するのは難しいことではない。

「そうですか、ここが」

目の前に咲いている花は、日本で見かける華麗で艶《あで》やかな牡丹とはずい分違う、楚々《そそ》とした美しさの野牡丹だ。風に揺れる可憐《かれん》な花を眺めながら、頭の中では、山中を逃げ惑う数十人の宮古島の人たちと、蕃刀を持って彼らを追うパイワン族の荒々しい息づかいや殺気立った表情が思い浮かんでいた。そのとき、牡丹の花は咲いていただろうか。

それに対する日本の報復は凄絶なものだったらしい。それでも日本軍に攻め入られたとき、クスクス村の人々は最後まで激しく抵抗したというが、結局は村ごと焼き払われ、頭目の親子は銃殺された。近代兵器を手に、それも大人数で攻め入られては、いくら地の利に長《た》けていたとしても、降伏するまでさほどの時間はかからなかったことだろう。

　余談になるが、このときの日本軍による攻撃に衝撃を受けた清国は、台南の安平《アンピン》に砲台を築き、日本軍が上陸した辺りに兵を配置するなどして軍備を固めることにした。さらに、恒春鎮には城壁を築き始める。魏徳聖《ウェイダーション》監督による『海角七号　君想《おも》う、国境の南』（二〇〇八年）はヒロインが日本人だったことからも大きな話題となり、台湾で記録的大ヒットになった映画だが、作品の舞台になったのが恒春だ。映画の影響もあって今や外国人観光客も訪れるようになり、ほぼ完璧《かんぺき》な形で残る城壁と城門は見どころの一つになっている。だが、実はこの城壁が日本を警戒して築かれたものであることを知る日本人観光客は、そう多くないかも知れない。

　二〇〇五（平成十七）年、「事件の被害者と加害者の末裔《まつえい》同士が直接対面して和解を試み、合わせて台湾出兵で被害に遭った原住民に対して日本側の研究者が謝罪をし、未来志向の友好と平和を誓いあった」（『牡丹社事件　マブイの行方』平野久美子《くみこ》著・集広舎）ことから、この事件はおよそ百三十年ぶりに本当の意味で終結している。

パイワン語で「草刈りする」という意味のクスクスという名を持つ村は、こうして皮肉にも近代日台関係史上、ごく早い時期に日本と関わりを持つ存在となった。そして、その後の歩みも数奇なものがある。まず「クスクス」という響きの村名に「高士佛」という文字をあてたのが西郷従道だという話がある。当時から、日本は既に台湾に相当な興味を持っており、ゆくゆくは自らの統治下に置くことを念頭に動いていたのかも知れない。出兵を機に、その地域の地勢や植生、マラリアなどの風土病についても詳細に記録している。

　こうして日本統治時代に入ると、高士佛村ではまず他の原住民族と同様に「出草」の習慣を改めさせられ、日本人によって公学校が建てられて、日本語の教育が始まった。当時この辺りでは植物の新種が多く発見されたことから、台湾総督府はこの地に林業研究所を作り、台湾で初めて珈琲《コーヒー》栽培を手がけたりもしていた。

　台湾統治開始から十五年後の一九一〇（明治四十三）年、日本はロンドンで開催された日英博覧会に高士佛村のパイワン人たちを連れていき、踊りなどを披露させている。かつて「化外の民」とまで言われた人たちを、日本は見事に統治しているということを、世界の一等国であり多くの植民地を持つイギリスに見せたかったのかも知れない。

この出来事が問題となるのは、それから実に百年近くも過ぎた二〇〇九（平成二十一）年のことだ。ＮＨＫがドキュメンタリー番組『ＪＡＰＡＮデビュー』で台湾統治時代のことを扱い、高士村の人たちが日英博覧会で「人間動物園」として見世物になり、それを知った子孫たちが嘆き悲しむという内容の放送をした。「人間動物園」という、実際には使用されていない言葉で屈辱的な表現をされ、取材に対して語ったことは編集されてまったく意図しない内容になっていたことに村の人たちは大いに傷つき、この問題は日本人視聴者らを巻き込んで訴訟にまで発展した（二〇一六年に原告請求棄却確定）。

その高士村で日本統治時代を実際に経験し、記憶する人は、もうさほど多く残ってはいない。それでも、今も元気な方たちが集まって、幼い日の話をして下さった。

「学校の先生は厳しいよ。勝手に早退《はやび》けしたり、村の外に出たり、喧嘩《けんか》すると、怒られるんだ」

「棒で叩《たた》かれたり、正座させられて腿《もも》を踏まれたりしたよ」

「『バカヤロー！』とね、よく怒鳴られた」

久しぶりに日本語を使うせいか、または以前のＮＨＫの取材が記憶にあるせいか、どなたも最初は硬い表情で、日本に対する印象も厳しいものばかりだった。それでも、話しているうちに思い出がほとばしり出てくる。

「でもね、一人だけいた女の先生は、本当に優しかった。山田ミチコ先生。色んな歌を習ってね」

　既に八十代になっている彼らが、子や孫には通じない日本語で『鳩《はと》ぽっぽ』や「お手々つないで」と声を揃えて歌う姿は、何とも言えず切なく、胸に迫るものがある。この人たちは、何という激動の時代を経験してきたことだろうかと思わずにいられない。一方で、日本から遠く離れた台湾の、しかも島の南端に近いこの山奥まで、よくも若い女性教師が赴任したものだと、そちらにも感心する。

「あの頃は、電気もガスもないでしょう。水汲《く》みは子どもの仕事ね。朝、水汲みして、それから学校に行って、帰ってきたら今度は米を搗《つ》く。主食は、米と里芋」

「ご馳走は、山豚とキョン（鹿《しか》の一種）だね。親父が獲《と》ってきて、天井から吊《つる》してある干し肉を、盗み食いしてよく怒られたんだ」

　当時、酒と煙草《たばこ》は若い男たちだけの嗜《し》好品《こうひん》だった。それでも粟《あわ》や糯米《もちごめ》で作る酒を、子どもたちも悪戯《いたずら》して呑んでしまうことがあった。赤い顔をして学校に行って、いくら日本人の先生に厳しく指導されて叱《しか》られても、子どもたちはけろりとして野山を駆けまわり、家の仕事を手伝い、快活に動きまわっていたのだろう。その姿が目に浮かぶようだ。

だが戦時色が濃くなってくると、物資はどんどん供出させられるようになり、ただでさえ貧しい村はさらに貧しくなった。「非常時だから」と、子どもたちはいつもパンツ一枚で過ごしていたという。やがて、村の若者たちは高砂《たかさご》義勇隊として出兵していくようになる。

「高士神社で会おう」

それが、彼らの合い言葉だったそうだ。これは日本本土の出征兵士たちが「靖国《やすくに》で会おう」を合い言葉にしていたのと呼応している。皇民化の一環として台湾全土に建てられていた神社が、この村にもあった。神社の祭神は天照大神《あまてらすおおみかみ》だったが、もともと信心深い村人たちはパイワン族の神も共に祀《まつ》り、皆で大切にしていたという。祭りの時には白装束の神主さんが団子を撒き、民族衣装の村人たちが、その団子を競い合って受け取った。結婚式も神社で行ったそうだ。

「そのうち戦争がひどくなったら、アメリカ軍の爆撃も受けたよ」

「炊事してるときの煙をめがけて爆弾を落とすんだ。向こうの蕃社（原住民族の集落）では、それでお母さんと娘が死んじゃった」

「いつも、アメリカ軍は海の方から来たね。それを、山の上から見ててね」

そして敗戦。日本による台湾統治時代は幕を閉じ、代わって中華民国政府による統治の時代に入る。日本語は禁じられ、日本式の姓名はすべて改められて、台湾各地に建てられていた神社も取り壊された。高士神社も例外ではない。

もともと台湾は多くの台風の通り道になっている上に、屏東の山岳地帯には秋から冬にかけて強い季節風が吹く。そのため高士村も過去に何度となく被害を受けてきた。被害が大きかったときは村全員で住むところを変えなければならなかったり、学校を建て替えたりもしてきたという。そんな厳しい環境の中では、高台にある高士神社は野ざらしのまま朽ちるに任せるしかなかった。村人たちは悲しんだ。このままでは「高士神社で会おう」を合い言葉として戦地へ赴き、生命《いのち》を散らした若者たちの魂は、帰る場所がないままさまよい続けなければならないのではないか。何とかして彼らの魂が安らかに眠る場所を再建することは出来ないものかと願い続けて、機会さえあれば広く訴えていた。

高士神社が日本人神職によって新たに拝殿を構え、戦後台湾で初めて神社として復活したのは二〇一五（平成二十七）年のことだ。神社再興までには紆余曲折《うよきょくせつ》があったが、日本で造られた総檜《そうひのき》の拝殿は無事に船で運ばれ、戦前の高士神社があった土台石を修繕した上に、村人総出で据えられた。祭神は「高士佛戦没之霊神」となっている。

戦後七十年間、村人たちが心配し続けていたさまよえる魂たちは、ここにようやく鎮《しず》まる場所を得たことになる。翌年には鳥居も立てられた。台湾には各地に、日本統治時代に立てられた神社の鳥居が、時には移築され、あるいは横倒しにされて、それでも残っているのを見かけるが、戦後新たに立てられた鳥居は高士神社が初めてだ。

　高士神社の鳥居の下に立つと、天気のいい日には眼下に八瑤湾が見渡せる。百五十年近く前に遭難した宮古島の人たちが、命からがら上陸した場所だ。時代が変わり、かつて蕃刀を向けてくる人がいた村に、こうして新しい鳥居が立つとは、何とも不思議な巡り合わせだ。

「神社も新しくなって、今は台湾のあちこちから人が来るようになったから、それが嬉《うれ》しいよ」

「年寄りばっかりになって、この村はもうなくなるのかと思ったけど」

　お年寄りたちは、もっと色々な人たちに自分たちの神社を見て欲しいと口を揃《そろ》えた。そのために、みんなで神社の周りをきれいにして野牡丹の花をたくさん植え、野牡丹神社公園として整備しているのだそうだ。

「もっともっと、大勢の人に来てほしいからね」

「クスクスが有名になるなんて思わなかった」

話すごとに陽気になって、ついに彼らは「乾杯しよう」と言い始めた。運ばれてきたのは糯米の自家製酒だ。男性はともかくとして、八十代の女性が大丈夫なのかと心配になったが、彼女たちは小さなグラスに満たされた酒を見事に飲み干し、そして、パイワン族の言葉で『乾杯の歌』を歌ってくれた。

二〇一九年、日本の元号が平成から令和に代わって間もない五月初旬、高士神社でひと組の台湾人カップルが結婚式を挙げた。もともと日本文化が大好きで、この神社が再建されてからは正月のたびに初詣《はつもうで》に来ていたという漢民族系の青年が、是非とも完全な日本式で式を挙げたいと希望して叶《かな》ったものだった。青年は台南、花嫁となる彼女は新竹《シンジュー》の出身で、客家《ハッカ》だという。

その日、朝のうちは雨が降ったが、やがて強風に雲は飛ばされ、明るい陽が射した。新郎は羽織袴《はおりはかま》、新婦は白無垢《しろむく》に文金高島田という完璧な出《い》で立《た》ちで、彼らは戦後台湾で初めて、原住民族の村に建つ神社での神前結婚式に臨んだ。式は日本人神官によって恙《つつが》なく執り行われ、新郎が読み上げた誓詞もすべて日本の古語という完璧なものだった。

披露宴には村の人たちが用意してくれた料理がずらりと並び、パイワン族の音楽と共に皆で踊るひとときもあった。原住民族、漢民族、日本人、小さな村にあらゆる人々が集い、村は一日中、賑《にぎ》わった。

この二人にあやかりたいと思うのか、いま、高士神社は恋愛成就《じょうじゅ》に御利益《ごりやく》があるという評判を呼んで、多くの若い人たちが訪れている。高台にそびえる白い鳥居をバックに写真を撮ってＳＮＳに載せる人も多い。日本との複雑な歴史を背負い、過疎《かそ》と高齢化に悩んでいたパイワン族の村は、かつて経験したことのない新たな時代に入ろうとしているのかも知れない。

林却さん（日本統治時代の氏名は西島ハルコさん）は最近、大病をしたと言い、それまでは大好きだった歌が歌いにくくなっていた。それでも皆が歌うと懐かしげに微笑んでいる（上左）。余黄月花さん（日本統治時代の氏名は吉村セイコさん）は「昔の思い出話をしたいと思っても、孫たちには日本語は分からない」と嘆いた（下左）。李金葉さん（日本統治時代の氏名は能見キクヨさん）は、学校で先生に叱られた思い出を語った。珍しくお酒を呑んだと言い、この後は昼寝に戻った（上右）。黄余来文さん（日本統治時代の氏名は岡本七郎さん）は名前の通り、七人兄妹の末っ子だという。現役の猟師で、今もキョンなどを獲りに山に入る（下右）。

客家《ハッカ》の町で乃木希典《のぎまれすけ》の足跡を見つける　苗栗《ミャオリ》・南庄郷《ナンジュアン》

確かに私たちは少しばかり急いでいた。

うまくすれば予定よりも一本早い新幹線（台湾高速鉄道＝高鐵《こうてつ》）に乗れるかも知れなかったからだ。当初、予定していた新幹線では、今夜の宿泊地である台南に着くのがかなり遅くなる。高鐵の台南駅から今夜の宿までは、さらに一時間以上はかかるはずだった。

「間に合う保証はありませんが、まあ、行くだけ行ってみましょう」

台湾北西部に位置する苗栗県の南庄郷という山間《やまあい》の町を訪ねた後のことだ。台中の北に位置する苗栗県には、漢民族の中でも客家《ハッカ》と呼ばれる人たちが多く暮らしている。県内のおよそ八十パーセントは山地で、県の北東部にある南庄郷も、やはり山間の町だった。かつては林業と炭鉱業で栄えたというが、その他の情報を、私は何一つ得ていなかった。もともと、きちんと下調べをするタイプではない。行き当たりばったりが好きなのだ。

　だから今回も、南庄郷に着くとすぐに老街《ラオジエ》と呼ばれる古い商店街を方角も分からないままぶらぶらと歩き始めた。すると数分後、ある食堂の前を通りかかり、何気なく中を覗《のぞ》いて、つい足が止まった。食堂の壁に大きな顔が描かれていたからだ。

「あれ、乃木将軍じゃない？」

　日本人なら誰でも知っている明治時代の軍人、昭和天皇の教育係、崩御した明治天皇の後を追って妻と共に殉死した忠義の人。その乃木希典の顔が、大衆食堂の壁にでかでかと描かれている。しかも、私たちがよく見かける乃木将軍の肖像に比べて、その表情は明らかに柔和に見えた。はて、どうして乃木将軍が、と首を傾《かし》げそうになって、すぐに思い出した。

　乃木希典（一八四九～一九一二）は、旅順攻囲戦で名を馳《は》せた日露戦争へ出撃するよりも前に、第三代の台湾総督として台湾に赴任していた時期がある。当時、四十七歳。もっとも働き盛りの頃だ。だが、その在任期間は一八九六（明治二十九）年十月から翌々年二月までの一年四カ月間という短いものであり、乃木の輝かしい経歴の中ではあまり取り上げられることがない。なぜなら台湾総督としての乃木はこれといった成果を上げられず、最後は急に老《ふ》け込んだかのように「記憶力減退」を理由にして、自ら職を辞するという結果に終わってしまったからだ。

一八九六年といったら、日本が台湾を領有した翌年だ。植民地として統治する体制などまるで整っておらず、台湾はまだまだ混乱のただ中にあった。抗日運動が頻発する一方、全土で「土匪《どひ》」「匪徒《ひと》」と呼ばれる、いわゆる山賊的な武装集団が暴れ回り、さらに原住民族が刃《やいば》を振るう。それよりもまず台湾を平定するべく派遣された兵士たちが苦しめられたのはマラリアを始めとする風土病だった。台湾こそ「瘴癘《しょうれい》の地」であると言われ、実際に乃木と共に台湾に渡った最愛の母・壽子《ひさこ》も現地で病を得て、ほどなくして亡くなってしまう。

そんな台湾で、総督としての乃木に課された使命はまず台湾の治安を確立することだったが、一方で明治政府は一日も早い台湾の殖産興業を目指していたから、当然のことながら生粋の軍人である乃木も、不慣れながらそのために動いていたはずだ。

一八九七（明治三十）年、乃木は南庄郷を訪れた。どうしてこの山間部の小さな集落までやってきたかといえば、おそらくこの地域が日本統治以前から樟脳《しょうのう》の生産地だったことと無関係ではないだろう。クスノキを原料とする樟脳は、医薬品や防腐剤として使用される他、十九世紀に入ってからはセルロイドの可塑剤《かそざい》として多いに注目されていた。明治政府はこの樟脳を、台湾における一大産業に育てるつもりだった。乃木は、樟脳生産の現場を視察するつもりだったのではないかと推測できる。

南庄郷に到着して、乃木は町の中心から永昌宮という道教の寺院へ通じる道が、あまりにも急斜面で行き来も困難であることを、自分の目で見て知る。そこで乃木は自らのポケットマネーから五十元を出して、その急斜面に石段を造らせた。人々は大いに喜んで、石段を「乃木崎」と名付けたという。「崎」というのは坂の意味だそうだ。

「つまり、これこそ本当の乃木坂なんだ」

乃木の顔が描かれていた食堂の、ちょうど裏手にその石段はあった。説明されなければ何も気にとめることなどない、ごくありふれた狭い石段だ。上っていくと、途中にも「乃木崎」の由来を短く解説したプレートが立てられていた。

乃木さんは、こんな片田舎にその名前を残したのか。

それまで、とにかく台湾における乃木希典の一年余りといったら、彼の一徹な謹厳実直ぶりが裏目に出て、することなすことうまくいかず、配下との関係も良好ではなかったというような記述ばかりを目にしていたから、乃木にしてみれば台湾には何一つとしていい思い出もなく、後悔ばかりが残る土地なのではないかと思っていた。何しろ母まで亡くしているのだ。だが、この小さな石段が、現代に至るまで地域の人々に利用され、愛され続けていると分かったら、きっと本人も喜ぶに違いない。小さな石段は、乃木希典という人の人柄まで偲《しの》ばせる貴重なものに思えた。

　乃木崎を上った先には、やはり日本統治が始まって間もなく設立された小学校や日本家屋があり、この地に確かに日本人がいたという痕跡《こんせき》がありありと残っている。いつも思うことだ。日本から遠く離れて、これほど山深い地に入り、新たな暮らしを築こうとしていた日本人たちは、果たしてどんな思いで日々を過ごし、その後はどんな人生を歩んだのだろう。猛烈な勢いで台湾を「日本」にするために邁進《まいしん》していた人たちは、ただひたすら、この地と自分たちの人生に明るい未来を夢見ていたに違いない。まさかたった五十年で、この地を手放すことになるとも思わずに。

　南庄郷は過去に地震と台風で二度、壊滅的な被害を受けているという。だから、乃木総督が見ていた景色と今のものとでは、おそらく家並みも違っているだろう。それでも人々の暮らしぶりそのものは大して変わっていないかも知れない。何より、客家独特の華やかな色彩を持つ客家花布などは同じなのではないかと思っていたら、その花布を使った洋品店があった。売られているのはどう見ても日本の浴衣《ゆかた》に見える。

「ほら、日本の浴衣ですよ。ねえ、日本のものと同じでしょう？」

　こちらが日本人だと分かると、店の人がにこにこして話し始めた。

「これも日本。これも日本ね」

　見せられるものすべてが客家花布だから、デザインとしては浴衣と同じようでも印象が全然違っている。それでも、とにかく日本統治時代の名残がこうして人々の暮らしに混ざり込み、すっかり定着しているのだろう。

　その日はどういうわけか道行く人が少なかった。林業や炭鉱業が廃《すた》れた今は観光で賑わっていると聞いていたのに、その日に限ってだろうか、観光客の姿もほとんど見当たらず、街中がひっそりとしていた。地元の人から話を聞きたいと思っても、行き当たらないほどだ。

　さて、どうしたものかと思いながら歩き続けるうち、「十三間老街」という一角に出た。もともとは十三軒の店が軒を並べる商店街だったらしい。今では数を減らして廃屋は藪《やぶ》に呑み込まれ、とても商店街などと呼べるような雰囲気ではなくなっている。しばし途方に暮れかけていたとき、ある家の壁に「南庄事件１９０２」というプレートが貼《は》られているのが目にとまった。

「南庄事件って、あの南庄事件かな」

　南庄事件は、日本統治時代に起こった原住民族による武装蜂起《ほうき》事件だ。

発端は当時、樟脳生産に本格的に乗り出していた日本の業者が開墾した土地に、原住民族であるサイシャット族の土地が含まれていたことによる。先祖代々、受け継いできた神聖な土地を勝手に奪った上に、自分たちを森林や製脳工場で働かせ、しかも賃金をまともに支払わないと、原住民族の間ではかねてから怒りと不満が募っていた。そしてついに日阿拐というサイシャット族のリーダーが近隣のタイヤル族などにも声をかけ、合わせて八百人あまりを率いて製脳工場を襲撃した。それまでにも度々、工場労働者は首狩りなどの犠牲になってきたが、この襲撃事件では千五百人もの従業員が命からがら逃げ出したという。

これに対して台湾総督府は軍を派遣、陸軍混成第一旅団の新竹守備隊、歩兵第二中隊、砲兵第一小隊からなる大隊規模の増援まで行って本格的な戦闘に入った（参照「南庄事件と〈先住民〉問題：植民地台湾と土地権の帰趨《きすう》」山路《やまじ》勝彦《かつひこ》／関西学院大学社会学部紀要）。

原住民族が、いくら地の利に長けていたとしても、日本軍の近代兵器を用いた武力にはかなわなかった。長期戦の末、最後には制圧されて、帰順する者は許されたというが、その帰順式の後にリーダーの日阿拐は逃走し、そのまま行方が分からなくなったらしい。

あの南庄事件が。

一九〇二年といえば、乃木希典総督に続いて、第四代台湾総督に児玉《こだま》源太郎、民政長官として後藤新平（ともに在任期間一八九八〜一九〇六）という、台湾統治史上最強のコンビが近代台湾の礎《いしずえ》を築こうとしていた時代だ。軍人として多忙を極めていた児玉源太郎は「留守総督」と呼ばれるほど不在が多く、全権を委任された格好で実権を握っていた後藤新平は「比良目《ひらめ》の目を鯛《たい》の目にすることはできん（中略）先《ま》ずこの島の旧慣制度をよく科学的に調査して、その民情に応ずるように」（『台湾』伊藤潔《いとうきよし》著・中公新書）政治を行うという方針で、何もかも日本式を人々に押しつけはしないという統治を行った。

だが、それでも自分たちに刃を向けてくる存在に対しては容赦ない態度に出た。いくら「民情に応ずる」とはいっても、それは台湾の人たちのためというより、あくまでも現地人から余計な反発を買わないための方策で、衣食住や風俗習慣など、日本が統治していく上で支障がないものについては、さほど締めつけないというものだ。だがもしも台湾総督府の意に染まない行動に出た場合は、武力をもってでも徹底的に従わせた。そして多くの人々が血を流し、家族を喪《うしな》い、時として獄につながれ、生きる術《すべ》をなくした。

台湾を旅していれば、結局どこへ行っても必ずこういう話に出くわすことになる。山霧の流れが見渡せるばかりの静寂に包まれたこの土地にも、やはり流血の過去があったと知って、私の気持ちは沈んだ。インフラ整備や教育の充実など、日本による台湾統治は今もなお高く評価されている部分が少なくないものの、決して光の部分ばかりではないことを改めて思い知らされる。

「もう、行きましょうか」

予定の時刻よりは早かったが、そろそろ移動しようかという気持ちになったのは、そんなわけだった。

南庄郷から苗栗駅は、直線距離にすれば三十四・五キロといったところだが、山間を縫うように進まなければならないから、実際には何倍もの距離がある。次第に黄昏《たそがれ》が近づいて、長閑《のどか》な畑が広がる風景が少しずつ霞《かす》んで見え始めようという時刻だった。私たちの車は、田舎道を軽快に飛ばしていた。

片側一車線の道路の前方を、二人乗りのスクーターが走っていくのが見えた。リュックサックを背負って、着ているのは二人ともジャージーの上下だ。私たちを乗せた車はセンターライン側に大きく膨らみ、そのスクーターを追い越しにかかった。見通しのいい道で、そうでなくてもさっきから、対向車は一台も見かけていない。そうしてスクーターを追い越すと思った瞬間だった。

だん！

激しい音がしたのと同時に、車は急ブレーキをかけて停まった。身体《からだ》が大きく前のめりになる。衝撃と驚きで、一瞬、何が起こったのか分からなかった。

ドライバーが素早く車から降りていく。振り返ると、私たちが追い越したはずのスクーターが路上に倒れて、ジャージー姿の二人が路面に転がっていた。

「引っかけたんだ！」

「後ろを見てなかったのかな」

「怪我《けが》、怪我は！」

大変なことになったと思った。まさか、旅先で交通事故の当事者になるとは。私たちのコーディネーターも慌《あわ》ただしく車から下りていく。こちらは、固唾《かたず》をのんで車の中から見ているより他になかった。

ドライバーが駆け寄っていく。すると、転がっていた二人が驚くほど敏捷《びんしょう》に立ち上がった。怪我していたとしても大したことはなかったのだろうかと思っている間に、高校生らしく見える男の子が大急ぎでバイクを起こしにかかる。それから、ドライバーにぺこぺこと頭を下げたかと思うと、一緒に立ち上がった女の子を急《せ》かして、二人は再びバイクにまたがり、あっという間に私たちの乗った車を追い越して走り去っていった。

「お待たせしました。ドアミラーをちょっとこすったね」

数分後、コーディネーターとドライバーがそれぞれ車に乗り込んできた。こちらはまだ動揺しているのに、ドライバーの顔には笑みまで浮かんでいる。

「警察を呼ばなくて大丈夫なんですか？　事故証明とか必要じゃないんですか？」

いくら尋ねても、コーディネーターは「大丈夫です」と言うばかりだった。そして、そんなことがあったにも拘《かか》わらず、私たちはギリギリで一本早い新幹線に乗り込むことに成功した。座席に落ち着くと、コーディネーターが「実はね」と話しかけてきた。

「台湾では、バイクの免許は十八歳にならないと、取れません」

つまり、さっきの高校生は無免許でバイクに乗っていたというのだ。だから警察など呼ばれてしまっては面倒なことになると分かっていて、慌てて逃げていったのだという。もちろん、自分たちが不注意だったことも十分に承知していたらしい。

「ああ、そういうこと」

台湾で当たり前に見かけるバイクのノーヘル三人乗りや四人乗り、時にはそこにペットまで加わっている姿は、旅するものから見ると一つの風物詩にも思えてなかなか味わい深いのだが、全部、違反なのだと教えられた。でも皆、やっている。

「もし捕まっても、またやるよね。特に田舎の方は緩いですから、捕まらないし」

「でも、怪我してたら」

「大丈夫、慣れてます。転んでもね、すぐに起き上がる」

何度、転んでも大丈夫。けろりとしてバイクに乗り続けます、とコーディネーターは笑っている。それが一般的な台湾人の気質なのだとしたら、日本統治時代の傷など、とうに忘れ果てているかも知れない。そう考えたら、沈んでいた気持ちが少し軽くなった気がした。車窓の外は既に漆黒の闇《やみ》となっていた。

かつて南庄郷が炭鉱と林業で栄えていた頃、映画館として親しまれたという「南庄戲院」。現在は食堂になっているらしい。

薑絲炒大腸＝酢とモツの炒め物。酸っぱいとは注意されたが、実にむせるほどのお酢の強さ（上右）。客家小湯圓＝韮、豚肉と団子スープ。冬至の頃に好んで食べられるという。湯圓は甘い味付けのものもあるが、これは塩味（上左）。客家油燜筍＝豚肉の脂を使った筍煮込み。客家料理は乾物や塩漬けを多く用いて、味付けが濃い。これは塩漬けの筍を戻した煮込み（下）。

「乃木崎食坊」の店内に目を向けて、驚く。ピンクのテーブルクロスと乃木将軍のアンバランス（上)。乃木希典が総督時代に私費を投じて造らせたという石段。説明を読まなければ簡単に通り過ぎてしまっていた（下)。

外省人・二度と故郷へ戻れない老人の話

写真は撮らないという約束だった。氏名も訊《き》いてはならないし、その他の具体的な名称についても一切尋ねてはならない。その条件を呑《の》んだ上で、私は案内された古い建物の階段を上っていた。ステップの奥行きは狭く、一段ごとに微妙に高さが違っている。おまけに薄暗いから、どうしても注意深くならざるを得ない。最上階まで上っていくと、そこには木製の簡素な扉が立ちふさがっていて、上から下まで、三つも四つも鍵《かぎ》が取りつけてあった。

「泥棒が入ると困るので」

台湾では当たり前に見かけるが、この建物の入口にも、のぞき窓など一切ついていない鉄製の重々しい扉があった。扉の上部や左右の塀にはいかにも物々しい忍び返しが巡らされている。建物の窓という窓にも格子《こうし》が取りつけられているのだ。この島では、新しいマンションなどは別として、少し古い建物はどれもそうだった。そんなに泥棒が多いところなのだろうかと思いながらかねがね眺めていたのだが、実際に建物の中に入ってみて、一つの扉にも複数の鍵を取りつけなければならないほど用心が必要なのかと、これには少しばかり驚いた。

そして、これも台湾では普通のことだが、三、四階建ての集合住宅に暮らす人々は、大半が屋上部分を壁とトタン屋根で囲んで、おそらく勝手に居住部分をワンフロアー増やしている。だから高い場所から見ると、台湾の住宅街は大概が薄い水色やグレー、赤などのトタン屋根の連なりになっている。厳重に施錠《せじょう》できるようになっている木製の扉の向こうに広がっていたのも、その「建て増し」された最上階だった。

部屋の奥に、肘《ひじ》当てつきの大きな椅子《いす》が二脚、置かれていた。椅子と椅子の間に置かれた小さなテーブルには電気式の湯沸かしポットと茶器。背後の壁には書の額がかけられている。その、向かって右手の椅子に、老人は座っていた。だが、こちらから「您好《ニンハオ》」と笑いかけて、鳥打ち帽の下から見えている目と目が合ったとき、咄嗟《とっさ》に口を噤《つぐ》みそうになった。直感的に「ああ、まずいところに来た」と思った。自分から望んだこととはいえ、ここへ来るべきではなかったかも知れないと。

老人は、厚手の服を襟元までボタンをとめてきっちりと着込み、布製の靴を履いていた。座っていても長身なことが分かり、とても大きな手をしている。隣の椅子をすすめられて浅く腰を下ろし、老人が手ずから茶を淹《い》れてくれる間も、私は身体を斜めにしてちらちらと老人を見やりながら、緊張の度合いを高めていた。この人は私を歓迎していない。そのことが、ピリピリと伝わってくる。

「あと何年かしたら、日中戦争を知るものはもういなくなる、と言っています。だから話すって」

通訳をしているのは老人の孫だ。たまたま知り合って話をするうちに、彼の祖父が戦後、大陸から台湾に渡ってきた「外省人」であることが分かった。台湾の人口のうち、およそ十三パーセントを占めると言われる外省人の、しかも一世に出会える機会は、そうはない。そこで私は、老人に会わせて欲しいと頼んだのだった。台湾にいて、日本統治時代を経験していない人、好むと好まざるとに拘わらずこの島で暮らすことになった人の話を聞いてみたかったからだ。

「お祖父《じい》さんは、一九二〇年、浙江省の生まれです」

質問事項は予《あらかじ》め伝えてあった。だが、老人はそれには構わず、唐突に話を始めた。喉《のど》に何か引っかかっているような、いがらっぽい声。通訳してくれる孫は、老人の言葉の中から私に伝えても問題ないことだけを選びながら語っている印象だった。話を聞き始めて間もなく、見知らぬ男性が入ってきた。挨拶《あいさつ》も自己紹介もないまま黙ってそばの椅子に腰掛ける。片手に持ったスマホを引っ切りなしに触っていて、金張りの腕時計が目立った。後々、家族の一員だと分かるが、私はまるで見張られているようだと感じながら、さらに緊張の度合いを高めた。

　老人の話は続いていた。貧しい農家の出身だという。家族は祖父母と両親、叔父が二人に弟が五人いた。当時は中学に進学するものなどほとんどいない時代で、老人も小学四年まで通ったところで退学、あとは家の仕事を手伝うことになった。使える道具は鍬《くわ》一本のみ。夜明けから日没まで、ひたすら鍬を振るうばかりの生活だったという。

「その頃、子どもを増やすのは家で働かせるためです。それでも四年生まで学校に行けたのは、お祖父さんが長男だから。あとの弟たちは学校は行っていません」

　一九三七年、日中戦争が勃発《ぼっぱつ》する。老人は即座に志願兵となる決意をした。中国の徴兵制度では長男は免除されるのだが、このまま一生、田植えと豚の世話だけで終わる生活など真っ平だと思っていたからだ。その頃、志願兵は全体の百分の一程度しかおらず、銃の扱いを理解するものも滅多にいなかった。ほとんどが貧しい農村部から拉致《らち》同然に徴兵された兵たちなのだ。軍紀も乱れていれば士気もない。たちの悪い輩《やから》ばかりだった。ここにいる限り、いつ後ろから撃たれてもおかしくないと常に身構えて過ごす日々だったという。

　老人は時折、喉に痰《たん》が絡《から》むような笑い方をして、よく茶を飲み、それからも身振り手振りを交えながら話し続けた。だがそれを、孫である青年は途中からまったく通訳してくれなくなった。私が首を傾げながら彼の顔を覗き込んでも素知らぬ顔をする。苛立《いらだ》ちを噛《か》みしめながらしばらく待っていると、彼はようやく「お祖父さんは」と口を開いた。

「日本人、たっくさん殺したそうです。小鬼子《シャオクイズ》（日本人に対する中国での最大の蔑《べつ》称《しょう》）なんか、殺して当たり前、それが役目」

　老人は喉の奥で笑いながら、帽子の庇《ひさし》の下から鋭い眼差《まなざ》しを向けてくる。ああ、そうなのだろう、と感じた。この人の目は明らかに日本人への殺意をたぎらせていた目だ。この人の大きな手は、日本人を殺すために銃を構えた手に違いなかった。たとえ時がたち、時代が変わったとはいえ、老人の中の殺意はくすぶり続けており、老人にとって私はあくまでも敵国の人間なのに違いなかった。

「その後、お祖父さんは除隊して、田舎に戻りました」

故郷に戻った老人を待っていたのは、相変わらずの貧しい生活だった。金を工面して豚や牛を飼ってもすぐに盗まれるから、牛を縄でつなぎ、その縄を握って牛舎の外で寝るのに、それでも土間の壁を破って泥棒に入られる有様だったという。家のいちばんの貴重品は布団《ふとん》。そんなものはない家が当たり前だった。木の皮を被《かぶ》って寒さをしのぐ。大切に育てた豚も、自分たちの口に入るのは旧正月だけ。鶏肉《とりにく》も貴重で、旧正月の一カ月は客用に出すが、自分たちは食べられなかった。そのうちに肉は腐って液状化するので、それを止めるために、たまに外に出して風を通したという。浙江省といえば金華火腿《ハム》が有名だ。貧しかったからこそ、保存食品が工夫されたのかも知れないと、初めて思いが至った。

そうして数年たった頃、今度は上海からのニュースで、憲兵を募集していると知った。ちょうど数日前に家の前を別の部隊が通って、外に吊しておいた干し肉がすべて盗《と》られたことがあり、自分が憲兵だったら許してはおかないと腹を立てていたときだったから、老人は、今度は憲兵になろうと決心する。前々から憲兵の「白い手袋」に憧《あこが》れていたこともあった。

だが、憲兵になるには中卒が条件だった。そこで小学校中退の老人は一計を案じ、「今日は卒業証書を持ってきていません」と嘘《うそ》をついてテストを受けた。問題は二つ。

第一問　我々の敵は誰ですか。
第二問　三民主義とは何ですか。

日本と戦争しているさなかで、兵役についた経験のある老人が、孫文の唱えた「民族、民権、民生」を指す三民主義を知らないはずがなかった。どちらも即答してあっさり合格。話を聞いていると、当時の中国国軍の杜撰《ずさん》さや甘さというものが随所に感じられる。

とにかく老人は、こうして一九四四年から一年半、まずは憲兵学校へ入ることになる。ところが、何しろ食べるものがなかった。同期五人のうち三人が、飢えのあまり逃げ出す有様だったという。それでも歯を食いしばって耐えた老人が憲兵学校を終えたのは、一九四五年の終戦間際《まぎわ》だった。既に日本の敗戦は見えていて、一九四三年のカイロ宣言により、中国は日本が手放した後の台湾へ行くことは確実だったから、彼は日本語を二週間だけ学ぶことになった。日本語を話す台湾人とのコミュニケーションのためだ。

そうして命令通りに台湾へ来て、驚いた。日本人が去った後でも、台湾の人々はマナーを守って、法律を守り、実に整然と暮らしているではないか。

「やっぱり日本の教育を受けたなと思いました」

牛肉の缶詰を開けてみたら、肉がきっちり詰まっていて、これにも驚いた。当時の中国では、そんなことはあり得なかったからだ。衛生面にも気を配り、蛇口を捻《ひね》れば水が出る。何もかもがきちんとしていると、いちいち感心した。

これに対して、同時に大陸から入ってきた国民党軍の行状や服装の悪さは目に余るものがあった。略奪、暴行、不法侵入などが横行し、治安は悪化、賄賂《わいろ》がものを言う世の中になって激しいインフレが起きる。憲兵には教養があったから、傍若無人な国民党軍のことを苦々しく思いつつ暮らしていたが、一九四七年、ついに台湾本省人に対する大規模な虐殺《ぎやくさつ》事件である二・二八事件が勃発すると、老人は、このまま憲兵を続けているのにも嫌気がさしてきたという。だが、理由もなしに辞めることはできない。そこでまた一計を案じ、今度は肺病の症状を偽って、これ以上仕事を続けられないと申告し、憲兵を辞めることに成功した。その後も学歴を偽っては新しい職に就き、ついに公務員として安定した暮らしを手に入れたのだそうだ。

それからは、ひたすらコツコツと生きてきた。嘘がばれないように、外省人だからと敵視されないように、決して目立ったことはせず、とにかく倹約に努め、ようやく築いた家庭と家族を必死で守ってきた。

「お祖母《ばあ》さんは、本省人。古本屋の娘です」

あれほど何人も殺したものの、なぜか日本人には興味があった。当時、古本屋では日本統治時代に出された日本語の本を包装紙として使っていたので、それが見たくてある古本屋に通ううち、現在の妻と出会ったのだそうだ。私が訪れた日、老妻は教会へ行っているという話だった。家族の中で一人だけ、キリスト教徒なのだそうだ。

話が一段落したところで、階下から昼食に呼ばれた。老人を含む一家五人が暮らす、本来ならアパート最上階の部屋は、ちょうど昔の公団住宅のように手狭で、食堂のテーブルの上にも鍋《なべ》や調味料などが並び、壁には家族の思い出の品やカレンダーなどが無秩序に貼られていた。格子のはまった窓からは隣の建物の壁しか見えず、ゆるい風が入るだけ。タンク式トイレの水圧は低くてすぐに詰まり、浴室にはペットボトルを利用したシャンプー立てが下がっている。老人と家族がつましく暮らしてきたことが隅々から感じられた。さらに見回すと、古い日本家屋の欄間《らんま》らしいものや襖《ふすま》などが家中のあらゆるところに利用されている。どれも引き揚げていった日本人家屋から出たものに違いなかった。かつての敵が残していったものに囲まれて暮らしていて、平気なのだろうかと内心で首を傾げていたら、老人の孫が私を呼んだ。薄く笑っている。

「やっぱり日本の女だな、と祖父が言っていますよ」

単に、青年の通訳の仕方がよくなかっただけかも知れない。それでも、私は妙に品定めをされているような嫌な感じを受けた。

「中国人は、脇《わき》を開いて食事をする。日本人は脇をしめるんだそうです。それで、どっちか分かります」

ああ、そういう部分も見られているのかと思っている間に、老人がにやりと笑った。

「それから、男だったら、そういう耳のものは高官になったとも言っています」

そして、あなたの敵になったのかと、背筋を冷たいものが伝った。青年の母親がせっかく用意してくれた料理も、ほとんど喉を通らない。やっと口に運んでも、味わっている余裕などなかった。

食事の後、老人は再び最上階の部屋に戻り、また茶を飲みながら滔々《とうとう》と語り続けた。途中で何度か「お疲れではないですか」と尋ねても首を横に振り、茶を飲み続ける。私の方が疲れていた。

「日本人に対しては、矛盾した思いがあります。恨みも憎しみもずっとあるんだけど、日中戦争がなかったら貧しい百姓のままだったし、日本のお蔭《かげ》で台湾まで来て、こうして長生きしたと思うから」

では台湾が好きかと問えば、老人は首を横に振った。老人は今も中国のテレビだけを見て過ごし、今は中国共産党を支持している。共産党は人民を飢えから救った。それ以上のことがあるだろうかと力説する。帰れるものなら帰りたいと。要するに、この地に移り住んで七十年以上、老人にとっては今以《もっ》て、この地は「仮の住まい」でしかなく、台北郊外のその一室は、紛れもなく「中国」なのだった。建物がひしめき合う台湾の都会には、こんな外省人が他にもいて、小さな中国がいくつも浮遊しているのだろうと、ついその有様を想像した。

　世論調査によれば、「自分は何人《なにじん》だと思うか」という質問に対して「台湾人」と答える人は年々増加して七十三パーセント、一方「中国人」と答える人は減少の一途をたどり、十一パーセントとなっている（「聯合報《れんごうほう》」二〇一六年）。

　蔣介石《しょうかいせき》が共産党との国共内戦に敗れ、一九四九年十二月に国民党政府を南京から台北に移すのと同時に、外省人の数は爆発的に増え、最終的には百三十〜百五十万人が移住したという。軍人、兵士ばかりでなく、国民党支持者や関係者、その家族らもこぞって海を渡らなければならなかったからだ。当初は、やがて戦況が変われば大陸に帰れると信じていた人たちも少なくなかっただろう。軍や政府の高官などを除けば、そうした多くの外省人は「眷村《けんそん》」というものを築いてバラックを建て、あるいは日本人が出ていった後の宿舎や住宅を利用して暮らし始めた。それから七十年以上の月日が流れた。外省人も二世、三世の世代となって、明らかに意識の違いが出てきている。

だが、多くの人が自分のことを「台湾人」と意識する時代になっても、この島の政府は中華民国政府であり、こうして宙に浮くように、小さな中国はおそらく各地に存在し続けている。これもまた、台湾の多面性、複雑さを生む大きな要因となっているのだ。

中正紀念堂の地下には、蔣介石ゆかりの品々や功績などが展示されている。執務室を再現した空間には蔣介石の蠟人形が（上）。中正紀念堂で毎時行われる儀仗隊の交替儀式。遠くから軍靴の響きが聞こえてくると、観光客たちは息をひそめて儀式を見守る。彼らが守っているのは巨大な蔣介石像。兵士たちは交替までの一時間、微動だにしない（中）。中正紀念堂本堂の八角形の屋根は「忠孝仁愛信義和平」を象徴し、蔣介石がついに返り咲くことがかなわなかった中国大陸を望むように設計されているという。だが現在では、大陸の方だけを見つめ続けている人々への反発の声も大きくなっている。そういった人たちは「中華民国人」と呼ばれることを嫌い、自分たちは「台湾人」であると主張する（下）。

台北の新名所「呼吸する隠れ家」を実現した日本の技術

今からおよそ二千五百年前の中国春秋時代、越《えつ》という国で活躍した政治家に范蠡《はんれい》という人物がいた。范蠡は軍師としても非常に有能で、王・允常《いんじょう》とその息子・勾践《こうせん》の二代にわたって仕えていた。ちなみに、越と隣国・呉《ご》との攻防の中で生まれた故事成語が、我々もよく知る「臥薪嘗胆《がしんしょうたん》」だ。戦の途中で生命《いのち》を落とすことになった呉の王・闔閭《こうりょ》に、越への復讐《ふくしゅう》を誓った息子の夫差《ふさ》が「臥薪」して奮起し、その結果、一度は滅ぼされかけるところまで追い詰められた勾践が今度は「嘗胆」して再起と復讐を誓ったことから生まれた諺《ことわざ》だという。

紀元前四七三年、越が呉を滅ぼしたときに范蠡はその才能を遺憾なく発揮する。戦に際しては奇策に出たり、一方で呉の夫差を堕落させるために西施《せいし》という美女を送り込むという策を弄《ろう》したのだ。西施とは、楊貴妃《ようきひ》などと並んで中国四大美人の一人に数えられている女性で、案の定、夫差は西施に溺《おぼ》れて国政が疎《おろそ》かになっていき、やがて越に滅ぼされる。それほどの知恵者である范蠡だけに、呉を滅ぼした後の主君・勾践が、次には自分を疎《うと》ましく思うようになることを冷静に見越していた。そこで、西施を伴って密《ひそ》かに斉の国へと逃げてしまう（西施を伴っていたかどうかは諸説ある）。

　斉の国にたどり着いた范蠡は、そこで商売を始める。すると、これが大当たり。だが、大成功すればその分だけ目立つ。目立ちすぎれば不幸を招くという考えから、范蠡は築いた財産のすべてを惜しみなく人々に分け与えて、今度は現在でいう山東省の菏沢にある定陶という土地に移り住むことにした。そして、自らは陶朱公と名乗るようになる。陶朱公こと范蠡は、ここでもまたもや商売で大成功し、老後は悠々自適の生活を送ったといわれている。以来二千五百年、陶朱公の名は、中国では大商人の代名詞として現代まで語り継がれている。

　その陶朱公の名を冠したマンションが出来ると聞いた。その名も「陶朱隠園《タオヂュインユエン》」、つまり陶朱公の隠れ家という意味だ。陶朱公の逸話を知れば、自《おの》ずからどれほど豪華な住まいだろうかと期待が膨らむ。

「あれあれ、ほら」

ある晩、夕食を終えて店から出たところで、ビルの谷間から彼方《かなた》を指さされた。場所は台北市の副都心、信義区。近くには台北１０１や台北世界貿易センターなどが建ち、高級ホテルや金融機関なども集中している、台北の最先端の顔が見られる地域だ。指し示された方を見上げて目をみはった。まるで夜の闇の中に巨人が立っているような印象の、あまりにも存在感のある建物が見えたからだ。今にも動き出しそうにさえ見える。

「あれが、日本の熊谷組《くまがいぐみ》が建ててるマンション」

それが「陶朱隠園」だった。大きさにも驚くが、何しろ不思議な形をしている。歩きながら何度か振り返ると、その都度、違う姿に見えるのだ。台湾の建築物には日本では絶対にお目にかかることのない個性的なデザインのものが目立つ。その中でも「陶朱隠園」は群を抜いていると言っていいだろう。

「中を見てみたいなあ」

思わず呟《つぶや》いていた。ショッピングセンターやオフィスビルなどなら、竣工《しゅんこう》後に訪ねる機会もあるだろうが、マンションとなるとそうはいかない。しかも、闇の中にそびえ立つ建物は、どう見ても超高級に間違いなく、既に無関係なものを完全に拒絶するだけの偉容を誇っていた。

「今なら竣工前ということもありますし、施主《せしゅ》の承諾も得ましたから、見学しても構わないということです」

熊谷組の全額出資子会社である台湾の現地法人「華熊営造」から回答をもらったのは、それから数カ月後のことだ。喜び勇んで駆けつけたのは言うまでもない。それまで、信義区随一のシンボルといったら台北101だったが、実はこの超高層ビルの施工も熊谷組が行っている。そのことを最初に教えてくれたのは台湾人だ。五百八メートルという、完成当初は世界一の高さを誇ったビルは、そのまま台湾人の誇りらしかった。

「素っ晴らしいんだよ、それも日本の技術だからね。台湾も地震が多いけれど、何も心配していない」

あの時の知人の、いかにも得意そうな顔つきは、今も記憶に残っている。ああ、台湾の人は、日本企業が施工したことを、これほど自慢してくれるのかと感じたものだった。そういう信頼と実績が、おそらく今回の「陶朱隠園」にもつながったのだろう。そう思わずにいられないほど、改めて昼間に近くから見るその姿は、素人《しろうと》の目から見ても並外れて「すごい」ものだった。

設計デザインはヴィンセント・カレボー。ベルギー国籍の建築家は「ＴｈｅＴｒ

ｅｅ ｏｆ Ｃｉｔｙ」を基本コンセプトとしており、その作品は日本の新国立競技場のデザインでも話題となったザハ・ハディッド氏と並んで施工が難しいアンビルト建築と言われている。実際、設計した建物の二割しか造られていないというから、非常に特殊な設計をする人物と言えるだろう。

　今回、カレボー氏は我々の未来に待ち受けている人口の増加や気候変動といった問題にどう立ち向かうかを強く意識した上で、「世界で唯一《ゆいいつ》、呼吸できる芸術品のような住宅」を目指して設計したという。強烈な印象を与える外観は、素人が見ても何となく分かる通りＤＮＡの二重らせん構造からヒントを得ている。そこに中華圏の建築物らしく、万物の根源である陰陽思想のイメージと、さらに両の手を組んだようにも見える柔らかさも加えた。そうして生まれたのが「陶朱隠園」というわけだ。

「まだ植栽などの作業が続いています。足もとに気をつけて下さい」

　建築途中のゲートをくぐり抜け、案内して下さる方について敷地内に入る。あまりに近寄りすぎると、建物全体の姿がまったく分からなくなるから、逆に遠目に見ているときほど特別な感じがしないのだが、それでも建物が上に向かって少しずつずれているのだから、やはり、独特の威圧感がある。

「これから見ていただければ分かりますが、敷地内だけでなく、建物の全フロアー、すべてのバルコニーにも植栽を施しています」

　植栽は全体で二万三千本以上を計画しているという。それにより年間百三十トンの二酸化炭素が吸収されるということだ。さらに、有機性廃棄物の再利用、建物一体型太陽光発電、雨水のリサイクル、省エネ効果の高い複層ガラスなどを採用することによって、おそらく現時点で最高基準のエコ効果を確保していることになる。もちろん構造面でも「すべり振り子型免震装置」を採用しており、安全性を確保。それだけのハイテク技術と、この不思議な形。そのアンバランスを実現するのに、どれほど困難を極めたかは、五年という工期が物語っているだろう。施工にあたっては、どのゼネコンも尻込《しりご》みをして、結局は華熊営造に白羽の矢が立ったという話も聞いていた。

　住居部分は地上二階から二十一階までで、その上にはヘリポートもある。つまり現代の陶朱公は、たとえばヘリで屋上に降り立てば「下界」の空気に一切触れることなく、自らの「隠れ家」に入ることが出来るというわけだ。もちろん建物の中央部に垂直に貫かれているコアの部分には七基のエレベーターが設置されている。客用二、貨物用一、緊急用四だという。各戸の住人や来客は、外出先から車ごとエレベーターに乗り込んで、自宅の玄関先まで乗り付けることが出来る。無論、プールなどもある地下部分に設けられている駐車場には乗用車用、バイク用と十分なスペースが確保されているのだが、それでも日々、室内にいながら愛車を眺め、玄関先から車に乗り込んだら、そのまま目的地に直行出来るという生活が送れるのだから、もしかしたら一生涯、雨に濡《ぬ》れる心配もいらないのかも知れない。

「車どころか、この高さだったら馬でも楽々乗れますね」

大きなエレベーターで運ばれながら、思わずぽかんと口が開いた。まだ大部分がベニヤ板などで覆《おお》われているから、本当の豪華さは分からないが、それでも隙間《すきま》から美しい大理石が見えていたりして、すべて取り払われたときの豪華さが察せられる。そうしてたどり着いた上階は、モデルルーム風に多少の装飾がなされているものの、基本的にはがらんどうの状態だった。一戸あたりの面積は約二百坪。フロアーによってはまだ工事が続いているものの、その広さと緩やかにカーブを描いている窓ガラスに囲まれた開放感は、それだけで贅沢《ぜいたく》なものだ。

「ここに、どんな間取りの住まいが出来るんでしょうね」

たとえば窓ガラスの内側にウッドデッキを巡らせて、外の景色がそのまま内側にまで続いているような演出も出来る。なるほど、様々な遊び心を好きなだけ試せるのだなと納得しながら窓の外に出てみると、確かにベランダには豊かな植栽がなされていて、自然林風になっていたり庭園風になっていたりと、それぞれに工夫がされていた。

手入れはすべて専門の業者が行う。信義区の多くの建物が眼下に見え、台北１０１も近い。

全体で四十戸が入れるという。価格は六十億円とも八十億円とも。その買い手については噂《うわさ》は流れているものの、基本的には公開されていない。その中に、日本人は含まれるのだろうか。いずれにせよ、ここに暮らす現代の陶朱公たちには、庶民の生活はまったく見えてこないだろうな、などと少し皮肉な思いにも囚《とら》われながら、何はともあれこれだけの大仕事を日本の企業がやり遂げたということに、素直に感動する。建造物は仕事が残る。しかも、これだけ際だった建物の施工に携わったということは、工事に関わったすべての人の自信と誇りにもなるはずだ。

思えば日本統治時代から、台湾の主立った建築物はすべて日本人の手によって建てられてきた。今も各地に残る駅舎や役所、公共施設などなどは相当数に上る。それらの中で、筆頭にあげるべきなのは、やはり総統府だろう。

現在の中華民国総統府は、日本統治時代の一九一九（大正八）年、台湾総督府として建てられたものだ。設計は長野宇《う》平治《へいじ》（一八六七〜一九三七）。日本銀行の各支店などを数多く手がけた人物だ。そして、長野の師匠にあたるのが、日本銀行本店や東京駅などの設計で知られる辰野《たつの》金吾《きんご》（一八五四〜一九一九）。とにかくその設計が堅《けん》牢《ろう》であることから、名前をもじって「辰野堅固」とまで呼ばれた人物で、辰野自身も総督府設計に監修として関わった。だからだろう、この建物もいわゆる「辰野式建築」と呼ばれる、ヴィクトリア女王時代のゴシック様式を取り入れた設計デザインとなっており、東京駅の丸の内駅舎や大阪市の中央公会堂とよく似た印象を与える。

一九一九年三月、台湾総督府が竣工した当時の台湾総督は、第七代の陸軍大将・明《あか》石《し》元二《もとじ》郎《ろう》（一八六四〜一九一九）。日本による統治もようやく最初の混乱期を乗り切って、いよいよ台湾を「内地の延長」として、各分野で発展させようとし始めた頃だった。明石総督の時代に、台湾電力が設立されて水力発電事業の推進がはかられ、第一次台湾教育令によって台湾人にも国立大学に進む道が開かれ、台湾最大規模の農水施設である嘉南大圳《かなんたいしゅう》の建設も承認された。華南銀行も設立されて、高砂麦酒《たかさごビール》株式会社も誕生している。そういう大変革の時代だっただけに、ここから一気に台湾の近代化を図っていこうと大いに張り切っていたことは間違いない。その意気込み、気負いといったものが、そのまま総督府の建物の形になったようにも感じられる。

ところが、明石総督は台湾総督府が竣工した年の秋に、在任中のまま呆気《あっけ》なく病死。在任期間は一年四カ月という短いものだった。それでも当時の日本は、この美しく堅牢な台湾総督府そのものまでが、たったの四半世紀余りで米軍の爆撃を受けて大破することなど予想だにしていなかっただろうし、ましてや自分たちが懸命に築きつつある植民地を手放すことになろうとも、夢にも思っていなかったに違いない。

第二次世界大戦末期の一九四五年五月三十一日、台湾総督府は米軍の空襲を受けて大きく破損した。無残な姿になった総督府を、大戦終結後に進駐してきた中華民国政府が接収、修復して、一九四八年、台湾総督府は新たに中華民国総統府として蘇《よみがえ》った。

二〇一九年でちょうど築後百年を迎えた総統府は、植民地統治の象徴であった時代から蔣介石による統治の時代を経て、現在は台湾における民主政治の牙城《がじょう》となっている。現在、この建物の主人は、民進党の蔡英文《さいえいぶん》総統が二期目に入っている。だが、次の総統選挙で、政権は変わらないとしても、主人の交代は起こる。そうなったときには、総統府の中ではすべてのスタッフが交代し、また異なる雰囲気になる可能性もある。それでも百年間、この地に建ち続けてきた姿は変わらない。

その総統府の中に初めて見学に入った。ガイドに案内されて歩いているうちに、ノブが低い位置についているドアの前にさしかかる。ここで、ガイドは必ず見学者たちにクイズを出すのだと聞いていたが、やはり同じことが起こった。

「どうして、こんなに低い位置にドアノブがついていると思いますか？」

答えは、ドアを開けようとする姿勢を取ることが、そのまま深々と礼をしている姿勢になるため。

「礼節を重んじた日本人の考え方です。ドアを開けて部屋に入ろうとするときに、もう深くおじぎをしているんです」

日本語を話すガイドは嬉《うれ》しそうに、また少し自慢気に、自らドアノブに手をかけておじぎの姿勢をとりながら、そう教えてくれた。なるほど、百年前の日本人は、そんなことまで考えてドアノブの位置を決めたのかと感心する。総統府は、これまで大理石の張り替えの他、二度にわたって大規模な修繕工事をしてきたという。それでも、このドアは昔のままで残した。そこが面白い。

「建物はね、上から見ると日本の『日』の字の形をしていますよ」

ガイドは、そんなことも言っていた。帰ってから「Ｇｏｏｇｌｅマップ」で確かめてみたら、なるほど「日」の形をしている。だからこそ、空襲を受けたときには格好の標的になったのだろうとも思うのだが、戦争のことなど考えもしなかった往事の日本人建築家は、こんなところにも神経を行き届かせていたということになる。

台湾では、今も各地に日本人建築家や日本企業による建物が建てられ続けている。それに便乗して、中には「日式」とうたうどころか「隈研吾《くまけんご》風」とか「伊東豊雄《いとうとよお》風」などという触れ込みのマンションの広告がでかでかと出ていたりもする。それこそが日本のブランド力なのだろう。

日本では見かけない、自由で、柔らかさがあって、並外れてスケールの大きな印象を与える台湾各地の建築物。それらの建物は、台湾人の中にも「効率」を求める人ばかりがいるわけではないことを再認識させてくれる。だが、それらは高度な技術によって裏打ちされているからこそ実現されてきたものだ。そして多くの場合、そこには日本の企業が携わり、下支えとなっている。そのことを、台湾人たちは忘れていない。

「あ、あれね。あれは日本のね」

と、自慢気に語る彼らの表情に接するときが、こちらとしても嬉しいときだ。

100年前の完成当初は、台湾でもっとも高い建築物だった総督府。初めて見る日本人でも何となく親しみを感じるのは、東京駅や大阪市中央公会堂などと共通する雰囲気を持っているためだろう。

総統府の周辺は、歩道に埋め込まれたタイルにも工夫がなされている。これは台湾ザル。お面をつけたような面白い顔（上右）。本物より野性的で筋骨隆々な台湾犬（上左）。

総統府から歩ける距離に建つ新光人壽大樓。新光三越台北駅前店が入り、地上51階建て。

台南の冬・韓石泉氏ゆかりの場所で空襲の話を聞く

台南には立冬から立春までの間だけ楽しむ「冬の伝統料理」があると聞いて、立冬を過ぎたばかりのある日、ぜひ試してみようということになった。訪れたのは台南市中西区、旧《ふる》くから開けてきた市街地だ。

「これが、米糕粥（ミーゴームエ〈台湾語〉）です。糯米《もちごめ》を炊《た》いて、中にリュウガンや黒糖や、他にも色々な豆が入っている甘いお粥《かゆ》ですよ」

マーケットの中にある『江水號』というスイーツ店はかき氷が人気で、家族連れから学校帰りの子どもたち、近所の人から観光客まで、ありとあらゆる人たちが引っ切りなしに訪れる。家族経営らしく、まるで手を休める暇のない様子のお母さんやお父さん、お兄ちゃんなどが総出で準備しているメニューの材料は、大半が様々な豆類を煮たものや、イモの粉を寒天状にした粉角（フンガッ〈台湾語〉）などで、実に素朴な自然志向。それらが大皿に盛られてカウンターに並べられており、注文に応じて器に取り分けられていく。

小さなカウンターに向かい、わずか数分で目の前に出された米糕粥は、小丼《こどんぶり》になみなみと盛られていて、その量の多さに思わずたじろいだ。だが、優しい甘さの温かい粥は外連味《けれんみ》もなく、実にすんなりと入っていく。食べきれないと思ったのに、意外に入るものだった。それにしても、暖かい台南で「冬限定」の食べ物があるというところが面白い。

このマーケットのすぐ近くには、日本統治時代から建つ西門市場がある。一九〇五（明治三十八）年に開設されたという市場は現在も布地の市場として現役だが、老朽化が進んでいるために改修工事が始まっている。中を歩いていると、幼いころのことを思い出した。都内にも、高度成長時代を過ぎてもまだしばらくの間は、こういう雰囲気のマーケットが至る所にあった。通路は狭く、人々がすれ違うのに身体《からだ》を避《よ》け合わなければならない。雨が降ればトタン屋根に激しい雨音が響くような場所は、いくらでもあったものだ。いつの間に、ああいう温《ぬく》もりのある場所は姿を消したのだろう。

そんなことを考えながら時折、時計を気にした。約束の時間が迫っていたからだ。

こういう建物が残っている地域から二ブロックほどしか離れていないというのに、これから訪れる予定の「韓内科醫院」は太平洋戦争末期に米軍の空襲を受けて一度全壊している。そのことを『韓石泉回想録　医師のみた台湾近現代史』（韓石泉著・あるむ）を読んで知った。

著者の韓石泉氏は台湾が日本統治下に入って間もなく台南で生まれ、その後、日本留学などを経て医師として生きる一方、民族思想に目覚めた活動家でもあり、女子教育に力を注いだ人でもあり、そして敬虔《けいけん》なキリスト者でもあった。『回想録』には、これまで私が知ることのなかった日本人の「支配民」としての横暴さもありのままに描かれており、そんな日本人への怒りというものも、実に率直に語られている。現在の「韓内科醫院」の院長は、その韓石泉氏の息子さんにあたる。

実は、「韓内科醫院」を訪ねる当初の目的は、その建物そのものにあった。戦前の、つまり日本統治時代から残る古い建物だと教えられたからだ。それほど古い建物が、今もなお変わらずに使用されているということに興味を持ったのに、前述の本を読んで、その情報が間違いだと分かったときには、私たちは既に取材申し込みをした後だった。

どんな話を伺えばいいものだろうか。

甘い米糕粥を食べながらも、西門市場を歩きまわる間も、そのことが気にかかってならない。せっかく時間を作っていただきながら、雑談だけで終わらせるというわけにはいかなかった。

立冬が過ぎたとはいえ台南の陽射《ひざ》しは強く、長袖《ながそで》のブラウス一枚で歩くのがちょうどいい日だった。そうして訪ねた「韓内科醫院」は緑の少ない市街地の中にあって、建物正面によく手入れされた木の枝を這《は》わせ、豊かな枝葉の広がりがオアシスのように感じられる建物だった。

中に入ると、これもまた昭和に引き戻されたような懐《なつ》かしい雰囲気に包まれた。土曜日の夕方だったが、廊下にはまだ患者の姿があって、その人たちを避けながら進んでいくと、パティオに行きつく。その中央、四角く仕切られた場所に、背の高いヤシの木が一本、空に向かってすっくと伸びていた。さらに少し進むと、左手に飾り石に囲まれた池があって、その先の建物に案内される。そこは韓石泉氏を紀念して、氏の功績の数々や家族の思い出などを展示してある空間だった。

「やあ、いらっしゃい」

韓良誠院長が、白衣のままで現れた。一九三四（昭和九）年生まれというから、そろそろ八十六歳になるが、今も現役で仕事を続けておられる。もちろん日本語も当たり前のように話される。お互いに自己紹介をしあって、ようやく「若い人たちが正しい歴史を知らないこと」について話し始めたと思ったら、すぐに看護師さんが呼びに来た。すると、韓院長は「まだ患者がいるものだから」と、さっと立って行ってしまう。その後も何度となく、院長は話を中座して、診察へと戻られた。代わりに姿を見せたのは院長の姉・韓淑馨《しゅくけい》さんだ。一九三一（昭和六）年生まれの女性は、終戦の時は十四歳くらい。主に日本人を対象に教育していた台南第一高等女学校に通っていたという。

「弟はいつもあんな風に忙しいものだから」

淑馨さんは弟を気遣う様子を見せながら、代わって話を始めて下さった。

この韓内科醫院は、韓石泉氏によって一九二八（昭和三）年三月に開業された。当初はこの場所の土地を「一万円で日本人の小原氏から購入し（中略）その後、六千円で日本人の東氏が所有していた（中略、筆者注：隣の土地）をさらに購入し」て広げていき、病棟を建てたという（前出『韓石泉回想録』）。当時、この界隈《かいわい》は「本町四丁目」という住所だったが、土地の所有者が日本人だったというところが興味深い。その日本人は、果たして誰からどうやって土地を手に入れていたのだろうか。

「でも、その家が空襲で全部、ダメになったの。昭和二十年三月一日の」

既に、その半年ほど前から、台湾への空襲は始まっていた。だが南部の高雄《タカオ》などにはたびたび爆撃があったものの、台南への空襲はなかったという。敵機はいつも午前九時頃に上空を通り、午後の三時、四時には帰っていく。その都度、空襲警報は鳴り響くものの、何事も起こらない日々が続いたため、やがて誰もが警報に慣れてしまって、警戒を怠るようになっていた。

「うちの母も、そうだった。いくら空襲警報が鳴っても、二階から下りてこないの。だけどあの日だけは、兄が二階に駆け上がって、母が抱いていた赤ちゃんを抱き取って、どうしても防空壕《ごう》に入らなきゃダメだって言ったのね」

診察を終えて戻ってきた良誠院長が「うちの母は神経が図太かったんだよ」と笑う。

「とにかく、あのときに限って防空壕に入ったのね」

時刻は午前十一時頃。父親の韓石泉氏は、医師として他の外科病院に動員され、また当時十八歳だった長姉の淑英さんは女子救護隊の一員として出かけていった。十人家族のうち二人を除く八人と、当時同居していた母子とが、庭の防空壕に駆け込んだ。そのわずか数分後、大音響と共に大地が揺れた。防空壕はコンクリート製ではなく、それぞれの壁面が二枚の木製の板を合わせて、隙間に土嚢《どのう》を詰めた造りになっていたが、その板が吹き飛び、土嚢がすべて破れて、十人は全身に土砂を被って目も口も開けられない状態になったのだそうだ。防空壕そのものが壊れて、生き埋めに近い状態になったのだろう。

「あの時、僕は自分の魂が身体から抜けたのを体験したんだ。幽体離脱だね。どれくらいの時間か分からんけど、十秒か二十秒か、それくらいの間、土にまみれて死んでいる自分の姿を、少し上から確かに見ていたんだよ」

「私も、自分はもう死んだと思ったのよ。だけど少しして、あら、私、息が出来るって気がついた。その途端、そばから同居していた小さな子の声がしたのね。『お母ちゃん、私、生きてるよ！』って」

それに応《こた》える母の声もあった。結局、家族全員が泥まみれになりながらも、生命を落としたものはいなかった。全部で三棟あった建物のうちの二棟は大破しており、残る一棟には焼夷弾《しょういだん》の火が燃え移ろうとしていた。とにかく必死で土砂の中から這い出して、家族は逃げた。家から少し離れたところで、駆けつけてきた韓石泉氏とも落ち合うことが出来た。ところが、長女の淑英さんだけが見当たらない。だが、探そうにも米軍の落とした焼夷弾の火が方々で火災を引き起こし、その炎が燃え広がろうとしていた。家族はひたすら逃げたという。

「それから夜まで、私たちは、とにかく歩けるだけ歩いたの。そのうちに疲れてしまって、もう歩けなくなって、どこかの商店街にある亭仔脚《ていしきゃく》（商店の軒下歩道）の下で休んでいたら、お店の人が出てきてね、店の中に入れて休ませてくれた」

「だけど、布団も何もないんだよ。台南だって三月初めの夜は寒いのに、そこには黒砂糖を入れる麻袋しかない。子どもでも、そんな麻袋じゃ布団にもならない。足を伸ばせば上半身が出ちゃうし、身体を縮めればすぐに疲れる。第一、あの麻袋は、すごくチクチクしていて痛いんだよ」

　姉弟《きょうだい》の記憶は実に生々しいものだった。ことに淑馨さんは、自分たちの町が火の海になっていく様子が目に焼きついて離れず、しかも姉の行方が分からない不安と、防空壕で体験した恐怖とで、それから何日も眠れない状態になったという。

　その防空壕のあった場所が、私たちが話を聞いている建物のすぐ手前にあった小さな池のところだと聞いて、改めて部屋を出て見にいった。しかも、爆弾が落とされたのは、あの背の高いヤシの木の植えられている場所だという。ほんの数メートルしか離れていないところで被弾したことになる。

「その頃は、あそこはお隣の陳さんという家だったんだけど、そこに六百ポンド爆弾を落とされた。それで、七十歳過ぎのおじいさんと、その娘さんは圧死したんだ」

　そして、長女・淑英さんの遺体が見つかったのも、実は家のすぐそばだったという。

韓石泉氏の嘆きと悲しみは大変なものだった。結局、三月一日の空襲だけで、台南は「全市で約二千人以上」（同前）が犠牲になり、石泉氏に残された全財産は「人力車一台、往診用カバン一個、長椅子《ながいす》二脚」（同）の他は家族が身につけていた衣服とわずかな預金だけだったという。

「僕はいつも思うんだ。戦争は避けられなかったかも知らんが、アメリカはなぜ市民にまで爆弾を落としたのかって。軍の施設なら分かるけれど、一般市民に罪はない。そこが残酷なところなんだ」

「リーダーが理知的なら戦争なんか起こらないわ」

良誠院長の怒りの言葉に、姉の淑馨さんが静かに応える。いつの時代も、それは同じことだ。

結局、韓石泉氏と同じクリスチャンの友人が同居を申し出てくれ、衣服なども分けてくれたから、疎開《そかい》の許されない石泉氏を除く家族全員はそこでしばらく暮らしたという。だが、淑馨さんはショックから立ち直れないまま、さらにマラリアにまでかかってしまい、骨と皮のように痩《や》せ衰えてしまったのだそうだ。その頃、空襲では助かっても、マラリアで生命を落とす人は後を絶たなかった。

「何しろ、薬も何もないんだもの。全部、軍がおさえてしまっていて」

ようやく家族が元の場所に戻れたときには、台湾は日本ではなく中華民国になっていた。

「あのときの変わり様は、もう言葉にならないくらい。本当に、ちんぷんかんぷんだったわ」

自分たちは日本国民として戦争に負けたと思っていた。それなのに、突如として中国が入ってきて「戦勝者」だと言われたのだ。混乱するに決まっている。第一、蔣介石は有名だが「中華民国」なんて、聞いたこともなかった。

「その上、急に言葉が変わったでしょう。私は完全に日本語で育てられていたから、それに、まだ半分子どもでしたから、余計に何も分からないの。女学校のお友だちは、みんな日本に帰ってしまった。授業は中国語になった」

「僕の小学校の先生は、まだ留め置かれていた笹原《ささはら》先生という日本人だったけれど、前の晩に補習を受けて覚えてきた中国語を、次の日には生徒に教えるんだから、もうみんな、大慌《おおあわ》てだったんですよ」

それでも最初のうちは、誰もがこれで日本の支配から解き放たれ、祖国の懐《ふところ》に抱かれると喜んでいたという。日本統治時代に溜《た》まっていた不満がすべて解消されると期待した。ところが蔣介石の時代になって、台湾人は以前よりもさらに軍部や警察、そして政府に対して、逆らうことを許されなくなった。少しでも逆らったり怒ったりすれば、簡単に生命を落とす時代がやってきたのだ。暗黒の時代だった。

「頼りになるのはお父さんだけだった。お父さんが医者だったから、すぐに仕事をすることが出来て、それで家族全員が暮らしていくことも出来たし、お父さんの信念が、私たちを常に守ってくれていたから」

　若い頃から民族意識を強く持ち、終戦の翌年には第一期台湾省参議会議員に当選した韓石泉氏は、中華民国となった台湾の民主化を信じて、ひたすら前進を続けていた。だが、それは必ずしも思い通りにはいかなかったらしい。人々の意見はまとまらず、中華民国政府のやり方は、台湾人にはそぐわなかった。やがて、民衆の不満は頂点に達し、一九四七年の二・二八事件へと発展していく。韓石泉氏は、民衆と政府との板挟みのような格好になり、そのためにずい分と人々の怒りを買うこともあったそうだ。

「知っている人が来て、『お母さんには内緒だよ』って言うの。実は、お父さんは今ものすごく危ない場所にいる。生命の保証も出来ないようなところにいるって」

　それでも韓石泉氏は「私は何事にも公明正大で裏がなく、鏡に映るがままに澄みきっている。このような私の行いさえ理解されないならば、ほかの誰も正しく判定されないだろう」（同前）と言い切り、自分の信念を貫き通した。そのお蔭で、台南は他の地域に比べて最小限の犠牲でおさえられたという。

　その後、一九八七年に三十八年間にも及んだ戒厳令が解除され、翌年には李《り》登輝《とうき》総統が誕生して、台湾はようやく民主化に向けて動き出した。現在に至るまでの時代の変遷《へんせん》を考えると、今の時代がいちばんいい、と姉弟は口を揃《そろ》えた。

「それでも、本当の民主主義というものを、台湾の人はまだ分かっていないと思うの。自由なら何をしてもいいのか、下品でも、汚い言葉を投げかけても、嘘《うそ》を言っても、何でもいいのか」

　そのことを、子どもや孫の世代と、もっと語りたいと思うのだが、言葉そのものからして通じない。受けて来た教育も違いすぎる。ことに中国の歴史ばかり教わってきた世代は、台湾が歩んできた道も知らないし、それを聞こうともしないのだと、淑馨さんはため息をついた。

「今のままでは歴史は風化してしまう。それを私たちは恐れている。けれど、自分の子でありながら、そのことを伝えられないのが現実です。国民党が落とした影は非常に根深いものがあるの」

　外はもう暗くなり始めていた。それでも看護師が呼びに来ると、韓良誠氏は席を立って診察室へと戻っていく。特に女性の患者を診るための個室には、淑馨さんが描いた優しい絵が何点も飾られていて、姉弟が、父親の遺《のこ》した医院と、ここを頼りにしている患者のことをどれほど思ってきたかをうかがい知ることが出来た。

「跡取りは、いるようないないような。いいところで終わりにすればいいと思っているんだけれど」

最後に、淑馨さんはそう語った。この先、韓内科醫院はどうなっていくのか、この姉弟の思いは誰が受け継ぐのだろうかと思いながら、医院を後にした。寒くない、台南の冬が始まろうとしていた。

「韓内科醫院」の韓良誠院長と、姉の韓淑馨さん。背景には御両親の肖像や韓石泉氏ゆかりの品々が並ぶ（上右）。パティオに植えられていた一本のヤシの木。この根元に一九四五年三月一日、六百ポンド爆弾が落とされた（上左）。マーケットの通路にむき出しの「江水號」のカウンター席。まったく休むことのない店の人々を眺めながら、かき氷などのスイーツをいただく（下）。

「魚」と「野菜」の一騎打ち・台湾総統選挙

日本では選挙といえば投票日は日曜と決まっているし、期日前投票や不在者投票という制度がある。だが台湾にそういう制度はなく、日曜とは限らない投票当日に、自分の本籍地で投票しなければならない。たとえ海外にいたとしても、仕事や学校を休んで本籍地に戻ることになる。そうなれば当然のことながら民族の大移動が起きる。

二〇二〇年一月九日。四年に一度の総統選挙と立法委員（国会議員に相当）選挙を二日後に控えて、私は台北から台南へ行く高鐵《こうてつ》（台湾高速鉄道）の切符を買おうとしていた。

「明日のその時間帯はもう空いている席はありません」

投票前日の切符なら普通に買えるに違いないと考えていたのだが、甘かった。まだ昼前だというのに、その時点で既に翌日の指定席で空席があるのは早朝の一本のみ、しかも座席もごくわずかしか残っていない。さらに投票翌日、台北に戻ってくる高鐵も指定席は残りわずかだった。選挙のために何本もの臨時便が増発されているにも拘《かか》わらず、こういう有様だ。聞きしに勝る混雑ぶりだった。

仕方なく、早朝発の切符をどうにか購入してほっとした途端、駅構内にも駅の周辺にも、至る所に赤いＴシャツ姿の人が目立つことに気がついた。何やら異様な雰囲気だ。Ｔシャツは赤一色ではなく、右肩部分は青地に白い太陽のマーク。言わずと知れた青天白日満地紅旗、中華民国の国旗のデザインだ。さらに言えば中国国民党の党旗は青天白日旗だ。つまり、国民党の支持者たちが揃いのＴシャツを着て続々と集結し始めているのに違いなかった。さすがに投票日まであと二日だけのことはある。

台湾の選挙は「お祭り」だ。選挙活動期間中、熱心な支持者たちは街宣車やジープ、トラックなどに乗り、バイクで隊列を組み、銅鑼《どら》や太鼓を打ち鳴らし、旗を振って毎日のように選挙区内を走り回る。巷《ちまた》にも路線バスにも立候補者たちのポスターが溢《あふ》れかえり、テレビでＣＭが流れて、テレビ番組は候補者のゴシップや選挙がらみの噂話まで流す。地方選挙でさえ相当な騒ぎになるのだから、国政選挙や総統選ともなればなおさらのこと。総決起集会には有名タレントや歌手がステージ上に並び、歌やダンスを披露してコンサートさながらに盛り上がる。仕上げに候補者が登場する頃には、人々は熱狂し、夢中になって声を上げ、旗を振る。そうした熱の入れようは、日本の選挙ではまず見られないものだろう。だから台湾の選挙は、無関係な旅行者がただ眺めているだけでも、相当に面白い。

「今回の選挙ほど予測のつかないものはありませんよ」

その晩、ある会合に顔を出したところ、やはり話題は選挙のことで持ちきりだった。

「今回は青と緑、どちらが優勢なんですか？」

こちらから質問すると、日本語の堪能《たんのう》な知り合いは、今回の選挙では「青と緑」というような表現はしないのだと、にやりと笑う。青とは青天白日旗を掲げている国民党。緑は民進党のイメージカラーだ。人々は、じかに党名を出さずに、そういう話し方をするのだとこれまで聞いてきた。

今回は、国民党の韓国瑜候補と民進党の蔡英文現総統の、事実上の一騎打ちだ。そこで、それぞれの名前から「国」と「英」を取って「国語と英語」と表現したり、また両候補の名前の発音から、「瑜＝魚」「蔡＝菜」と転化させ、「魚と野菜」と表現したりしているのだという。

「たとえば、こういう言い方をするんです。『国語と英語、どっちを選ぶ？』とか、

『君は魚と野菜とどっちが好き？』ってね」

なるほど、そこまで言葉遊びのようにしながら、人々は選挙について論じているのか。

「多くの若者が応援しているのは『野菜』です。だが、有権者の中心は四十代で、若者は数が少なくなってきている上に、政治に関心がない。投票率は伸びないでしょう。そうなれば『魚』の方がよく売れるんじゃないかね」

特にここへ来て「魚」が急速に巻き返し、力を伸ばしてきていると、その人は言った。

私が韓国瑜氏の存在を知ったのは二〇一九年一月に高雄を訪れたときだ。海辺の市場にも土産物店にもホテルにも、つるつる頭の可愛《かわい》らしいイラストの描かれたキャラクターグッズが溢れていて、一体この人は誰なのだろうかと首を傾《かし》げていたら、それが前年十一月の統一地方選挙で新たに高雄市長に当選したばかりの韓国瑜氏だった。それまで長い間、民進党の強力な地盤だったのをひっくり返したのだという。

高雄は、もともとは重工業都市だが、このところは景気が低迷している。ならばと観光に力を入れようとしていたのだが、民進党政権になってからは中国との関係が冷え込んで観光客は激減し、経済的に厳しくなるばかりだ。失望しかかっていた有権者たちは、外省人で親中派、そして庶民的なことを売りにしている韓国瑜氏を熱く支持した。彼は、それほど期待を抱かせる選挙公約を掲げていた。当時の人気はまさしくうなぎ上りで「韓流ブーム」とまで言われたという。私が高雄を訪ねた頃はまさに人気がピークのときで、高雄市民は誰もが「次の総統になりますよ」と氏の可愛いイラストを指さして胸を張った。

　これまでも、その言動が物議を醸《かも》すのに事欠かなかったという韓国瑜氏だったが、時代は明らかに氏の背中を押しているように見えた。一方の蔡英文総統は目立った実績を残すことが出来ずに、じりじりと支持率を落としていた。ところが、わずか二カ月後には、早くも風向きが変わる。二〇一九年三月、香港で民主化デモが起きたのだ。逃亡犯条例の改正案をきっかけに、学生を中心とした若者たちが自分たちの権利と民主主義を守ろうと立ち上がり、それに対して「一国二制度」を掲げながら、あくまで中国政府の方針を押しつけようとする香港政府の強硬な姿勢は連日報じられ、台湾の人たちに大いなる危機感を抱かせた。現在の香港の姿は、明日の台湾だと。

「一国二制度は絶対に受け入れられない」

　すかさず発したそのひと言で、蔡英文総統の支持率は急回復し始めた。そこから情勢は二転三転し、結局、今回の総統選ほど勝敗が見極められないものはないと言われるまでにもつれている様子だった。

「今ごろ、総統府前では国民党が総決起集会を開いてますよ。百万人は集まってるって」

すると昼間、台北駅周辺に集まりつつあった国民党支持者たちは、総決起集会に向かったのに違いなかった。明日は同じ場所で民進党が総決起集会を開くという。これからの四年間、誰が目の前にそびえる総統府の主人となるのか。人々はそれを見届けようと、緊張と興奮を高めつつあるのが感じられた。

「あなたはどちらに入れるの？」

翌日、台南駅まで迎えに来てくれていたＣくんとマクドナルドで朝食をとりながら、私は早速、質問した。彼は「もちろん蔡さんですよ」と頷《うなず》く。

「台湾は台湾です。中国じゃない」

最近は、そういう意識をより強く持つようになった若者が増えていると、彼は言った。

「僕は、中国語で育てられました。だから、お祖父《じい》さんやお祖母《ばあ》さんが話す台湾語が分かりませんでした。でも、やっぱりそれはおかしいと思って台湾語を勉強し始めたんです。もともと僕たちが話してきた言葉ですから。僕が今度の選挙で応援している政党の立法委員候補は、台湾語で演説をするんですよ。まだ若いけどすごく上手で、『僕たちは台湾人だ』と強く訴える人です」

てっきり「魚と野菜」の話に終始するのかと思ったら、意外なことを聞いた。その新しい政党は「台湾基進」というのだそうだ。他にもいくつかの小さな政党が誕生しているし、もちろんその中には親中派もいる。終戦と共に日本の植民地支配が終わり、そこから続いた国民党による長い一党独裁の時代も過ぎて、台湾の人たちはようやく「台湾人」として、本当の民主主義を獲得しようとし始めているのかも知れない。

「それにね、僕たちが蔡英文さんを応援するのには、また別の理由があります」

それはＬＧＢＴの問題だという。

二〇一九年五月、台湾立法院はアジアで初めて同性婚を合法化した。これにより多くの同性カップルが婚姻届を受理されるようになった。だが国民党は、この同性婚に反対しているというのだ。

「お年寄りたちに言わせてるんです。『私たちに孫を抱かせないつもりか』って。すごく悲しんでますよって、宣伝してるんです」

台湾も日本と同様に少子高齢化が問題となっている。その上、同性婚など認めたら、さらに少子化が進んでしまうではないかという主張なのだという。これに反発する若者が多いのだそうだ。

「僕のまわりにもＬＧＢＴの友だちがいます。そういう友だちにも、正々堂々と幸せになって欲しいんです。そのためには、国民党じゃ駄目なんです」

　単に中国との関係だけなら、若い世代はあまり興味を示さない。だがＬＧＢＴのこととなると、人ごととばかり言い切れない。やっと正式に結婚出来たカップルが、また差別の対象となったり、別れさせられたりするのは耐えられないと、多くの若者は感じている。

「中高年層は、投票に行く確率が高いです。そして、国民党の支持者も多い。だから民進党や学生ボランティアなどは若い人たちに『投票しに、家に帰ろう』って呼びかけるキャンペーンをしています。わざわざ帰るのは大変だけど、たまにはお母さんの顔を見て、久しぶりに家族揃ってご飯を食べて、そして、投票しようって」

　それでもなお、自分はＬＧＢＴでもないし、中国に呑《の》み込まれたってべつに関係ない、選挙そのものに興味を持てないという若者に対しては、「たとえばね」とＣくんは言葉を続けた。

「蔡さんはネコが好きで、自分でも飼っています。だから、ネコが好きな人なら、蔡さんを応援するよねって話したりもします。そうすると、『じゃあ蔡さんを応援しようかな』って簡単に決めるような人も、確かにいますから」

とにかく投票率を上げるために、あの手この手を考えているらしい。そうでなければ、特に故郷を離れている若者たちは、わざわざ投票のためだけに帰りたいとは思わない。

その日は一日中、台南の街を走り回った。途中、Cくんが語っていた「台湾基準」の街宣車にも行き合い、小さな事務所も覗《のぞ》いた。聞いていた通り、スタッフはいずれも若い人たちばかりで、誰もが弾《はじ》けんばかりの笑顔だった。自分たちの未来を信じて、ひたすら前に突き進んでいる印象だ。

一方、民進党の選挙事務所に行ってみると、こちらは整然として、実に落ち着いている。外には蔡英文総統と副総統候補である頼清徳前行政院長（台南市長だったこともある）の手描きの絵看板が立てられていた。何でも台湾でいちばん有名な、映画の看板絵師の筆によるものだそうだ。その横には、蔡英文氏のアニメっぽいイラストもある。事務所内にはアクリル板の向こうでネコが遊んでいた。ネコグッズ、キャラクターグッズなども販売していた（すべて売り切れ）。より幅広い年代、層の有権者に、いかに親しみを持ってもらい、投票に行く気になってもらうか、ありとあらゆる工夫がされていることが分かる。

次いで、国民党の立法委員候補の事務所も覗いてみた。韓国瑜氏が現役市長なのと同様に、現役の市会議員なのだそうだ。日本で公職につくものが選挙に出ようとしたら、現職を退く必要があるはずだが、台湾ではそうではないらしい。その女性候補の事務所は、目の前の道路を封鎖して投票前日の決起集会を行うための準備を着々と進めていた。

「暗くなったら民進党も国民党も集会を開いて、パレードをします。夕ご飯の前に、見てみましょうか？」

Ｃくんが言ってくれたから、暗くなった頃、昼間も訪ねた民進党の事務所に再び向かうことにした。すると途中で夜空に花火がパンパンと上がった。ハンドルを握っていたＣくんが「あ、始まっちゃった」と慌てた様子でスマホを操る。今どの辺りを行進中か、リアルな情報が流されているのだ。そうしてＣくんが車を走らせていくと、やがて緑色の旗を振りながら練り歩く一団に追いついた。民進党の支持者たちだ。遥《はる》か先の方で、花火が上がっているのが見える。そこが先頭らしい。

警察官が出て隊列が車道全体まで広がらないように整理をしている。信号が赤になれば、人々はきちんと立ち止まり、旗やケミカルライトの棒を振り続けて、楽しげに、賑《にぎ》やかに歩いていく。まったくの「お祭り」だ。今ごろ台北の総統府前では、民進党と蔡英文総統が、盛大な総決起集会を開いているはずだ。国をあげての「お祭り」は、いよいよクライマックスに向かおうとしている。

そうして投票日当日、朝からテレビをつけると「○○氏が投票所に現れました」という場面がどのチャンネルでも見られた。蔡英文総統は実に晴れやかな笑顔。それに比べると韓国瑜候補は何となく表情が硬い。あと一人の総統候補、親民党の宋楚瑜候補も映された。それぞれの副総統候補、さらに馬英九氏をはじめとする歴代の総統経験者らも自分たちの本籍地で投票する様子を、カメラは逐一追いかけている。

ホテルの近くにある投票所の前には朝から長い列が出来ていたが、町はすっかり平静に戻っていた。ちょうど土曜日ということもあって、夕方までの時間を誰ものんびり過ごし、家族で食事をしたり、買い物を楽しんだりという様子が見られた。投票締切は午後四時。その前から、テレビ各局は既に選挙特番に突入していた。

そして、四時になった。

開票が始まるなり、テレビの画面上で票がカウントされていく。最初の数分で、すぐに蔡英文候補が韓国瑜候補に差をつけ始めた。瞬《またた》く間に、数字がどんどん積み重なっていく。どの開票特番も画面がいくつにも分割されて、総統選の得票数だけでなく、台湾各地の立法委員選挙の模様を中継し、獲得議席数や選挙区ごとの勝敗を地図で色分けし、注目の候補者の表情を追っている。

蔡英文候補は順調に票を伸ばしていった。誰もが「接戦になる」と予想していたのに、この分だと案外早く勝敗が決まりそうだ。そして、このまま蔡英文候補が逃げ切るだろうと確信した頃、まず韓国瑜候補が敗北宣言をすることになった。立法委員選挙でも民進党が議席の過半数を獲得している。また、Ｃくんが応援していた「台湾基進」の陳柏惟候補が初当選したというニュースも流れた。台中から立候補していた陳柏惟候補は、そこを地盤としていた「全国的に有名な悪者二世」に競《せ》り勝った「黒馬」と評されていた。ダークホースのことだ。他にも蔣介石の曾孫《そうそん》・蔣萬安候補も再選を果たしている。彼はもちろん国民党だ。

午後八時半頃には、テレビの画面には民進・国民両党の選挙本部の様子が映し出され、詰めかけた支持者たちが興奮している様子や涙を拭《ぬぐ》う様子が見られた。そして決着がついたとき、花火の乾いた音が台南の夜空に響いた。勝利を祝う民進党陣営に違いなかった。

今回の選挙で、蔡英文候補は史上最高の八百十七万票を獲得して大勝した。対する韓国瑜候補は五百五十二万票。投票率は前回よりも九ポイント近く上回り、七十四・九パーセントだった。この投票率の高さは、日本人としては羨《うらや》ましい限りだ。これだけの人が投票していれば、勝っても負けても「お祭り」にならないはずがない。投票率を伸ばすことに成功した民進党陣営の作戦勝ちということだろう。

翌朝のテレビでは、まず敗北した韓国瑜氏が昨晩、マスコミ取材をすっぽかして身内で火《ひ》鍋《なべ》を食べに行ったことが報じられ、また、今日からは高雄市長としての仕事に戻ると伝えていた。

「昨日まで総統になるつもりでいた人が、すぐに市長の仕事に戻るのって、何だか不思議」

駅まで送るとホテルに来てくれたＣくんに率直な感想を言うと、彼は「そうなんです」と頷きながら、「それにね」と続けた。

「韓国瑜さんは、何も損してないんです。選挙の補助金制度というのがあって、政党助成金とはべつに、投票率が一定の枠を超えれば、総統候補は一票につき三十元もらえるんです。だから韓国瑜さんにも一億六千六百万元（日本円でおよそ五億八千万円）くらい入ります。それを持って高雄市長を続けるんだから」

当選した蔡英文総統なら、二億四千万元（およそ八億四千万円）だが、総統の場合は法律によって受け取った補助金は政党に徴収されるという。ところが、韓国瑜氏の場合は、政党に徴収されることもないらしい。そんな仕組みがあるのかと目を丸くしている間に、台南駅に着いていた。今回の「お祭り」見物は、これでおしまいだ。

その後、高雄市民は韓国瑜氏に罷免《ひめん》を求める行動を起こした。三十万以上の署名が集まれば、住民投票が行われる。その結果次第では韓国瑜氏は高雄市長の地位も失うことになる。三月上旬、韓国瑜氏の罷免要求に足りる五十五万の署名が集まり、六月に住民投票が行われた。そして、賛成多数で罷免が成立した（二〇二〇年六月十二日をもって罷免）。

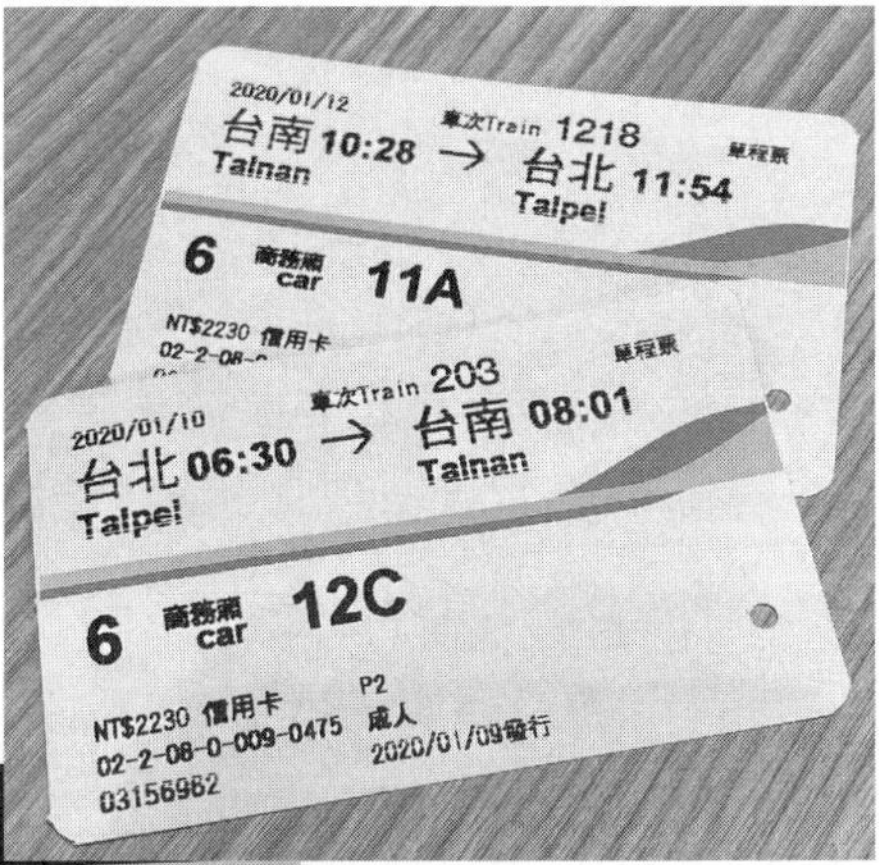

選挙の様子を台南で見ようと思ったが、まったく切符が取れず早朝6時半の高鐵に。帰りもゆっくり出来なかった（上）。午後4時5分過ぎには、蔡英文候補が早くもリードし始めた（下）。

鬼の月・今も大切にされている「七夕」の一日

「そういえば今日は七夕ですよ」

台北市内のホテルでコーヒーを飲んでいたときのことだ。台湾人の友人が、突然思い出したように口を開いたことがある。ちょうど台風が接近していて、翌日から二人で南の方へ行く予定にしていたのに、台風の今後の進路によっては、もしかすると交通網がストップしてしまうかも知れないと相談していた矢先の、八月初旬だった。私の頭の中は明日以降の予定が台無しになるかも知れないという憂鬱《ゆううつ》や心配で一杯だったから、いきなり「七夕」という言葉を聞いて、一瞬、彼女は何を言い出したのかと首を傾げた。

「今日は旧暦の七月七日です。だから家族連れが多いんですよ」

友人は一人で納得したように頷き、ついさっき隣の席についた家族連れに、ちらりと視線を送る。若い夫婦が向き合って、それぞれにメニューを覗き込んでいる。その横には、まだ生後数カ月といった感じの小さな赤ちゃんが、ベビークーファンに入れられて、すやすやと眠っていた。

「十六歳未満の子どもがいる人たちにとっては、今日は特別な日なんです」

改めて周囲を眺めてみれば、なるほど平日の昼下がりにも拘わらず、店内は相当に混雑していて、それも家族連れの客が圧倒的に多かった。可愛くお洒落《しゃれ》をした小さな女の子などが両親や祖父母に囲まれて、嬉《うれ》しそうに料理を頬張っていたりする。

「七夕って、そんなに大切な日なの？」

「もちろん。あれ、日本には、七夕はないですか？　七娘媽《チッニウマア》の誕生日を祝わないんですか？」

もちろん日本にだって七夕の風習は古くからある。「織り姫と彦星《ひこぼし》」の物語は、誰でも聞いた記憶があるはずだ。だが最近はもっぱら子ども向けの行事だったり、一つの観光資源のような扱いになっている場合が多いという印象がある。短冊《たんざく》に願い事を書いて笹《ささ》に吊《つる》す習慣だけは残っているものの、それ以外には、特に何をするということもないはずだ。大抵の大人たちは、空を見上げて天の川に思いを馳《は》せることもなくなった。ましてや七月七日が織り姫の誕生日だなんて、聞いたことがあっただろうか。

こちらが曖昧《あいまい》に首を傾げていると、友人は台湾人の、七娘媽生の過ごし方について話してくれた。

七夕は七娘媽という女神の誕生日にあたるので、七娘媽生ともいう。日本では織女とか織り姫と呼ばれている女神だ。旧暦の七月七日はこの女神の誕生日を祝うと共に、床母という女神をまつる日でもあるのだそうだ。

「床母というのは、ベッドの神様です」

幼い子が眠るベッドを守り、赤ん坊や幼児を守り、健やかな眠りにつかせ、そして悪夢から守るのが床母だそうだ。だから人々は、七娘媽の誕生祝いをすると同時に、床母にも「拝拝」（お参り）をする。

「床母、日本にはいないですか？」

さて、どうだろうか。日本で、子どもの布団《ふとん》や寝床を守る神様というのは、聞いた記憶がない。

「具体的には、どんなことをするの？」

まず七娘媽生に必ず食べるものとして、「麻油鶏と油飯、そして湯圓」は欠かせないそうだ。麻油鶏とは鶏肉《とりにく》を使って生姜《しょうが》、ごま油、米酒を基本として作る薬膳《やくぜん》スープで、台湾では冬の寒い日に多く食されるが、血行がよくなることから女性の産後にもいいと言われている。インスタントラーメンの具材にもなっていたりする、ごくポピュラーなもの。油飯は中華おこわ、湯圓は糯米《もちごめ》で作った紅白の団子の入っている甘いスープだが、七夕にこの湯圓を食べるのは特に台湾北部の習慣だそうで、南部では湯圓に代わって「軟粿《ヌンケエ》」という、柔らかい団子を用意するのだそうだ。

「子どもが十六歳になるまでは、毎年、お母さんとか、おばあちゃんが、そういったものを用意します」

ご馳走《ちそう》の他に、供え物も用意する。

「七娘媽には、櫛《くし》と鏡、口紅に白粉《おしろい》、赤い糸、それからお花も必ず用意します。特に、千日紅の花」

美しい七娘媽を慰めるために供えるのと同時に、子どもたちが七娘媽にあやかって美しく育つようにという願いも込められているのだそうだ。

「市場に行けば、拝拝用の『七夕セット』が、たくさん売られているはずです。白粉なんかも、小さな箱に入っていて可愛らしいんですよ」

拝拝したら、最後に燃やす金紙も欠かせない。金紙は紙幣を模したもので、燃やしてあの世に送る。台湾では日常的に行われている様々な拝拝でも、寺廟《じびょう》に詣《もう》でるときにも、またお墓参りにも欠かせないものだ。七娘媽生に際しては、赤や金色で印刷された、四方金というものを用いる。また、床母に対しては床母衣という、紙で作られた衣服を焼いたりもするのだそうだ。

　では、今日は街中の至る所で、七娘媽生をまつる拝拝が見受けられるのかと思ったら、そういうことでもないらしい。七娘媽生のまつりは陽が傾き始める時刻から、それぞれの家の中で行うのだそうだ。床母への拝拝もあるからだろうか。

「じゃあ、街を歩いていても、普通には見られないんだ」

「家庭の中で行うおまつりですから」

　現在、七娘媽生のまつりをもっとも伝統的かつ盛大に行っている地方では、中部にある古い港町・鹿港《ろっこう》が有名だそうだ。もしも七夕の季節に鹿港の旧家を訪ねる機会があったら、古式ゆかしい七娘媽生の飾りを見ることが出来るはずだ、と友人は言った。

「明日になったら、もう見られない？」

　台風さえ来なければ、いっそ明日は鹿港に行くのもいいかも知れないと考えてそう提案してみたが、七娘媽生のまつりは今日一日のことなので、明日にはもう何もないはずだと言われてしまった。今日が七夕だと知っていたら、予定を一日繰り上げて出かけることも出来ただろうにと、今さらながら恨めしい気持ちになる。だが友人の方は「そんなことに興味があるのか」という顔をしている。自分たちにとっては当たり前過ぎることに興味を持つ旅行者が、かえって不思議な様子だ。

「それなら、こういう話もあるんですよ。特に旧暦の七月は、台湾ではもともとなるべく無理をしないで、静かに過ごすときなんです。知っていました？」

旧暦七月の一カ月間、台湾は「鬼の月」に入る。日本で言うところの盂蘭盆会《うらぼんえ》と同じで、日本では「地獄の釜《かま》のふたが開く」と言うが、同じ意味で「鬼の門が開く」と言われるのだそうだ。ただし、日本では盆の入りから明けるまで四日間だが、台湾はまる一カ月と長い。そして、この期間は先祖の霊だけでなく、無縁仏なども一斉にこの世に戻ってくるとされることから、人々は、日頃は地獄で苦しんでいる霊たちを慰めるために「普渡《プードゥー》」と呼ばれる儀式を行って、霊たちにご馳走を用意してやり、一カ月の間、彼らをもてなしてやるのだという。つまり、旧暦七月は地獄に堕《お》ちた霊にとっての夏休みというわけだ。

「七月は辺りに色々な霊がウヨウヨしますから、人間は出来るだけおとなしく、静かに過ごすようにと言われているんです。子どもたちも、事故が起きては大変だから水遊びとかしないように言いますし、大人も、夜は遅くならないように早く帰ろうというのが旧暦の七月です。この月には、無理をしてはいけないし、例えば商売とか事業とか、何か新しいことを始めようというのも、やめておく人が多いです」

旧暦の七月といったら暑い盛りだ。そういう季節だけに人々はあまり無理をせず、無駄な殺生《せっしょう》などもしないようにして、おとなしくやり過ごそうとするのかも知れなかった。そういう「鬼月」が始まってすぐの七娘媽生は、家族にとっての、ささやかな息抜きとも言えるのだろうか。すると友人は、「家族だけじゃないんですよ」と笑う。

「最近は、この日は、もっと大きな意味が出来てきてるんです」

実は七娘媽生の日は「牽牛《けんぎゅう》と織女が会える日」というところから「七夕情人節」とも言われ、いつの頃からかバレンタインデーのような扱いになっているのだそうだ。そしてこの日、男性は恋する相手にプレゼントを贈ることになっているのだという。この習慣がすっかり定着して、今や台湾各地で七夕情人節には様々なイベントが企画されるようになり、女性たちは「欲しいプレゼント」のアンケートに答えたり、この日のためにお洒落をして胸を躍らせ、また男性は奮発してプレゼントを用意して、豪華なレストランを予約したりする。恋人がいない人には、一日限りの恋人をレンタルしてくれる商売も生まれているという。台湾政府までが、この日にご馳走を食べ過ぎてカロリーオーバーにならないようにと、肥満防止のためのメニューを紹介したりしているらしい。

「そんな日になってるの？　今日が？」

　単なる旅人は、そんなことも知らず、ただ台風の進路と明日の予定を心配しているというのに、台湾の若いカップルたちは、今ごろ胸を躍らせて、大いに盛り上がろうとしているのか。それにしても、ほとんどの行事がすべて新暦で行われるようになった日本では考えられないくらい、台湾では新暦で生活しながら、旧暦がきっちり意識されていることには、いつも感心する。

「じゃあ、二月のバレンタインデーは、やらないの？」

　確か二月に訪れたときには、結構盛大に宣伝していたはずだがと思って尋ねると、友人は当たり前のように「やりますとも」と頷く。

「だから男の人は大変、年に二回、バレンタインデーがあるんですからね。でも今日は、たとえば子どものいる男性の場合は早く家に帰って、奥さんと拝拝しなければならないでしょう？　だからね、人によっては、今日は家族のために過ごすバレンタインデーで、二月は『外の彼女』と過ごすバレンタインデーだって、使い分けてる人も、結構いるみたいですよ」

　そういえば、日本と違って台湾ではバレンタインデーも男性が女性にプレゼントを贈ることを思い出した。これには目を丸くするしかなかった。以前、彼女からは台湾の女性には三つのタイプがいると聞いたことがある。一つ目は普通の主婦になって子どもを産み育てるタイプ。二つ目は結婚せずにキャリアを磨くタイプ。そして三つ目が、プロの愛人になって贅沢《ぜいたく》な暮らしを望むタイプ。プロの愛人になった女性にとっては、今日は男性を気持ちよく家庭に帰らせてやり、その分、二月を期待するといったところなのだろうか。

それはともかく、今日は特別な日だ。すると今日、夜更《よふ》けまで街でウロウロしている人々は、もう子どもが成長してしまっているか、または、恋しい相手のいない、しかも、無縁仏も悪霊も恐れない人ということになるのかも知れない。その晩、次第に台風の接近を感じさせる風に吹かれながら、街を歩いていてそんなことを考えた。

翌日、台風は台湾南部から上陸して島を北上するルートを通り、全島の地方政府が次々に「颱風假《タイフォンジャ》」と呼ばれる台風休暇の宣言を出した。この宣言が出ると、ほとんどの公共交通機関はストップし、学校、会社なども全部、休みになる。こうなったら、手も足も出ない。今日の遠出は諦《あきら》めるより他なかった。ホテルでテレビの台風情報を流しっぱなしにしながら、昨日、友人から聞きながら殴り書きしたメモを整理することにした。

七娘媽生。

昨日はまったく耳新しい言葉だと思ったが、改めて文字にしてみると、どこかで見た記憶がある。しばらく考えているうちに、一冊の本を思い出した。『七娘媽生』というタイトルの本を、私は読んだことがあった。

その本は、台湾が日本統治下にあった一九四〇（昭和十五）年、台北で出版されたものだ。著者は黄氏鳳姿という、当時十二歳の少女。その頃、台北でももっとも古くから開け、市の中心地でもあった艋舺《もうこう》（現在の万華《ワンファ》）に暮らし、公学校に通っていた台湾人少女は、この一冊によってたちまち「天才少女」と呼ばれるようになった。

少女が通っていた公学校とは当時、台湾人の子弟が通った初等学校で、日本人の子弟が通う小学校とはカリキュラムが異なっていた。それまで台湾語を使って育ってきた子どもたちは、まず日本語を教えることから始める必要があったからだ。もともと日本語を話す環境で育って、そのまま日本人の子弟と共に小学校に入る子どももいたが、その割合は少なく、大半の子どもは公学校に入って初めて日本語に触れ、日本語の読み書きを覚えることになった。そういった子どもの中から、わずか数年で完璧《かんぺき》な日本語を駆使して作文を書く少女が現れたということになる。

少女を指導していた日本人教師は利発な教え子に、彼女が暮らす艋舺での暮らし向きや見聞きしていることをもっと書いてみるようにとすすめる。少女は何本かの作文を書き上げた。それが当時、台湾で活動していたある日本人作家の目にとまり、一冊の本にしようという話になる。そうして出版されたのが『七娘媽生』（東都書籍株式会社台北支店・昭和十五年）という本だった。

『七娘媽生』には、「虎姑婆」「おもち」「端午節」「年のくれ」など、当時、台北で暮らしていた台湾人たちの生活に根ざした風景、習慣などが、少女らしい素直な眼差《まなざ》しと飾らない文章とで丁寧に書かれている。昭和十五年といえば、日本人による台湾統治も四十五年になり、皇民化運動も始まっていて、台湾の人々は少しずつ台湾人らしさを奪われようとしていたときかも知れない。それでも市《し》井《せい》の人々の暮らし向きというものには、しっかりと台湾人らしさが残っていたことがよく分かる。

何しろ古い本だから、存在が分かってからも、私には入手することが困難だった。そこで、国立国会図書館に行ってコピーを取ってきた記憶がある。そのことを、窓の外で次第に激しくなる風雨を眺めながら思い出した。こうなったら早く日本に戻って『七娘媽生』を読み直したいという気持ちになった。

「七月七日は七娘媽生といひます。その外乞巧節、あるひは七夕ともいつて、家々ではおまつりをします」

黄氏鳳姿の『七娘媽生』は、そういう一文から始まっている。

「その日の夕方、机を門口に出して、その上に生花、果物、白粉、臙脂《えんじ》※1、清茶、油飯、軟粿※2などを供へ七娘媽燈《とう》と、七娘媽のお家《うち》にする七娘媽塔をかざります」

色々な願い事が叶《かな》うとされているその日、娘は七娘媽にあやかって自分も美しくなるようにと「白粉を天に向ってまき」、また裁縫が上手になるようにと「糸と針を外に持ち出して、お月様に向つて糸を針あなに通」し、さらに、子どもは病気除《よ》けのまじないとして、「首に鎖牌※3をかけ」たと書かれている。また「乞巧樓《キッカアラウ》といふ高い建物の上にあがつて、いろいろなことをお祈りする」というくだりもあった。

この作品によれば、七娘媽は玉皇大帝※4の七番目の娘であり、カササギの勘違いで一年に一度しか愛する牽牛と会えなくなってしまったために、人々はこの日、哀れな七娘媽を慰めつつ、自分たちの願い事も祈るということだ。

改めて読んでみると、まず、ここには床母という女神が登場しないことに気づく。すると、当時の台北では、七娘媽生には床母までまつることはしなかったのだろうか。さらに「糸と針を外に持ち出す」といった話も、友人はしていなかった。また、現在では台湾南部で食べられるという軟粿が、台北でも食べられていたことが分かる。

時代の変遷と共に、どうやら七娘媽生のまつりも少しずつ、その表情を変えてきたらしい。ましてや当時はバレンタインデーのような意味合いなど、あろうはずもなかっただろう。

形を変え、意味合いも変えながら、それでも台湾の人たちは、今も旧暦の七月七日を大切に思っている。台風のお蔭《かげ》で、こんなことに気づかされるとは思わなかった。

※1　臙脂＝口紅

※2　軟粿＝糯米で作った柔らかい団子。「織女の涙を受け止めるため」に、中央を凹《くぼ》ませて作るという。

※3　鎖牌＝金や銀で作った、貨幣などを模した細工。紐《ひも》や鎖を通して首からさげる。現在では古い貨幣を模したものに赤い紐を通して子どもの首からかけるという形で残っている。

※4　玉皇大帝＝道教での最高神。天界、地上、地底のすべてを支配するとされる。

台風で風が出てきた商店街。子どものいる家では七娘媽生のまつりが始まる（上）。金紙と、金塊を模したもの。台湾の人たちは、一体どれほどの紙幣に見立てた紙を一年のうちに燃やしているのだろうか（下右）。右上の模造硬貨に赤い紐を通して子どもの首にかける。これが今では普通の鎖牌になっている。病気除けのまじない（下左）。

八十代女性が七十年以上も心に抱いてきた疑問

「私、ティーンエイジの頃から、ずっと心に引っかかってきた問題が、大きく言うと三点くらいあります」

　台湾の女性から、声のメッセージが届けられた。ゆっくりとした日本語で、声も朗々としており、張りがある。声を聴いているだけでは、彼女がもう八十代半ばを過ぎていて、しかも台湾人だとは思えないほどだ。前置きもなしに、女性は滔々《とうとう》と話しつづけた。

「まず第一に、蔣介石は戦後に日本軍に対しては『以《い》徳《とく》報《ほう》怨《えん》』という言葉を用いたでしょう？　翻《ひるがえ》って台湾に対しては、そうしなかったのはなぜなの？　戦争に負けた日本人を中国大陸やこの台湾から、本国に帰したときの態度とは違って、蔣介石は、片っ端から台湾青年、活動家を殺して、牢屋《ろうや》に入れて、暴力で押さえ込もうとしたのよ。そうして二・二八事件が発生したの。あれ、どうしてかなあ。私、いくら考えても分からない」

「以徳報怨」とは、訓読みをすると「徳を以《もっ》て怨《うら》みに報ゆ」となり、もとは『論語』に出てくる言葉だ。中国浙江省出身の軍人であり、初代中華民国総統だった蒋介石（一八八七〜一九七五）は一九四五年八月十五日に行った終戦演説の中で、敗戦した日本に対して「われわれは報復してはならず、まして無辜《むこ》の人民に汚辱を加えてはなりません」と訴えた。その後、帰国する日本人向けに大量に配布された、『蒋介石演説集』の中で「以徳報怨」という言葉が使用されるようになったと言われている。これにより、命拾いした日本人たちにとって蒋介石の評価は決定的なものになった。敵国の指導者でありながら、怨みではなく徳をもって報復はしないと言う、この崇高な精神を讃《ほめたた》えないはずがない。その結果、日本人にとっての蒋介石は偉大な人格者となり、ある種、神格化までされるようになった。

ところがその一方で、この演説からまる二年もたたない一九四七年二月二十八日に、蒋介石率いる中国国民党は、日本が去った後の台湾で、市民への大量虐殺《ぎゃくさつ》・弾圧事件である「二・二八事件」を引き起こす。「以徳報怨」とは真逆に、恨みも何もないはずの、しかも自分たちを「同胞」と信じてきた相手に向かって、最悪の感情をむき出しにしたのだ。

正確に言えば当時、蔣介石自身はまだ中国大陸にいて国共内戦の最中だった。台湾には蔣介石の命令により、日本への留学経験も持つ陳儀《ちんぎ》（一八八三〜一九五〇）が行政長官兼警備総司令官として赴いていた。陳儀は二・二八事件のわずか三年後、国民党から共産党に寝返ろうと画策し、それが露見して国民党により台北で処刑されることになるのだが、この人物がまず台湾に乗り込んできたことで、手始めに敗戦までは日本人が経営していた企業の大半が中華民国の国営とされた。米・塩・砂糖・燃料などに関しては政府が一括購入するようになり、さらに日本統治時代に始まった煙草《たばこ》・酒・マッチなどといった品の専売制度はより強化された。こうすることにより、陳儀は国共内戦により物資が不足していた中国大陸へ、せっせと食料や物資を送り続けたと言われている。その結果、台湾は激しい物不足とインフレに見舞われた。しかも、中国大陸から台湾に送り込まれていた兵士や憲兵は非常に質《たち》が悪かった。彼らは誰に対しても賄賂《わいろ》を要求し、一般市民の家にでも勝手に押し入って、略奪・暴行などを繰り返すという有様だったから、市民は余計に不安に陥《おとしい》れられ、治安も大いに乱れてしまう。

「狗去猪來」（犬が去って豚が来た）

その当時、流行《はや》った言葉だ。犬（日本人）はうるさく吠《ほ》えるが番犬としては役に立つ。だが豚（中国人）は貪欲《どんよく》で汚く、食い散らかすばかりという意味だ。また「軒を貸して母屋《おもや》を取られる」と嘆く人もいた。

二・二八事件は、そんな市民の不満が沸点に達したときに引き起こされたものだった。

きっかけはその前日、台北市内で闇《やみ》煙草を販売していた子持ちの寡婦《かふ》が、中華民国の官憲に摘発されたことだった。生活苦に喘《あえ》ぎながら、何とかして子どもを育てていかなければならない境遇だった女性は、土下座をして許しを請《こ》うたが、官憲はそんな彼女を銃剣の柄で殴打《おうだ》し、闇煙草と売上金を取り上げてしまう。すると、それを見ていた街の人らが彼女に同情して集まってきた。おそらく異様な雰囲気になったのだろう、民衆に恐怖した官憲は彼らに向かって銃口を向け、ついに威嚇《いかく》発砲をする。その結果、まったく無関係な台湾人が弾を受けて倒れてしまうという悲劇が引き起こされた。辺りは怒号に包まれたに違いない。官憲は、その場から逃走した。

日本として敗戦を経験し、中国に「光復」したと思ったのに、光などまったく見えなくなってしまった日々、耐えに耐えていた台湾人の怒りが爆発した。

翌二十八日、抗議のデモが市庁舎へ向かう。ところが、その人々に向けても国民党の憲兵隊は機関銃を向けて無差別に攻撃、射殺を行った。ここから、台湾人たちの怒りは瞬く間に台湾全島に広がっていく。すると国民党側も武力で人々を鎮圧しようとし始めた。

台湾人の中にはもちろん冷静になろうと呼びかける人たちがいた。彼らは人々の怒りを鎮《しず》めようとする一方で、これ以上、犠牲者を出さないためにも、国民党に対して台湾人としての要求を差し出し、理解を求めた。すると陳儀は、彼らの要求を呑むような姿勢を見せておきながら、その間に時間稼ぎをして、実は蒋介石に向かって援軍を求めていたのだ。

「台湾人が暴動を起こした」「武力をもって殲滅《せんめつ》させるべきである」といった内容の、陳儀からの電報を鵜《う》呑《の》みにして、蒋介石は一個師団の兵士と憲兵隊を台湾へと派遣した。そこからはほとんど無差別と言っていいほどの攻撃が、台湾人に向けられることになった。主な標的とされたのは、台湾人としての主権を主張し、自分たちの人権、自治を認めて欲しいと求めた人たちだ。この人たちは日本統治下で高等教育を受けた、いわゆるエリート層の人々だった。ジャーナリスト、医師、弁護士といった人々が次々に逮捕、投獄され、拷問《ごうもん》を受け、虐殺されることになった。

その当時、蔣介石を神格化していた日本には、この事実はまったくと言っていいほど伝えられなかったという。または、知っていても耳を塞《ふさ》いだのかも知れない。日本は日本で連合国軍に進駐され、焼け野が原から這《は》い上がるのに必死な時代だった。とてもではないが、五十年間、自分たちと同じ国の人間だった人たちの苦難を思いやる余裕などなかったし、台湾で起こっていることを知ったとしても、手出しのしようもなかったと考えることも出来る。

二・二八事件により生命《いのち》を落とした犠牲者は、一万八千人から二万八千人と言われている。未《いま》だにその総数がはっきりしないのは、一家全員が虐殺されてしまっていたり、また、何人もの人間の手に針金を突き刺して数珠《じゅず》つなぎにして海に放り投げるなどの虐殺方法がとられたりしたために、遺体そのものが発見されていないということもあったようだ。

現在、八十代半ば以上になる台湾人から話を聞くとき、二・二八事件の記憶を語られることは珍しくない。当時もっとも多感な少年少女だった彼らが、街の広場や公園で、公開処刑される人を見たと語る。家族さえ近寄らせてもらえず、遺体はそのまま何日も放置されていた、トラックの荷台にすし詰め状態に載せられて、そのまま機関銃で銃殺された、また、手や足を数珠つなぎにされて、どこかに連れていかれたなどという話を、老人たちは今もその光景が蘇《よみがえ》るといった表情で語ることがある。

その後、蔣介石は国共内戦に敗れて中国大陸をさまよった挙げ句、一九四九年十二月に国民党の臨時首都を台北に置くこととし、息子の蔣経国《しょうけいこく》と共に逃れることになる。敗戦の色が濃くなってきたと読んだのだろう、その半年ほど前の一九四九年五月十九日、国民党政府は台湾全島に戒厳令を布《し》いた。この戒厳令は、それから三十八年間にも及び、それが「白色テロ」と呼ばれる恐怖政治の時代になった。この時代、人々に言論の自由はなく、密告が奨励され、多くの人々が投獄、処刑されることになった。この間に、台湾での蔣介石は着々と自らの偶像化をおしすすめ、一方で、人々には徹底的に恐怖心を植え付けた。台湾人のみならず、共に大陸から移り住んできた「外省人」に対しても目を光らせた。その結果、人々は互いに警戒し合い、本心を明かさず、政治には目を向けず、ひたすら口を噤《つぐ》んで暮らすしかなかった。そんな状況下では、二・二八事件の存在そのものが覆《おお》い隠された。犠牲となった人の家族たちは、まさしく息をひそめるようにして暮らすより他なかっただろう。

女性のメッセージは続いていた。

「日本人が本国へ引き揚げる際に、日本人の住宅とか、不動産や、その他の持って帰れないもの、台湾に遺《のこ》したものは、その後、中国大陸からの難民や、軍人、軍隊がぞろぞろと入ってきて、いとも簡単に、そうしたものを手に入れたのよ。家も、職場も、財産も、何もかも。

それは、特に国民党の財産になったの。

だから国民党は大金持ちになった。

あの頃、私の親戚《しんせき》が台北に進学することになって、そして、家を探していたのです。

たまたま一人の見知らぬおじさんが、日本の家を五軒も、財産として手に入れたと言うんですって。使用権をもらったと。

だから私の親戚は、その五軒の中の一番安い家を借りたの。

ねえ、おかしいねえ？

自分はただで手に入れたものを、台湾人には家賃を取って、貸し出すの。

これはねえ、多くの大陸から来た人の貪欲さというものを、すごくよく表しています」

　こういう話も、台湾に行く度によく耳にしてきた。陳儀が率いていた中国国民党は、すべての企業に入り込んだ。だが大半の人々が、帳簿の読み方さえ分からず、企業の財産を私物化することの何が悪いのかも分からなかったという。会社の金庫から持ち出した金で、かつては日本人経営者が暮らしていた家に上がり込んで麻雀《マージャン》に明け暮れることなど当たり前の光景で、職場に留め置かれて仕事を続けていた台湾人の従業員たちは、ただ呆《あき》れてその光景を見ているより他なかったそうだ。

日本人は、台湾から引き揚げてくるのに際して「身の回りの品々と千円を上限とする日本円」しか持ち帰りを許されなかった。何年もかけて築き上げてきた財産も土地家屋も、すべて手放さなければならなかった。中国国民党は、まさしく濡《ぬ》れ手に粟《あわ》のように、それらの財産を手に入れたことになる。

彼女は、またこうも続けた。

「そしてねえ、中国は人さらいの国なのよ。拉致《らち》の国です。

どうしてかといえば、話によれば、軍隊が中国を離れるとき、道端の男の人でも誰でもさらって、軍の仕事をさせてきたんです。場合によっては、ある高校へ行って、全クラスの人をさらってきたって。さらってきて、その子たちを国民党の『養子』にする。

高校生から育てて、優秀な子どもの場合は大学にもやって、大学を出る頃には、アメリカや外国に留学させたんです。お金は、いくらでもあるんだもの。日本人が残したお金がね。そうやって、自分たちに都合のいい人材を育てて、成功した場合には台湾に呼び戻して、外交官や政治の役に立ちそうな職場を与えたんです。

そうなったら、台湾人で、途中から中国語を学び直して、一生懸命に大学の教授になった人なんか、瞬く間に職を奪われますよ。

だから、台湾人はいくら優秀で、立派な学校を卒業しても、誰も出世出来ない時代がありました。だって、全部、外省人に占められるでしょう？」

以前、ある老人から話を聞いたとき、その人は、優秀な人材はすべて二・二八事件で殺害され、しかも、台湾はそれまで一度として自分たちの国を自分たちで統治した経験を持っていなかったために、蔣介石と国民党に好き勝手なことをされたのだと言っていたことを思い出した。

「あの人たちは、台湾に感謝してない。はじめから」

女性の声はあくまでも静かで落ち着いていた。それだけに、彼女が七十年以上もの間、口を噤み、それでも心に抱き続けてきた怒りや悲しみというものが強く感じられた。

「あの人たちは、台湾から、取れるだけの利益を取って、職も奪ってしまう。なぜなら、あの人たちの目には、台湾人は三等国民。何を比べてそう言いますか？　ちっとも分からない。

私ね、まだ結婚前で実家にいたとき、厦門《アモイ》から引き揚げた一人の女の人が、うちのお手伝いさんとしていらしたことがあったのよ。

その人の話によれば、厦門からは彼女の夫と、べつにもう一人の女の人と一緒に来たんですって。そして台湾に渡ってきて、履歴書なんか書くでしょう？ それから、戸籍も登録するんだけど、その登録するときに、本妻である彼女が『妹』っていう形になっていて、もう一人の女が『本妻』になっていたんですって。いつの間にか、夫に裏切られていたのよ。

お手伝いに来た彼女は、とても上品な人だった。うちで働いているときも、子どもたちとも、とても仲良くしてくれていた。今でも本当に好きだし、つらそうな顔がいつも瞼《まぶた》に浮かびます。

そういうことをする人たちが、どうして台湾人を三等国民だと思うのかしら。本当に分からない。

嘘《うそ》つきの国から来た人。

彼らはね、履歴書もまた、めちゃくちゃだったのよ。年齢、学歴も思いのままに出来たの。だから、台湾人から職を奪うのなんか、とても簡単だった。

覚えていて下さいね。これは全部、本当のこと。これまで誰にも言わなかったことですよ。どうしてかって？ だって、そんなことの言える時代は最近まで来なかったでしょう？　それに、私たちの子どもたちは、みんな国民党による教育を受けていますから、蔣介石のことをとても尊敬してきたし、中国の歴史しか教わっていないんだもの。学校で、中国語でそういう教育をされてしまっていて、家庭に帰ってきた子どもに、親が台湾語で『それは嘘よ』なんて言おうものなら、『あの家では台湾語で子どもに国民党の悪口を教えている』なんていう噂《うわさ》が流れて、あっという間に逮捕される、そういう時代だったんですよ。だから、子どもを傷つけないために、親はみんな黙るしかなかった。それで、日本の時代があったことだって、ずっと教わってこなかった人たちが、一杯育ってしまったのよ。反日教育を受けてね」

　日本で研究者として暮らしている台湾人から聞いたことがある。歴史の時間には中国大陸の歴史を習い、地理の時間も中国の地理を習ったのだという。だからあるとき、中国大陸の地図を眺めながら「台湾はどこだろう」と探し、どうしても見つからなかったから、先生に聞いてみた。すると先生は、大陸から離れたところの、ほんの小さな島を指した。

「あの時は本当にびっくりした。えっ、私たちは島に暮らしているんですか？　中国大陸からは離れているんですかって」

　その人はまた、幼い頃に自分の祖父母が帳面をつける文字を見て、一体、何の記号だろうかと不思議に思ったことがあるとも語っていた。今にして思えば、それは日本語のひらがなかカタカナだったらしいのだが、幼い子には、それは分からない。台湾が日本の統治下に置かれていたことすら習っていないのだから、祖父母がひらがなやカタカナを使う理由など分かるはずもなく、また、それを聞いても、台湾語と日本語とで暮らしてきた祖父母は、中国語を理解出来ないから、きちんと応《こた》えることも出来なかったという。もしかしたら、応えるつもりもなかったかも知れない。とにかく戒厳令下の台湾では、家族さえ互いに警戒しなければならなかったというのだから。

「ねえ、だからね、私は思うの」

女性のメッセージも終わりに近づいていた。

「これも不思議に思うことです。

私たちが死んでしまったら、若い人たちは何も知らないまま、蔣介石を尊敬して、国民党を支持し続けるのかしら？　私たちが、どんな思いをしなければならなかったのか、全然、知らないままで、喜んで国民党の言う通りにするのかしら。それが私はとっても気がかりなの。心配しています」

女性は、台湾にはまだまだ一杯、不思議な問題があるのだと言いながら、最後に、幼い頃に歌っていたという台湾語の童謡を歌ってくれた。意味は、私には分からない。

だが、素朴な節回しの歌を聞きながら、その女性の人生を思った。日本統治時代、白色テロの時代を経て、今ようやく自分が目にしてきたことを語り、二・二八事件のことを口に出来るようになった。それでも最後の最後に、彼女は、自分の氏名はおろか、暮らしている土地のことも、身分も年齢も、何一つ言ってもらっては困ると念を押していた。すべては私が日本人であるから話したこと、そして、日本語であっても、このことを書き記してくれれば、それがありがたいということだった。

長く、苛《か》酷《こく》な時代を生き抜いてきたからこそ、台湾の人たちは自分たちが勝ち取った民主主義を非常に大切にしている。政治から目を離してはならないと強く意識しているのだと、つくづく思う。今、民進党政権下で、二・二八事件に関して、また蔣介石の実像についても、人々は少しずつ歴史を振り返り、検証し、再評価しようとしている。

かつてはあらゆる学校の校庭、公園などに建てられていた蔣介石の銅像は、年を追うごとに各地でその数を減らしている(上)。台北の「二二八国家紀念館」は、二・二八事件で命を落とした人々の名誉回復を目的として運用されている。日本統治時代は台湾教育会館だった建物を使用し、事件の背景、発端、顚末など、豊富な資料を展示している。多くの犠牲者が日本語教育を受けている人たちだったため、日本語でしたためた家族への遺書や、銃弾を受けた服なども展示されていて、胸に迫る(中)。「二二八国家紀念館」の内部(下)。

あらゆる要素が融《と》け合っている台湾の住宅

もともと多くの原住民族が点在して暮らしていた台湾に、中国大陸から人が移り住み、漢化が進んでいったのはいつのことか。それは十七世紀の大航海時代、オランダとスペインが相次いで台湾を植民地化しようと上陸し、労働力として中国大陸から労働者を集めたのが最初だと言われている。

その後、清朝によって滅ぼされた明朝の遺臣であった鄭成功《ていせいこう》（一六二四～一六六二）が、清への抵抗拠点を台湾に移すために澎湖《ほうこ》諸島を経て一六六二年、台南に上陸し、オランダ・東インド会社の駆逐に成功、台湾で初めての政権を打ち立てた。

この鄭成功という人物の母親は日本人の田川マツという女性だ。鄭成功は幼名を福松といい、幼少期まで母の郷《さと》である長崎の平戸で過ごした。当然のことながら日本にも特別な思いがあったことだろう。それもあってか、清と戦うための支援を度々日本に要請したという。だが結局、日本からの支援は得られなかった。それでも鄭成功の名前と活躍とは噂となって流れてきたものと思われる。鄭成功は別名「国姓爺《こくせんや》」とも呼ばれていたことから、その生涯をもとにして近松門左衛門《ちかまつもんざえもん》が人形浄瑠璃《じょうるり》『国性爺合戦』（一七一五年。「姓」の字が「性」に置き換えられているのは、物語が史実とは異なる結末になっているため、文字を変えたと言われる）を書いて人気を博し、後には歌舞伎《かぶき》にもなっている。

攻め落としたゼーランディア城の跡に安平城を築き、国としての体制を整えようとしていた鄭成功だったが、政権樹立からわずか四カ月後に熱病にかかり三十八歳という若さで呆気《あっけ》なく死去してしまう。彼の遺志は長男の鄭経（一六四二～一六八一）によって継がれるものの、彼も四十歳前で死去、そして鄭成功の孫の代である一六八三年、清からの攻撃を受けて、鄭氏政権はわずか二十三年間で幕を閉じる。それからは一八九五年に日本が植民地とするまでの二百十二年間、台湾は清に併合されていた。この間に、漢民族は本格的に台湾での数を増やしていった。

それでも当初は、清国政府は台湾の統治には積極的ではなかったようだ。何しろ言葉も通じない原住民族の中には首狩りの風習を持つ部族なども少なくなく、とても一筋縄ではいかない。毒蛇もいればマラリアなどの風土病も多い。当時の台湾は、清国政府から見て利益を生むような土地には見えなかったのかも知れない。そのため、台湾への渡航にも厳しい制限を設けた。

「①台湾に渡航する者は、原籍地の官庁の同意書を必要とし（中略）、②台湾に渡航する者は、家族の同行を禁じ（中略）、③広東省（東部）は海賊の巣窟《そうくつ》であり、住民にはその因習が残っており、台湾渡航を禁ずる」（『台湾』伊藤潔著・中公新書）といった具合だ。

それでも密航者は後を絶たなかった。また、家族の同行を禁じられ、身一つで台湾に渡った男たちは、結局は原住民族の女性と家庭を持つしか方法がない。その結果「有唐山公、無唐山媽」（中国人の祖父はいても、中国人の祖母はいない）という諺《ことわざ》まで生まれることになった。台湾では大概の家が家系図を持っていると聞くが、その家系図を遡《さかのぼ》っていくと、男性の欄には氏名が明記されているのに、女性の欄は「女」としか記されていない場合が非常に多いと聞いたことがある。

「うちの家系図もそうです。祖父《じい》さんの代まで、女の人の名前は全然、分からない。書かれていない」

自分は台湾に移住してから六代目だと言っていた老人が、そんな話を聞かせてくれたことがある。だから、台湾に渡って代を経ている家の人ほど、様々な原住民族の血が混ざっているということになる。

　これは、裏を返せば台湾原住民族にとっても大きな変化の始まりだったということになる。特に「平埔《へいほ》族」と総称される、平地で暮らしてきた原住民族の各部族では、多くの女性が漢族の男性と家庭を持ち、暮らし向きを漢族風に変え、次第に自分たちのアイデンティティーを失っていった。

　それにしても、清が統治していた二百年余りは「五年一大乱、三年一小乱」と言われるほど、台湾では武力蜂起《ほうき》や騒擾《そうじょう》事件が絶えることがなかった。風土病や毒蛇に怯《おび》えながら暮らす人々は、原住民族ばかりでなく総じて荒々しかったということになるだろう。さらに「汚職や賄賂の悪習は中国の伝統ともいえるが、台湾における官吏の腐敗は、極端に深刻であった」（同前）というから、庶民は庶民で暴れ、政治は腐敗しているという、かなり無秩序で殺伐とした風景が思い浮かぶ。

　そんな具合だから、都市は周囲に強固な城壁を築いて外敵の侵入を阻《はば》まなければならなかったし、家々も互いにぴったりと肩を寄せ合うようにして建てられた。窓も小さく、通気も悪い。およそ開放的とは言い難く、また衛生状態も良くないが、それが庶民の生活様式として定着していった。

それでも時代を経るうち、商売などで身を立て、立派な屋敷を構える人物が登場し始める。そういう建物の代表と言える一つが新北市板橋区にある林本源園邸だろう。国定古蹟《こせき》に指定されており、観光地としても有名だ。

林家の祖先は、もともと十八世紀後半に福建省漳州から渡ってきた。息子の代に商売で成功して、さらにその息子たちが事業を発展させた。林本源とは、特に優秀だった二人の息子の屋号からひと文字ずつとったものだという。家業の発展と共に屋敷は拡大を続け、庭園も広げられていったそうだから、実際に歩いてみると、実に複雑な構造になっているが、とにかく徹底的に漢民族らしい建物だ。林家の名は中国大陸にも伝わり、西太后《せいたいごう》の還暦祝賀式典には献金までしているくらいだから、「我々は台湾の地に根付き、富と名誉を得た唐山（中国人）である」と高らかに歌い上げている感じが随所から感じられる。

一方、桃園市の大渓にある李騰芳古宅は、やはり国定古蹟に指定されているが、林本源園邸とは趣を異にしている。李家の祖先もやはり福建省漳州から渡ってきたといい、稲作事業から始まって食肉処理、海運業などで成功を収めて一八六〇年に屋敷を建てる。ここまでは前出の林家と同様だが、一八六五年、秀才の誉れ高かった当主の李騰芳が福建省に渡って科挙の試験を受け、見事に合格する。当時、台湾に移り住んだ者の子孫が科挙に合格するというのは大変な栄誉だったに違いない。その証拠として庭先に旗竿《はたざお》を立てることを許可されたという。

つまり、商売の匂《にお》いのする林本源園邸に比べて学問の雰囲気を強く感じさせるのが李騰芳古宅といったところだろうか。屋敷は中国北部発祥の伝統的家屋建築である四合院の様式をしっかり守っていて、華美な装飾などはない代わりに、屋根には燕尾翹脊と呼ばれる燕《つばめ》の尾羽のような反り返るデザインを取り入れ、優美でバランスが取れている。そして、そこから感じられるものはやはり「台湾」ではなく「中国」だ。

つまり、林本源園邸も、李騰芳古宅も、漢族としての富と成功の証《あかし》であることを強く感じさせる建物と言うことが出来るだろう。だが、こういった古い建物の持つ伝統が、現在の台湾の住居に、どういうふうにつながっているのかが、よく分からなかった。無論、今でも田舎を訪ねればたまに四合院らしい家は見かけるのだが、大抵は古い建物ばかりで、これから新しく四合院を建てようという人は滅多にいないようだ。その上、五十年に及んだ日本統治時代の間に日本人によって建てられた日本家屋が、まだ各地にたくさん残っていて、むしろそういう日本家屋に親しみを感じている人の方が多い様子だったりもする。リノベーションして観光資源にしたり、自分たちなりに手を加えながら当たり前に暮らしている人も少なくない。

今、台湾の人たちは、家というものをどんな風に捉《とら》えているんだろう。

いつの頃からか、そんなことを思うようになった。ことに台北などの都市部を歩いていると、寺廟《じびょう》や祠《ほこら》以外には、中華風なものをほとんど見かけない。もともと小さな島だし、地価が非常に高いために、庶民が戸建ての家を持つことは不可能に近いといわれる台北だから、集合住宅が大半だということもある。古い集合住宅には、すべての窓に格子《こうし》がはめられているから、ベランダといったものもそれほどない。その結果、旅行者の目には、ただ四角い建物がひしめき合う、無機的で殺風景な街並みにしか見えてこない。「住まい」の形というものが、どうにも分からない。

そんなことを考えていた矢先、台南の友人から「古い家を見学させてもらえそうですよ」という知らせがあった。

「日本統治時代に酒楼だったところです」

そんな建物が今も残っているのかと、飛び上がって喜んだ。

かつて日本統治時代の台南には四大酒楼と呼ばれる四軒の有名レストランがあったのだそうだ。当時の地図を眺めるとよく分かるのだが、その頃の台南市内には郊外に点在していた各製糖工場から港まで、砂糖を運ぶための私営の小型軌道（軽便鉄道）が通っていた。明治時代から、そういった軌道の停車場近くなどに、次々に飲食店や劇場などが出来て賑《にぎ》わいが増し、そういった中でことに有名だった酒楼が「南華」「松金樓」「廣陞樓」「寶美樓」という四軒だったのだそうだ。

その「廣陞樓」の建物が今なお残っているということだった。現在は個人所有の住居となっている建物を見学するために、台南へ向かった。

「私の祖父の代に、この建物を買ったんです」

こちらの希望を快く聞き入れて、約束の時間に建物の前で待っていて下さったのは盧圓華氏。高雄にある樹徳科技大学の特聘《とくへい》教授で、建築学博士でもある。一方で家具などのデザインも手がけており、氏がデザインした椅子《いす》の中には台湾総統府で使用されているものもあるそうだ。

「祖父は医者であり、また事業家でもありました。サバヒー（虱目魚）の養殖に乗り出したり、また宗教事業もしていたんです」

説明を聞きながら、高く鬱蒼《うっそう》と繁《しげ》る木の向こうにそびえる古い建物を見上げた。まず玄関の上、二階からせり出しているアーチ状テラスと建物左右の煉瓦《れんが》が印象的だ。かつては酒楼として日ごと夜ごとに賑わっていた建物は、正面に「世澤醫院」という額が掲げられているから、その後は医院となっていたらしいことが分かる。

「日本統治時代の建築ですが、日本人が所有していたことは一度もありません」

酒楼時代の客も、台湾人が中心だった。だが大正から昭和へと時代が移り、やがて戦時色が濃くなってくると、次第に客足も途絶えがちになり、経営に翳《かげ》りが見えるようになった。宿泊客を受け入れられる部屋をいくつか用意してみたり、また、映画館になった時代もあるというが、やがて資金繰りが悪化、金融機関から融資を受けなければならなくなった。その結果、担保物件になっていたものを、盧教授の祖父が買い取ることになったということだ。

「祖父母は宗教事業をしていましたから、祖母が慈善活動として、ここに信徒さんのための食堂を作ったりもしていたようです」

買い取ったのは一九三七（昭和十二）年のことだそうだ。

「建物の形式としては『中日式』とでもいうものでしょうね。中日折衷といった感じです。日本統治時代の台湾建築の特徴の一つは、正面に四本の柱を立てること。さらに左右対称であることです。この建物の正面に使われているのは『ＴＲ煉瓦』というものです」

ＴＲ煉瓦というのは台湾煉瓦のことで、中央に菱形《ひしがた》のトレードマークが入り、十三本の線が入っているのが特徴だそうだ。日本統治時代、日本人がイギリスの技術を持ち込んだことによって、台湾でも硬質の煉瓦が焼けるようになった。それまでは柔らかい中国式の煉瓦しかなかったことから、硬質のＴＲ煉瓦は重宝された。この煉瓦は、台北駅そばで日本統治時代の遺跡が発見された現場でも見た記憶があった。当時としては非常にポピュラーなものだったのかも知れない。

「では、中に入りましょうか。内装は昔とはすっかり変わっていますが」

額の掲げられている入口から、そっと中に足を踏み入れる。

まず、いかにも医院らしい受付とロビーが広がっている。だが、何よりも目についたのが、盧教授の御両親、兄妹《きょうだい》らの写真が、時代を追ってずらりと大きなパネルにして展示してあることだった。この建物は現在あくまでも個人の住宅だ。それでも、この建物で過ごしてきた家族の歴史が、こうして飾られている。それこそが家族への思いであり、また誇りなのだということが、よく分かる。

真《ま》っ直《す》ぐ奥に進んでいくと、突き当たりに台所があって、その手前に階段があった。

「ここで靴を脱いで下さい」

台湾には、いわゆる靴脱ぎスペースである「三和土《たたき》」というものがない。大抵の場合は玄関扉の前で靴を脱いで家に上がり込むというのが標準スタイル。慣れていない日本人は、ついつい靴のまま玄関扉の中に一歩、足を踏み入れそうになり、そして戸惑う。

さらに言えば、台所の位置も興味深い。以前、日本への留学経験のある知人が初めて日本に来たときの感想を語ってくれたことがある。

「何がびっくりしたって、アパートを借りようとしたら、どの部屋も玄関から入ったらすぐ目の前に台所があったことです」

台湾では、火を使う場所は財運を司《つかさど》ると言われているのだそうだ。だからガス台などを玄関のそばに置いたら、財運が逃げてしまうと考える。また、他人から見られる可能性もあるとも言えるらしい。だから、台所は家の一番奥に配置するのだそうだ。特に玄関とガス台が向き合っていたりするのは、台湾人から見れば一番のタブーだと教えられた。

階段の下で靴を脱ぎ、そこからはスリッパを借りて二階に上がっていく。すると、広々とした空間の中央、ガラスの衝立《ついたて》の向こうに家族の肖像画や写真がずらりと並べられている立派な祭壇が据えられていた。相当に古いものらしく、意匠も凝ったものだ。そこでひと通り、盧教授のご両親や祖父母についての説明を聞いた。

話を聞きながら、密《ひそ》かに「なるほど」と膝《ひざ》を打つ気持ちになっていた。こういった建物に入って中華スタイルというものを感じるとは思わなかったからだ。すぐに、李騰芳古宅をはじめとする四合院建築の構造を思い出した。

中庭を囲んで東西南北に一棟ずつ建物を建てるのが、中国の伝統的な住宅である四合院の基本的な構造だが、中でも門の正面にあたる建物を「正房」と呼んで、そこがもっとも住み心地が良いとされる。「正房」の中央の部屋に家の守り神や先祖を祀《まつ》って、同時に、そこが客間になる。左右に続く部屋が家の主人や妻の部屋という決まりだ。その「正房」の役割を、この部屋が果たしていた。

「私の父も、中医だったんです。日本統治時代は、政治や政府関係につながるような専門分野は学ぶことが出来ませんでしたから、法律家になるか、医学の道を進むしかなかったですからね」

家族の写真などが飾られている祭壇の奥に配された応接セットに腰掛けて、私たちは盧教授の説明を聞いた。

祖父の跡を継いで、その後は盧教授の父が医院を開業したこの建物だが、終戦後の一九五〇（民国三十九、昭和二十五）年、今度は国民党によって、中國航空の寮として接収されることになった。期間は十一年にも及んだという。その間、家族は自分たちの家でありながら、そこに住むことが出来なかった。

「家の前に井戸があるのですが、父はそのそばに医療所を開いていました。家族もすぐ近くに家を建てて住んでいました。十人家族ですからね、大変でした」

台南には日本統治時代に造られた空港があって、戦後は中華民国空軍が接収し、アメリカ軍が駐屯していたこともある。中國航空としては、急いで従業員たちの宿を確保したい理由があったのだろうか。酒楼から始まり、映画館になったり慈善事業の食堂を経て医院になった建物は、航空会社の寮として使われ、一九六〇年代になってようやく落ち着きを取り戻そうというところまでこぎ着けた。

「私たち家族の手に戻ってきた後で、家を増改築しました」

その増改築工事に、今度はなんと七年の歳月を費やしたのだそうだ。そのとき、かつて「廣陞樓」だった頃は建物の梁《はり》として使用されていた阿里山《ありさん》の檜《ひのき》を新たな柱にしたり、古い建材を使用して現在の窓枠を作ったりという工夫を様々に行ったという。中國航空に接収されている間に、盧教授の父上は暇さえあれば新しい家の計画を練り、様々に思いを巡らせていたらしい。

建物の歴史は、そのまま盧教授の一家の歴史へと変わっていく。ひと通りの話をうかがった後、さらに家の中を案内していただいた。盧教授の父上が最期《さいご》まで過ごし、家族が介護していたと思われる部屋や浴室なども、そのままに残されていた。今現在は盧教授の家族が暮らしているが、今後は博物館として一般公開することも計画しているのだそうだ。老朽化が目立つことから、様々な人が出入り出来るようにするためには、補強改修の必要もあるだろう。

　テラスがある窓とは反対側の窓に近づいてみた。中庭が見える。四方を建物に囲まれて、ぽっかりと開けている空間だ。何気なく首を巡らせると、右側にある建物の三階のベランダから、犬が顔を出していた。盧教授の愛犬、ラリスだ。

「ラリース！」

　窓を開けて教わったばかりの名を呼び、怪《け》訝《げん》そうな顔をしている犬に手を振りながら、改めて中庭を見下ろした。ここにもやはり、四合院の発想があるように思えた。四方を建物に囲まれた中庭に出て、家族は誰に遠慮することもなくくつろぎ、洗濯物を干し、植物を育てる。それが、古い時代から外敵の侵入を防ぎ、家族を守ろうとしてきた建物の受け継がれ方だ。

　再び一階に下りた。最初は気づかなかったが、盧教授の父上が使っていたと思われる医療器具や薬類などが、ほとんどそのまま残されている部屋があった。埃《ほこり》を被《かぶ》り、すっかり時が止まったままの状態になっている薬棚を眺めながら、時の流れと家の歴史というものを考えた。

　日本統治時代の特徴を示し、二階と三階とでは異なるデザインのテラスを持つモダンな建物は、様々な時代の人の出入りを経て、四合院の特色も取り入れながら、今後また新たな表情を持つことになるのかも知れない。こうした融和と融合こそが台湾の特徴なのだろう。博物館にするまで、盧教授はまだまだひと仕事しなければならないに違いない。

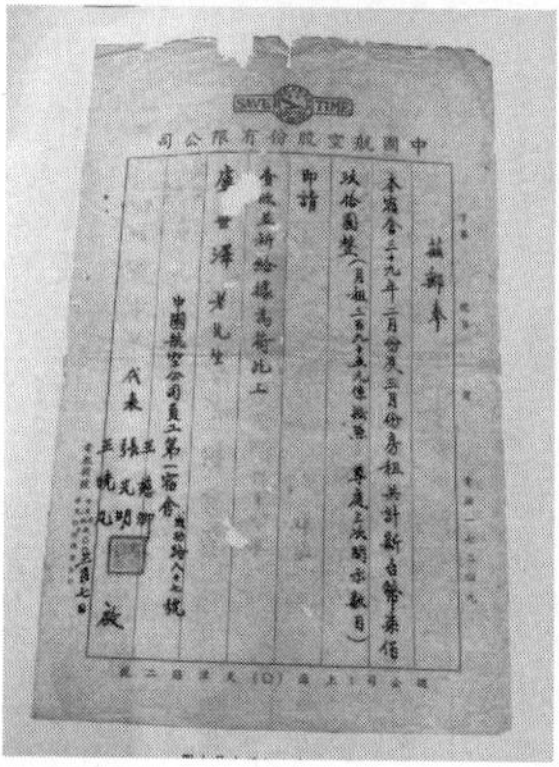

李騰芳古宅の建物に施されている装飾。本と刀とがデザインされており、「文武雙全」（文武両道）の意味が込められている（上）。日本統治時代は「廣陞樓」という有名酒楼（レストラン）だったという建物。現在は個人所有の住宅となっている。建物の二階中央には、先祖と家の守り神を祀る祭壇がある（下右）。中國航空が「盧世澤氏」に宛てて宿舍として借り受ける旨を書いた証書（下左）。

「布袋戯」――驚異的進化と大きな課題

かれこれ十年近く前、当時、日本に留学していた台湾人の学生に、台湾にいた頃はどんなテレビ番組をよく観《み》ていたのと尋ねたことがある。

「ポテヒですね」

そう間を置かず、彼は広げた紙の上に「布袋戯」という文字をさらさらと書きながら答えた。

「ポテヒ？」

「台湾語です。布袋劇ともいいます。人形劇なんですけど、あれが僕は、すっごく好き。面白いんだよ。こっちにもＤＶＤ持ってきてて、何回も観てるんです」

真顔で言う彼は、当時既に三十歳を過ぎていたと思う。そんな年齢の男性が、人形劇が好きだなどと言うものだから、私は「ふうん」と頷《うなず》きつつも、内心ではつい首を傾《かし》げてしまっていた。布袋という字面《じづら》から、袋状になっている人形を手にはめて、指を使って人形の手をぱたぱたと動かしたり、身体《からだ》を傾けて人間と会話してみせるような、ごく単純なものを思い浮かべたのだ。日本でも幼児向けのテレビ番組などに、そういう人形はよく登場するし、それが可愛《かわい》らしい動物だったりすることも珍しくなく、子どもたちは大喜びする。だが、ああいったものを立派に成長した成人男性が「すっごく好き」と言うものだろうかと、奇妙な印象を受けた記憶がある。

それからしばらくして『戯夢人生』（一九九三年）という映画を観る機会があった。台湾を代表する映画監督の一人である侯孝賢による映画というところに興味を持って観るつもりになったのだが、いざ観始めてみると、それこそ布袋戯の名手であり台湾の人間国宝的存在だった李天禄《リーティエンルー》という人物の半生を描いたものであり、李天禄本人がナレーションを担当しているという作品だった。

布袋戯って、これのことか。

日本統治時代の頃の台湾の家族関係や、その頃の風俗などといった作品世界に引き込まれる一方で、私は前述の留学生のことを思い出していた。彼が大好きだと言っていた布袋戯が、これなのかと思った。映画に登場する人形は確かにあの時、私が思い浮かべたものと、そう違わないものだった。とはいえ、幼児向けの単純な動物などではなく、どちらかといえば京劇の役者を模したような人形だ。だが基本的な構造としては、やはり手袋のように中が空洞になっていて、そこに片手を入れて、指で頭や手などを操るというものだ。

　この人形劇は、もともとは神さまに奉納するために寺廟などで演じられるものだったという。台湾へは日本統治時代よりも前の清時代、いわゆる閩南《ミンナン》地方と言われる福建省南部の地域から移り住んできた人たちが持ち込んだものだと言われている。頭部は木製で他の部分は布で出来ている小さな人形は、持ち運ぶのも簡単だっただろう。故郷から命がけで海を渡り、未開の地に入った人たちは、まず上陸した地に媽《ま》祖廟《そびょう》を建てて、無事にたどり着いたことを感謝し、それから新しい土地で生きていかれるようにと、様々な廟を建てて神さまを祀り、ことあるごとに祈りを捧《ささ》げ、祭りを行ってきた。その都度、上演された布袋戯は、神さまへの感謝であるのと同時に、人々が故郷を懐《なつ》かしむ一つのきっかけにもなったろうし、大きな心の慰めになり、また楽しみにもなっていたに違いない。

　当時、布袋戯の人形遣いたちは、中国の古典文学や詩歌などから題材をとって物語を作った。舞台の背後で演奏する楽器にもそれぞれの特色があったようだ。哀感を誘うゆったりと優雅なものもあれば、銅鑼《どら》を打ち鳴らすような賑やかなものもあった。ことに庶民には、血湧《わ》き肉躍る活劇ものが人気だったという。こうして布袋戯は、中国大陸からの移民が増えるのと比例して、台湾全土に広がっていった。土地ごとに様々な特徴を持つ流派も誕生して、最盛期には台湾全土に千以上もの布袋戯劇団が出来るまでになったという。

『戯夢人生』で描かれている李天禄という人物は一九一〇（明治四十三）年に生まれ、八歳のときから人形遣いとして生きてきた。その頃の布袋戯は町や村を移動しては、寺廟以外の場所でも簡単な舞台を組んで演じていたようだ。娯楽の少なかった時代、布袋戯の劇団がやってくると近在の人たちが集まってきては、楽しげに観ていった。

　そのことに目をつけた日本人は、この布袋戯を庶民への啓蒙《けいもう》活動に利用することを思いついたらしい。布袋戯は基本的に台湾語（閩南語）で演じられるものだが、その時代には「鞍馬《くらま》天狗《てんぐ》」「水戸黄門」といったものが演じられることもあったという。そして皇民化運動が盛んになってくると、『戯夢人生』の中には国民服を着た人形が登場して、台湾人の見物客に向かって、何かしら気持ちを鼓舞するような台詞《せりふ》を言っているシーンがあったように記憶している。芸で生きる人たちは、いつの時代も弱い立場だ。「そんな布袋戯など出来るか」と突っぱねることなど、とても出来なかったに違いない。

やがて日本による統治時代が終わると、代わって中国国民党による支配の時代に入る。蔣介石率いる国民党政府は、二・二八事件などで台湾知識層を激しく弾圧したばかりでなく、実はすべての舞台芸術活動と宗教活動も抑圧したという。要するに、理由や目的は何であれ、人が大勢集まる行動のすべてを警戒し、規制したのだろう。布袋戯は基本的に神さまに捧げられてきたものなのに、政府は布袋戯を屋外で演じることを禁じてしまう。こうなると、劇場で上演するしか方法はない。それまでは人々の信仰と日常生活に密着しており、どこででも気軽に目にすることが出来ていた布袋戯が、このときに庶民の暮らしから切り離され、一定の距離が生まれてしまったのかも知れない。しかも国民党政府は、台湾での公用語は北京語と決めて、日本語はもちろん、台湾語の使用さえも厳しく禁じた。劇場という閉ざされた空間で、これまで通りの布袋戯がうまく演じられたとは思えない。

寺廟での上演が再び許されるようになったのは一九五〇年のことだ。だが、屋外での上演が禁じられていた数年の間に、時代は確実に変わっていた。白色テロと呼ばれる恐怖政治の時代に入って、人々は常に緊張を強いられていたし、人目を気にするようにもなっていただろう。どこで誰に見張られているか分からない。時として根も葉もない噂を立てられ、言いがかりをつけられて、それを密告されかねない時代だった。昔ながらの長閑《のどか》でゆったりした、台湾語の布袋戯を観ながら大きな声で声援を飛ばしたり笑い合うような、そんな時代ではなくなっていたのかも知れない。布袋戯にとっては大きな受難の時代だったに違いない。

　そうこうするうち、一九六〇年代に入って、今度はテレビの時代がやってくる。これまで、時代に合わせて演技の方法を柔軟に進化させてきた前述の人形遣い・李天禄も、テレビでの布袋戯に乗り出したが、残念ながら人気は出なかったという。その代わりに、李天禄は海外での公演を成功させたり、自らが俳優として映画に出演するなど、新たな活躍の場を広げていった。こうして彼は伝統的な布袋戯の人形遣いとしての認知度を上げていき、台湾政府から華夏二等奨章を与えられるまでになる。

　それにしても布袋戯は、どうしても台湾語でなければ合わないものらしい。あまりにも人々を抑圧しすぎてはまずいという考えが働いたのだろうか、政府は、テレビ布袋戯に限って、特例的に台湾語の使用を許可することにした。日本統治時代にも禁止されることなく、自分たちの母語として使い続けてきた言葉を、ようやくブラウン管を通して聞けることになったとき、生活のすべての部分で我慢と緊張を強いられてきた人たちが、どれほど懐かしく思い、心を揺すぶられたかは想像に難くない。

そんな中で一九七〇年から放送が開始されたのが黄俊雄という人物によって製作された『雲州大儒俠』という布袋戯だ。これまでの古典的な布袋戯とは異なる斬新《ざんしん》な音楽と、テレビならではの演出効果により、『雲州大儒俠』はたちまち人気番組となったという。何しろ最高視聴率九十七パーセントを記録したというのだから、並大抵のことではない。その番組を観なかったのは生まれたばかりの乳飲み子くらいということだろうか。

『雲州大儒俠』の登場人物の中でも、特に「哈買二歯《ハッペヌンキィ》」という坊主頭《ぼうずあたま》で前歯が出ている三枚目キャラクターが子どもたちから爆発的に支持された。「哈買二歯」に変身出来るおもちゃが飛ぶように売れ、幼い子たちは誰もが「哈買二歯」の真似《まね》をしたという。番組が放送される時間には街中から人の姿が消え、学生や社会人には無断欠席、無断欠勤まで増えたというから、まさしく社会現象となっていたのだろう。

ここまで熱狂的に受け入れられてしまうと、当然のことながら国民党政府は危機感を抱く。特例としてテレビ布袋戯だけに台湾語を許可してきたが、これほどまでに人気が出てしまっては、台湾人のナショナリズムがかき立てられる恐れがあると心配した。その結果、『雲州大儒俠』は一九七四年、「農業活動への関心に影響を与える」という、今一つよく分からない理由をつけられて放送禁止にされてしまう。再び放送出来るようになるのは一九八〇年代に入ってからのことだった。何かに楽しみを見つけようとすると、すぐに打ち砕かれる。希望が見えそうになると閉ざされる。この時代の台湾のことを調べていると、そんな出来事が非常に多いことに気づかされる。

一九七五年に蔣介石が総統職に就いたまま病死する。享年《きょうねん》八十七。父親の衰えが目立つようになった頃からは蔣介石の長男である蔣経国（一九一〇～一九八八）が実質的な後継者として重責を担《にな》っていたが、一九七八年、正式に総統職に就く。少年期から苦労して育ち、父親との葛藤《かっとう》もあり、ソ連留学時代には貧しい農村や重機械工場での強制労働も経験してきた蔣経国は、国民党政府が中国大陸に返り咲くのは難しいと判断される時代に入って、難しい舵《かじ》取りを任されることになった。蔣経国の評価は大きく分かれるが、とにかく蔣介石に比べればずっと台湾と台湾人に目を向けるようになっていたことは間違いがない。彼が死の前年である一九八七年に「台湾に住んで四十年。私も既に台湾人だ。そして中国人でもある」と述べた話は有名だ。

そんな蔣経国時代の一九八四年、『雲州大儒俠』の続編として新しく『七彩霹靂門』という物語がテレビでスタートした。このときから、布袋戯は新たに「霹靂布袋戯」と呼ばれるスタイルを生み出した。番組制作をしている会社が「霹靂社」という社名だったことから、そう呼ばれるようになったのだが、その大きな特徴は「群像劇」であり、また超時代的なストーリーで、さらに美形の人形が登場するというものだった。
それまでの布袋戯には一人の主人公がいて、その周囲に仇役《かたき》や道化役などがいるというのが基本的なスタイルだったようだが、『七彩霹靂門』を境に登場人物が増え、物語も複雑になると共に、一気に華やかさを増した。まず人形そのものが違う。面長で中性的な顔立ちに西洋人なみの大きな瞳《ひとみ》を持ち、煌《きら》びやかな衣装をまとった人形が、凝った造りのスタジオの中で、飛んだり跳ねたりするかと思えば、何しろ人形だけに、いとも簡単に宙を飛び、身体を回転させ、地面に投げ出され、再び立ち上がって悪と戦う。人の「手」が人形の中に入って動かしているという感じではなくなっていった。この「霹靂布袋戯」は成長を続け、ついには衛星テレビにチャンネルを持つまでになる。その普及率は、何と九十九パーセントというのだから、台湾にどれほど浸透し、また支持されているかが分かる。

技術の進歩と共に、映像世界での布袋戯はいよいよ独特の世界を創《つく》り上げるようになっていった。たとえばＣＧの生み出した幻想的な風景の中を、まるで漂うように自由に移動したり、アニメーションの中にも溶け込んだ。時空を超え、手にした杖《つえ》から光線を発し、妖術《ようじゅつ》を使い、爆撃を受けて吹っ飛んだかと思えば、カンフーらしい動きを駆使して窮地から蘇《よみがえ》り、そして恋もするといった具合だ。ファンタジーの要素があり、そこに中国的な要素も残っている。

冒頭、「大好き」と言っていた留学生の青年が指していたのは、この時代以降の布袋戯のことなのだということが、やっと分かった。

それにしても、ここまで変わってしまうと、昔ながらの布袋戯は、もはやなくなってしまったのだろうか。

台湾を旅している間に、そんなことを考えるようになった。寺廟の多い台湾で、旅をしている間には祭りが開かれているところに出くわすこともままあるのだが、未《いま》だに布袋戯が演じられているところを見たことがない。観光地などで、土産物店の店先におもちゃの布袋戯人形が売られているところは何度か見るのだが、それは大抵うっすら埃を被っているほど古ぼけていて、あまりにも安っぽい作りな上に魅力的でもなく、今どきの子どもたちが手にとって遊んでみたいと思うようには見えない。

どうにかして布袋戯のことをもっと知ることは出来ないものだろうかと思っていたときに、台北にある「台原亜洲偶戯博物館」というところに案内してもらった。小さな博物館だが、アジアの様々な人形劇が展示紹介されており、そのワンフロアーが台湾の布袋戯に割かれていて、かつて、ごく小さな人形が演じていた古い時代のものから、子どもたちが大好きだった「哈買二歯」まで、時の経過と共に分かるようになっている。予約をしておいたり、また子どもたちが学校単位で訪れるときなどには布袋戯の実演もあるようだが、前触れもなく訪れた旅行者は、そういうものを観ることは出来なかった。

「僕の、台中の友だちが布袋戯の人形を作っているよ」

あるとき、知人が教えてくれた。以前から私が「陳先輩」と呼んで何かと世話になっている陳永昊氏の、アマチュアバンド仲間が布袋戯の人形を作っているというのだ。

「人形作りの専門家というわけではないと思うけど、色々なところから注文が来るみたいだね。訪ねていけば、きっと見せてもらえるよ」

布袋戯そのものは観られなくても、今現在も作られている人形だけでも見ることが出来ればありがたいと思った。私は、機会があれば是非ともその人形を見せていただきたいと陳先輩に頼んだ。

そして、チャンスは意外と早く訪れた。

ある夏、陳先輩の車で台湾南部に向かったときのことだ。途中で台風の直撃を受けて急遽《きゅうきょ》、予定を変更することになった。そのときに陳先輩が、友人に連絡を入れてくれた。

「今日は台風でどこにも出かけないから、今から行けば人形を見せてくれるそうだよ」
暴風雨にさらされながら高速道路を走り抜け、台中市内に入って一般道に下りる頃、台風はいつの間にか方向を変えたらしく、猛烈な勢いでフロントガラスに叩《たた》きつけていた雨粒もぴたりと止《や》んだ。雨上がりのしっとりした空気の中で、田畑の緑が目にしみる。

そうしてたどり着いた郊外の一軒家で私たちを待っていてくれたのが、陳先輩の友人・林煙朝さんだった。ニコニコと笑いながらアトリエらしい部屋に案内してくれる。庭石を踏んでついていくと、そこには美しい焼き物や茶器などと共に、いくつもの人形が飾られていた。広いテーブルの上に置かれた布袋戯の人形や、壁に飾られているものなどを見て、思わずため息が出た。美しい。それに、何とも言えない存在感がある。おそらく林煙朝さんは、人形のコレクターでもあるのだろう、古そうな人形も飾られていた。そして、自らが手がけたという人形をいくつも見せてくれた。どれも基本的には京劇をイメージしたものであることがよく分かる。隈取《くまど》りに関しては基本を踏まえながら、林煙朝さんが自由に入れているということだった。林煙朝さんは、他にも獅子《しし》舞《まい》の獅子などを手がけたりもするという。

「こういう人形の、需要は多いんでしょうか」

こちらの質問に、林煙朝さんは陳先輩を通して「そうでもない」という意味のことを言ったと思う。本業ではなく、あくまで趣味でやっているから続けていられるような雰囲気だった。

昔ながらの布袋戯。

それを目にする機会は間違いなく少なくなっている。それは仕方のないことなのだろうか。このまま消え去っていく運命なのだろうか。

二〇一八年『紅盒子』という映画が公開になった。監督は楊力州《ヤンリージョウ》、監修として既出の侯孝賢が加わって、陳錫煌《チェンシーホアン》という人形遣いを十年にわたって追い続けたドキュメンタリー映画だ。しかも、この陳錫煌という人物こそが、かつて観た『戯夢人生』で取り上げられていた李天禄の長男であり、父亡《な》き後も伝統的台湾布袋戯を今日まで牽《けん》引《いん》してきた、人間国宝だという。

日本では二〇一九年、『台湾、街かどの人形劇』というタイトルで公開された。その冒頭のシーンから、目を吸い寄せられた。年老いて乾いた手が、ゆっくりと動く。ぴんと伸ばされた人差し指と、絶妙かつ繊細に動く親指、そして、中指、薬指、小指とが流れるように動くのだ。それが人形遣い、陳錫煌の手だった。人形遣いは、こんなにも微妙で繊細な手の動きをするのか。この動きこそが、小さな布袋人形に生命《いのち》を吹き込むのだということが、これほどまでに強く感じられることはなかった。テレビの中で派手に飛び回り、キラキラと輝いている、あれとはまったく違うものが、そこにあった。

　陳錫煌は一九三一（昭和六）年生まれ。彼は、今のままでは台湾伝統の布袋戯が消え失《う》せていくだろうということに、大きな危機感を抱いていた。十年という映画の撮影期間中にも、亡くなっていく仲間がいる。長い間、共に布袋戯を支えてきた人たちが、一人、また一人と姿を消そうとしている。だからこそ陳錫煌は高齢にもかかわらず、請《こ》われればどこへでも出向き、国籍や民族に関係なく、とにかく布袋戯に興味を持つ相手には惜しみなく自分の技術を伝え、後継者を育てようとしていた。その執念と情熱、卓越した人形遣いとしての技術の高さが、映画から十分に伝わってきた。

　大陸からやってきた閩南人たちが、台湾で独自に発展させた「布袋戯」。その伝統芸能が、何とかして次の世代にも受け継がれて欲しいものだと改めて感じる。

林煙朝さん。自作の布袋戯人形を構えていただいた。人形の服装は京劇風だが、顔の隈取りは独自のもの（上）。かなり古い布袋戯の人形。縫製も貧しく粗末な感じだが、これでも当時は大活躍したに違いない（下右）。台北の迪化街の側にある「台原亜洲偶戯博物館」の展示。清朝では男性は弁髪が普通だった（下左）。

あとがき

二〇二〇年一月上旬、私は台湾総統選挙を取材するために台南に滞在していた。ちょうど四年前にも総統選を取材して、人々の選挙に対する情熱と興奮に圧倒され、馬英九総統率いる国民党が圧倒的財力と中国の後押しにものを言わせて圧勝するはずだったのが呆気《あっけ》なく覆《くつがえ》るのを目の当《ま》たりにしていたから、今度の選挙も是非とも見ておきたかったのだ。

選挙戦は熾烈《しれつ》を極めていた。中国政府と距離を置こうとする民進党政権になってからの四年間というもの、台湾は中国から様々な圧力を受け、中国人観光客も激減し、観光業をはじめとする不況は深刻になっていた。さらに蔡英文《さいえいぶん》総統率いる民進党は、せっかく政権を奪取したにも拘《かか》わらず、目立った成果を上げることが出来ず、支持率はじりじりと下がりつつあった。それだけに、政権奪還を目指す国民党は中国との関係修復と経済の立て直しを強く主張し、それに賛同する声も多かった。

投票日は一月十一日。

実はこの二日前の一月九日、世界保健機関（ＷＨＯ）は中国の武漢で集団発生した肺炎を新型コロナウイルスによるものとして発表していた。さらに遡《さかのぼ》れば二〇一九年十二月三十一日の段階で、台湾疾病《しっぺい》対策センターの医師が武漢の海産物卸売市場で発生した集団感染に関する記述に気づき、その日のうちに、武漢からの渡航者全員の検査を開始していた。

つまり、多くの台湾人が選挙に夢中になり、候補者や支持者が台湾中を駆け巡っては、声をからして支持を呼びかけていたその陰で、政府は実にぬかりなく、また冷静に、感染拡大阻止への動きを進め、防疫《ぼうえき》態勢を整えていたのだ。

そして、民進党の蔡英文総統が過去最多の得票数を得て再選を果たした後の一月二十一日、台湾で最初の感染者が発見された。だが、慌《あわ》てる必要はまったくなかった。既に万全の準備が整えられていたからだ。それからの台湾の新型コロナウイルス対策のめざましさは広く報道されている通りだ。

今も、台湾ではごく普通の生活が営まれている。感染者は空港検疫で見つかるばかりだから都市封鎖もなく、商店も学校もすべて平常通りだ。無論、消毒などの対策は怠らない。

のんびりとした台湾、バイクの音がやかましい台湾、何でもガチャガチャの台湾を、ただぶらぶらと歩きたいと思う。それだけのことが今は叶《かな》わない。あれほど毎月のように、ごく当たり前に訪れていた土地が、突如として遥《はる》か彼方《かなた》に遠ざかってしまった。
台湾は五十年間、日本の植民地だった時代がある。日本の敗戦と共に植民地統治が終わりを告げたとき、台湾で暮らしていた日本人は全員、日本に引き揚げてこなければならなかった。ことに台湾で生まれ育った「湾生」と呼ばれる人たちにとって、それは故郷を追われるということだった。もう二度と帰ることも叶わないとなったとき、離ればなれになってしまった友人や恋人たちは、同じ月を見上げることくらいしか出来なかったことだろう。そんな人々の思いというものを、このコロナの時代になって、改めて考えている。

　人々が自由に行き来し、当たり前に声をかけ合い、触れ合えること。これこそが平和なのだ。一日も早くその日が戻ってくることを、ひたすら願っている。

二〇二〇年　中秋

解説　日本語世代台湾人の表情と心情

関川夏央

乃南アサの初訪台は二〇〇一年であったが、台湾熱が高じたのは二〇一一年、東日本大震災の折に台湾が義捐金《ぎえんきん》を贈ってくれたというニュースに接して以来である。その額二百億円は、人口十倍以上のアメリカからのそれとほぼ同額であった。

かつて日本に植民地化されたというのに、なぜそこまで親身に？

そんな不思議さと有難さの思いが彼女を「台湾研究」にいざなった。以来しばしば台湾を訪れ、この本『美麗島プリズム紀行』は『美麗島紀行』（二〇一五）に次ぐ二冊目である。

一八八六年（明治十九）、清《しん》国・北洋艦隊が示威航海で長崎に入港、上陸した清国水兵が酔余の乱暴狼藉《ろうぜき》を働いたが警察官は制止できず、市民は雨戸を立て息を殺して魔群の通過を待つばかりだったのは、清国の強大な軍事力を恐れたあまりのことだった。

八年後、朝鮮半島への影響力を争って清国に開戦した日本を、世界は無謀と見た。しかし戦いに思いのほかの勝利を得た日本は、一八九五年四月、下関条約で清国に遼東《りょうとう》半島と台湾を割譲させた。遼東半島は、自らその占領をもくろむロシアが、フランス、ドイツとはかった「三国干渉」で二週間後には清国に返還されたが、台湾の帰属変更に際して、当時の台湾居住民の意向を日清両国ともまったく考慮しなかった。

台湾居住民が蜂起《ほうき》したのは、下関条約締結の翌月であった。台湾の抵抗勢力は清国正規軍より頑強で、特に北東部の宜蘭《ぎらん》、北部の新竹《しんちく》、中部の嘉義《かぎ》で激戦があった。しかし、その年十月には日本軍に掃討され、残存部隊は大陸に逃避した。

日清戦争二十年前の一八七四年、明治新政府は琉球船の遭難上陸者を高山族が多数殺害したことへの報復を理由に、士族三千名を台湾南端に送り込んだ。それは「不平士族」のガス抜き策であった。このときパイワン族との戦闘での日本人戦死者は十二名にすぎなかったが、マラリアでの病死者は五百六十一名にもおよんだ。「台湾出兵」は明治新政府に、部隊行動ができない士族では戦力とならないこと、外地遠征では「兵站《へいたん》」と「防疫《ぼうえき》・衛生」が死活的に重要であることを知らしめたが、日清戦争でもおなじ過ちが繰り返された。

日本軍の戦死・戦傷死者は約千四百名であったが、戦病死者はその八倍強の一万二千名におよんだ。朝鮮および大陸での病死者の多くは脚気《かっけ》で、台湾戦線ではほとんどがマラリアとコレラによる死者であった。

日清戦争後の日本による施政は、台湾にとってはじめての近代体験であった。日本にとってもこの地でのインフラ建設と保健衛生確立は、ほとんど損得抜きの大事業であった。そしてもうひとつ、福建語（閩南《びんなん》語）を主体に、客家語、高山族それぞれの言語が入りまじる台湾の言語現状を整理し、日本語を基礎言語とすることであった。

台湾の戒厳令と国民党独裁の終りをしめした記念碑的映画『悲情城市』（侯孝賢監督、一九八九）には、基隆《きりゅう》に住む客家の家長を上海《シャンハイ》の黒界の使者が訪ねるシーンがある。日本統治終了からさして間のない時期のことだが、そのとき会談には、上海語から福建語、福建語から客家語へ、二人の通訳がついた。

この映画は、大陸から渡ってきた国民党政府が台湾居住民を大弾圧、二万人以上の死者を出した一九四七年の「二・二八事件」をえがき、国民党の暴力に抵抗する台湾島民（本省人）が、殺害すべき「外省人」を識別するために「あなたは、どこの人か」と日本語で問うシーンがある。日本語でこたえれば無事なのだが、聾唖《ろうあ》者《しゃ》であるため反応できなかったトニー・レオン（梁朝偉）は、あやうく殺されかけた。

公学校の庭に残れる水ポンプ錆びしを押せば記憶も漏れ来《く》　蕭翔文《しょうしょうぶん》
夕顔の咲き匂ふ庭に父を待つ少年クラブ発売の日は

『台湾万葉集』（孤《こ》蓬万里《ほうばんり》編、一九九三年）中の短歌である。

日本語教育を受けた世代が日本語短歌を詠《よ》んで発表し始めたのは、一九四五年まで日本人であり、それを自ら疑うことのなかった彼らが中年期に達した一九六〇年代初め頃、まだ戒厳令下の時代であった。

台湾の老人たちが日本語でむしろ優しく懐《なつ》かしげに迎えてくれるとき、そして、いまだ健在の日本家屋を見るとき「切ないような申し訳ない気持ちになる」と著者は書いているが、台湾日本語人の心情の一端を短歌から汲《く》んで「解説」の一助としたい。

公学校は台湾人子弟のための基礎教育機関で、日本領となって三年後の一八九八年に制度化され、日本語と基礎科目のみならず漢文まで教えた。一九一〇年頃までの就学率は七パーセント程度に過ぎなかったが、以後は急速に高まって、一九四四年には九二・五パーセントに達した。

台湾人子弟の一部は公学校から中学校や高等女学校に進んだが、一九二七年（昭和二）生の蕭翔文は彰化商業に進み、四年生で陸軍航空兵を志願した。航空学校を速成で終えると陸軍機「飛燕《ひえん》」のパイロットとなり、四五年、鹿児島県知覧《ちらん》基地で特攻機の掩《えん》護《ご》任務についた。上官は芥川比呂志中尉であった。戦後帰台して師範大学に入り、長く新制高校の教員をつとめた。

プロ野球のテレビに見入り五分間を待たせし患者半額にする　　荘啓東《そうけいとう》

バス停に指七つ折るこの媼《おうな》短歌《うた》の仲間か親しみ覚ゆ　　游細幼《ゆうさいよう》

荘啓東は一九二二年生の医師。台南二中から名古屋の旧制第八高等学校へ進んだ。戦後台湾大学（旧台北帝大）を卒業、台南で医院を開業した。

帝国主義日本はヨーロッパ列強と異なり、植民地にも国立高等教育機関をつくった。旧制台北高校、台北帝大、朝鮮の京城帝大と京城帝大予科、関東州の旅順高校がそれである。そこから現地の優秀な人材が少なからず育ったが、同時に民族主義の目覚めを誘ったから、高等教育は宗主国にとっては諸刃《もろは》の剣といえた。

游細幼は一九三〇年（昭和五）生まれの女性、日本語世代としては最も若い部類に属する。「バス停に指七つ折る」老女は、日本語の音節を数えているのである。彼女が公学校高等科しか出ていないのは、娘ばかりの游家では婿《むこ》をとりたいが、その際、女子の高学歴は不利になると親が考えたせいだ。彼女は戦後、算盤《そろばん》と簿記を習って会計係として就職した。大陸から流入した「外省人」との差別待遇に憤《いきどお》って辞したりもしたが、のちには建築技師の夫とともに堅実な家庭を築いた。

『台湾万葉集』の編者孤蓬万里の本名は呉建堂《ごけんどう》（一九二六年、台北生）。筆名は李白の詩の一節「此地一為別　孤蓬万里征（君ひとたび此《こ》の地を去るや、根無し草のごとく万里をさすらわん）」からとり、台湾で日本語短歌を詠む孤独感、心もとなさの感覚をこめた。

呉建堂は台北二中四年修了で台北高校理科へ進んだ。台北一中、三中、四中が日本人子弟を中心としたのに対し、二中は台湾人生徒を主力とした。戦後、彼は台大医学院に入って新制第二期で卒業、長く公立病院長をつとめた。剣道八段である。

万葉の流れこの地に留めむと生命《いのち》のかぎり短歌《うた》詠みゆかむ　　孤蓬万里（呉建堂）

呉建堂の初訪日は一九六七年、四十一歳と遅く、国際剣道大会に出場したときである。大会には当時の皇太子（現上皇）と美智子《みちこ》妃が出席した。美智子妃が退出前に選手のひとりひとりと握手されたとき、呉建堂はためらいを払って、自分は妃の短歌の師・五島美代子氏と親しいこと、台湾にも短歌愛好者がいて、いずれは台湾短歌集をまとめたいと考えていることなどを手短に話した。「期待していますよ」と応えられた美智子妃の言葉が、彼に『台湾万葉集』を編ませる力となった。

『台湾万葉集』は発願《ほつがん》二十六年目の一九九三年に完成した。呉建堂が本を宮内庁《くないちょう》に送ると、長官から美智子皇后の意を体した手紙が届いた。献本の礼についで、朝日新聞「折々のうた」欄に『台湾万葉集』所収の歌が合計十九首紹介されたので、そのコピーを呉建堂先生に送るようにと皇后陛下のご指示があった、と記されていた。

「折々のうた」の筆者・大岡信《おおおかまこと》はのちに『台湾万葉集』日本版の序文で、台湾短歌を「あまりにも生活直写的であり、その態度はよく言えば素朴、わるく言えば素人《しろうと》っぽさ丸出し」であると評した。しかしそれは、感情を限りなく微分・積分して「ついには玩《がん》物喪志《ぶっそうし》の観を呈するにいたった」日本現代短歌への有効な批評だ、とつづけた。

「総じて、台湾短歌には、短歌形式に遊ぶ楽しさがあり、機智、諧謔《かいぎゃく》があり、皮肉な眼《まな》差《ざ》しがある。その皮肉は自分自身に向けられることも多く、そこに健やかなバランス感覚が働いて、わが人生を絶えず客観視する逞《たくま》しさも感じられるのである」「人生が、ここでは何と生き生きと詠《うた》われていることだろう」

元来が傾《かし》ぐ斜塔と知らざるか写真屋真直ぐに修正し呉れぬ　張慶燦《ちょうけいさん》

張慶燦は一九二二年、台中生。多くの台湾人がそうであるように、福建・泉州人の裔《すえ》である。東京繊維専（のち東京農工大）で学び、助手となったとき、台南第一高女から内地の女専に進んだ女性と知り合い、帰台後結婚した。

その長男はハーバード大学留学後医家となり、母の後輩にあたる日本女性と結婚した。長女はＭＩＴ留学中にハーバード大学教授の台湾人と結婚、二女をなした。次女は台北の大手食品会社の中間管理職で独身、三女は米国留学中に台湾人と結ばれて一男一女の母、四女はマサチューセッツ大を卒業後、帰台して結婚、やはり一男一女をあげた。妻が長女のもとで暮らすために渡米したので、張慶燦は短歌と外国旅行を慰めとしつつ一人住まい――と呉建堂の作者紹介にある。

これは「列伝」の書き方である。祖先から子孫への継承を人生の業績として重要視し、文学の意味もそこにあるとする中国的世界の考え方があらわれている。しかし台湾で命脈を保った日本短歌も、時の川の流れに消えた。

（二〇二二年一〇月、作家）

この作品は二〇二〇年十一月集英社より刊行された。

協力　一般社団法人日本台湾文化経済交流機構
プロジェクト「まごころ日本」

※日本台湾文化経済交流機構は
日本統治時代の歴史建造物等の保存及び伝承、
台湾と日本の良質な文物を相互に伝える活動を行っています。

美麗島《びれいとう》プリズム紀行《きこう》

—きらめく台湾—

新潮文庫　の－9－52

令和四年十二月一日発行

著者　乃《の》南《なみ》アサ

発行者　佐藤隆信

発行所　株式会社　新潮社

郵便番号　一六二—八七一一
東京都新宿区矢来町七一
電話 編集部(〇三)三二六六—五四四〇
読者係(〇三)三二六六—五一一一
https://www.shinchosha.co.jp

価格はカバーに表示してあります。

乱丁・落丁本は、ご面倒ですが小社読者係宛ご送付ください。送料小社負担にてお取替えいたします。

印刷・大日本印刷株式会社　製本・株式会社植木製本所

ISBN978-4-10-142561-0 C0195